나의
아름다운
마라톤

나의 아름다운 마라톤

이채원 장편소설

현대문학

차례

우승을 원한다면 100m를 달려라.
그러나 인생을 경험하고 싶다면 마라톤을 하라.
– 에밀 자토페크

1. 마라톤 풀코스 참가일은 3주 남았다

마라톤 풀코스를 다섯 시간 이내에 완주하고자 한다면 한 달에 200Km 이상의 훈련량이 필요하다. 지금까지 달린 거리를 계산해보면, 달리기 시작한 지 2주가 되었고 하루 평균 6Km씩 13일을 달렸으므로 78Km, 거기에 10Km 코스에 참가한 거리까지 포함하면 88Km가 나온다. 앞으로 남은 날이 20일 정도이므로 별일이 없다면 110-120Km를 더 달리게 될 것이다. 예정된 10Km 단축코스와 하프코스 참가 거리까지 더하면 240Km 정도가 된다. 매일 평균 6.8Km를 달리는 셈이다.

내가 쌓게 될 총 훈련거리가 실제 대회에서 어떤 결과로 드러날지 알 수 있는 방법은 없다. 무슨 일이든 그렇지 않은가. 막상 뚜껑을 열어봐야 알 수 있는 것이다. 할 수 있는 건 기대나 가정, 불안 같은 불확실성 낱말들의 나열이다. 그러므로 그날까지 온 힘을 다해 쉬지 않고 달릴 수밖에 없다.

다리의 감각, 바람의 방향 등을 기록했다. 달리기 전후에 반드시 거치는 과정이다. 매일 달린 거리는 물론 몸상태와 달리기에 영향을 미친 세세한 내용들을 적는다. 마라톤 풀코스 참가일은 3주 남았다. 그날까지 누직거리와 몸상태를 꼼꼼히 점검하며 전략적으로 달리지 않으면 안 된다.

스트레칭으로 몸에 신호를 보낸다. 장소는 아파트단지 뒤편의 산책로다. 바람이 약간 불고 기온은 긴팔 옷을 입는 게 아늑하겠다 싶을 정도로 서늘하다. 몸상태는 알레르기 비염기가 넘나드는 정도의 불편 말고는 이상이 없다. 허리를 굽혀 깍지 낀 두 손을 위로 쭉 뻗는 동작으로 스트레칭을 마친다. 발목과 손목의 관절을 풀어준 다음 달리기 시작한다. 반환지점을 돌자 바람이 앞에서 불어온다. 땀이 배기 시작한 터라 상쾌하다. 조금 속도를 올려본다.

내게 아이가 있었더라면, 하고 생각해본다. 내게 아이가 있다면, 하고 발음해본다. 그러자 어디서 날아와 빨려 들어간 듯 그 문장이 호흡기에 걸린다. 나는 그 문장을 호흡하기 시작한다. 한 아이의 모습이 떠오른다. 가늘고 긴 다리로 달리고 있는 소녀의 모습이다. 아이의 옆모습이 보인다. 아이는 곧은 콧대에 볼록한 입술을 약간 벌린 채 달리고 있다. 나는 그런 아이의 옆모습에 마음이 끌린다. 아이의 옆모습은 죽은 동생을 닮았다. 아이가 달리고 있는 모습으로 나는 행복해진다. 성큼성큼 달리는 아이의 보폭에 마음이 설렌다.

정상적인 신체를 지닌 한국 여성인 나는, 역시 건강한 한국 남성과 9년째 결혼생활을 유지하고 있다. 외견상 정상적인 여성의 모습이지만 나에게는 실은 심각한 결함이 있다. 난소 불량, 결혼생활의 핵심일 수도 있는 아이가 없는 원인이다. 아이는 어쩌면 가장 중심에 존재하는 나 자신일 수도 있을 것이다. 하지만 나에겐 아이가 없다. 결혼했다고 반드시 아이가 있어야 하는 건 아니잖아, 항변해보지만 맥 빠지는 일이다. 나는 그 정도로 주관적이지 못하다.

결혼한 부부에게 아이가 없다는 건 마라톤코스에서 급수대가 없는 것과 같다. 그것은 때로 치명적인 수 있다. 제때에 수분을 공급받지 못한 신체는 글리코겐 고갈에 따른 근육마비를 불러오며, 순조롭지 못한 혈류가 일으킨 심장발작으로 죽음에 이를 수도 있다. 나는 그걸 마라톤을 시작하고 나서야 알게 되었다. 그러니까 그와 나는 급수대도 없는 마라톤코스를 달리고 있는 셈이다.

마라톤을 시작하자 내 몸은 금세 반응하기 시작했다. 체중은 물론 체지방 수치도 떨어졌다. 골격근량에 변화가 나타나고 기초대사량도 변화를 보였다. 이런 수치들은 운동량과 영양섭취에 따라 언제든지 변할 수 있다. 달리기를 계속할수록 내 신체는 점점 마라톤에 적합한 조건으로 변화할 것이다. 어떤 일에 몰입한다는 건 신체가 그 일에 적합하도록 빚는 화학적, 구조적 변화라고 볼 수 있다.

기계 위에 올라서는 순간은 잠깐 긴장된다. '마라톤'이라고 아이디를 입력하자 기계가 응답하기 시작한다. 기계는 맨발과 맨손에서 전해지는 바이오리듬으로 내 신체를 구성하고 있는 요소를 잡아내 수치화한다.

내 신체균형도는 상하가 균형을 이루고 있다. 그러나 신체강도로 보면 하체가 허약한 편이다. 도표를 자세히 들여다보면 오른 다리와 오른팔이 왼편에 비해 약한 것을 알 수 있다. 의외의 결과다. 나는 왼손잡이가 아니다. 다행히 양다리의 균형의 차이는 0.08 정도로 미세하다. 별 차이 없다는 뜻이다. 그러므로 이 수치들이 달리는 데 부정적인 영향을 미칠 위험은 없다. 체중은 더 줄여야 하지만 달리는 동안 근육으로 바뀔 터이므로 크게 걱정하지 않는다. 내 신체를 구성하고 있는 요소들은 내가 얼마나 건강한지를 여실히 증명해준다. 체수분량 35.4l, 단백질량 9.4Kg, 무기질량 3.66Kg, 그리고 체지방률은 25.2%를 나타내고 있다. 달리기 시작한 뒤 체지방이 줄고 근육량은 늘고 있다. 바람직한 신체변화다.

'마라톤'이라는 아이디로 입력된 나의 신체구성은 그렇다. 그런 객관적인 수치에 의존할 필요는 없지만 참고할 필요는 충분하다. 대략적인 수치마저 알 수 없다면 막연한 감으로만 체력관리에 나서야 할지도 모른다. 그것이 주기적으로 몸상태를 측정해야 하는 이유이다. 이런 신체구성으로 나는 달린다.

기계가 잡아낸 수치를 들여다볼 때면 통쾌한 기분이 들기도 한다.

내가 모르고 있던 저 깊고 어두운 나의 내부를 한눈에 훑어볼 수 있게 해주니 말이다. 그러나 기계는 신체의 구성요소만 수치화해줄 뿐이다. 수치는 내 영양상태가 전체적으로 양호한 편이나 단백질이 부족하다고 보여준다. 서둘러 해결해야 할 문제이다. 균형 있는 단백질 구성은 건강한 신체가 갖춰야 하는 필수요소이다. 더구나 단백질 부족은 마라톤 풀코스를 완주하는 데 치명적인 영향을 미칠 수도 있다. 체지방은 정상범위를 향하고 있지만 근육량은 아직 많이 부족하다.

달리는 사람에게는 15% 내외의 체지방 수치가 알맞다고 한다. 남성은 15% 이하, 여성은 14-20%가 이상적이다. 여성의 경우 수치가 14% 이하로 내려가게 되면 무월경을 불러올 수도 있다. 칼로리 소비가 늘어나면 체지방이 줄어들고 근육량이 늘어난다. 자연스런 대사과정이다. 근육량이 늘어나면 기초대사량도 늘어나 체중이 다시 불어나는 것을 막아줄 것이다. 식사 제한으로 체중은 줄일 수 있을지 몰라도 체지방을 낮추기는 힘들다. 그러므로 체계적이고 전략적인 운동이 필요하다. 전략적으로 먹고 움직이면 전략적으로 생각하게 되어 전략적인 삶을 살게 될지도 모른다. 지금까지의 나와는 전혀 다르게.

뮌헨올림픽에서 우승했던 프랑크 쇼터의 전성기의 체지방률은 놀랍게도 2.2%였다. 전무후무한 수치다. 전략적이라기보다 그야말로 초인적이다. 그가 진정 인간이었는지 의심스럽다. 애틀랜타올림픽을 앞두고 전미예선대회가 열렸을 때 그 대회를 통과했던 칼 루이스의 체지방률은 3%였다. 보통 남자선수들은 선수생활 중 6~9%의 체지방률을 유지한다. 여자도 마라톤을 할 수 있다는 걸 보여준 최초의 여성인 노르웨이의 그릿 웨이츠는 여성임에도 9%의 체지방률을 유지했다.

깜빡이며 내 몸의 조직을 뒤지고 있는 커서를 보다가 나도 모르게 흠칫했다. 이러다가 사람의 감정까지 잡아내는 기계가 등장하는 건 아닐까. 기계의 이름은 '마인드 해커' 쯤이면 되겠다. 이상한 기계에 자신의 감정을 고스란히 드러내 보이는 건 아무리 호기심이 많은 사람이라도 거북할 터이다. 그건 숨길 수 없이 드러난 자신의 내면과 맞닥뜨려야 하기 때문인지도 모른다. 뚜렷한 이유 없이 다가올 미래에 대해 두려움이 느껴진다면 그런 이유에서일 듯싶다. 외면하려 해도 아직 남편과 소통하길 바라는 나 자신을 숨길 수 없다. 나는 그런 나를 마주 보고 싶지 않다.

때로 사람들은 자신의 내면보다 타인의 내면에 더 관심을 둘 수도 있다. 마치 기생식물처럼 집요하게. 사람들이 빚은 역사란 실은 상대의 마음을 읽어내려고 몸부림쳐온 이야기에 불과할지도 모른다. 소통하고자 그토록 유구하게 지어온 몸짓. 그러므로 사람의 마음을 보여주는 기계가 등장한다면 그것이 타인의 내면까지 꿰뚫어 볼 수 있는 기계이기를 바랄 것이다. 그렇게 된다면 사람들은 기계에 저장된 타인의 내면을 훤히 읽게 되겠지. 그러나 그 뒤에 벌어질 세상의 변화는 상상만 해도 끔찍하다. 그런 기계가 실제로 등장한다면 사람들은 어떤 반응을 보일까. 사람들은 곧장 두 부류로 나뉘게 될 것이다. 선뜻 그 기계 위에 올라서는 부류와 거부하는 부류로. 세상은 이렇게 뭐든 두 부류로 간단하게 나뉠 수 있다. 그 점이 이상하면서도 통쾌하다.

혼자 엉뚱한 상상에 빠져 있는 내가 더 이상하긴 하다. 달릴 때 반응하는 내 체력에 따라 평점을 매기는 건 어떨까. 페이스 조절이 순조로웠다면 발가락들이 탱탱한 커다란 발을, 몹시 힘들었다면 갈라터진 발을, 그럭저럭 마쳤다면 발가락들이 오그라진 발을 그리는 거다.

시간을 한 달 전으로 들러놓는다면 나는 남편에게 그런 상상 따위들을 주워섬기고 있었을 것이다. 그러면 남편은 건성으로 들으며 내가 모르는 자기만의 시간을 상상하고 있었을 테고, 나는 그런 줄은 꿈에도 모른 채 딜떨어신 개그를 계속하고 있었겠지. 남편에게 전할 수 없는 이야기들은 이제 어머니의 귓등에서 흩어진다.

마라톤 풀코스 참가일은 이제 3주 앞으로 다가왔다. 날짜가 촉박하지만 그런 줄 알고 시작한 일이다. 고도의 전략으로 파고든다면 초인의 경지에 이를 수도 있다지 않은가. 지금 내가 지닌 신체조건으로 쉬지 않고 훈련한다면 무난히 완주할 수 있으리라 믿는다. 전략을 가진 자가 세상을 지배한다고 했던가. 나는 전략을 가진 자가 마라톤 풀코스를 완주한다고 믿겠다. 믿음은 전략의 필수요건이다. 그러므로 전략을 세우는 게 중요하다. 덮어놓고 뛰어들 경우 결과는 반반이다. 실패하거나 성공으로 포장한 요행이거나.

전략이 없으면 시행착오를 되풀이할 수밖에 없다. 내 경우가 딱 그렇다. 누가 내 뒤통수를 치리라고는 상상도 못했다. 하물며 그게 남편일 수도 있다는 걸 어떻게 상상할 수 있었겠는가. 남편과의 소통에도 전략이 필요했다. 하지만 나는 그걸 전혀 몰랐다. 급수대도 없는 마라톤코스를 계속 달리려 드는 것과 마찬가지로 치명적이었다.

지금까지 내가 배워왔던 약자의 전략은 강자와 맞서지 말라는 것이었다. 약자는 스스로의 결점을 면밀히 분석해 틈새공략이나 차별화, 우회전략을 구사해야 한다. 그것들은 강자가 쓰지 않는 방법이니까. 그러나 그런 방식은 마라톤 풀코스 완주의 전략이 될 수 없다. 오직 전력투구해 달리지 않고 무엇으로 틈새를 공략하며 차별화한단 말인가.

이제부터는 보다 강도 높게 훈련에 집중할 것이다. 풀코스는 처음인 만큼 철저히 준비하지 않으면 실패하기 쉽다. 반드시 완주할 수 있도록 충분한 동기도 심어두어야 한다. 나는 그날 풀코스 피니시라인을 밟으며 남편의 마라톤을 떠올릴 것이다.

첫 번째 목표는 4시간 37분 완주다. 5시간 안에 완주하는 게 목표라면 매일 7-8Km를 훈련하라는 말이 기억난다. 그 정도를 달릴 수 있다면 풀코스를 완주할 기본 체력은 갖춘 셈이라고 한다. 그럼에도 자꾸 뒷덜미에 달라붙는 불안의 정체는 무엇인가. '이건 무모해' 나는 내 체력과 싸우는 게 아니라 그 문장과 싸우는 것만 같다. 문장은 시소놀이처럼 나를 조롱한다. 내 의지는 거듭 파고드는 그 문장에 덜미를 잡혔다가 놓였다가 한다. 마라톤이 자기와의 싸움이라는 건 이런 이유에서였을 것이다.

도대체 이 불안의 정체는 무엇이며 어디서 비롯되는 것인가. '이건 무모해' 그 문장을 노려본다. 문장은 스스로 생각해보라는 듯 말똥히 나를 바라본다. 무엇 때문이냐고 대들어본다. 이 문제를 풀지 않고는 풀코스 완주는 불가능할 것이다. 완주를 망치는 함정은 도처에 도사리고 있다. 그것들을 이겨내려는 근성이 완주의 의미라고 여겨질 정도이다.

다시 말해 나는 3주 뒤에 풀코스를 달릴 것이다. 나의 목표기록은 4시간 37분이다.

마라톤이 육상의 정식 종목으로 채택된 것은 1896년 제1회 아테네올림픽부터였나. 당시의 코스는 마라톤 평원에서 아테네올림픽 경기장까지였고 거리는 약 40Km였다. 이후 대회 개최지의 여건에 따라 40Km 전후의 거리를 달리던 마라톤 경기는, 1908년 제4회 런던올림픽에서 42.195Km로 정했는데 출발지인 윈저궁전에서 화이트시티 올림픽경기장 로열박스 아래까지의 거리였다. 정식거리로 채택된 것은 1924년 제8회 파리올림픽부터였다.

마라톤 경기의 거리가 더 짧았더라면 사람들의 호감을 더욱 불러일으켰을 것이다. 42.195Km는 정말 잔혹하고 무모하다.

2. 마라톤의 전설

풀코스 완주에 실패하려면 다음과 같이 하면 된다는 전설이 있다.

▌대회 직전의 고강도 훈련

바로 내 경우인 듯싶다. 내가 마라톤을 시작한 때는 이미 대회에 임박한 시기였다. 훈련량을 줄이기 시작해야 한다는 그 시기부터 나는 고강도 훈련에 돌입했다. 시작부터 완주할 수 있는 조건을 갖추지 못한 셈이다. 대회 직전에 고강도 달리기를 하는 경우 근육의 글리코겐 축적량이 줄어들어 대회 당일 자발성 근육통이 생길 수도 있어 2주 전부터는 훈련을 줄여가야 한다고 한다. 그러나 나는 그 반대로 대회 2주 전에도 줄기차게 달릴 계획을 세웠다. 달리기에 내 몸을 길들이자면 어쩔 수 없다. 시작이 늦었으므로 실패하는 방법도 써봐야 한다.

▌대회장에 늦게 가기

대회장에 충분한 시간 여유를 두지 않고 가게 되면 비축한 에너지를 주차와 물품보관, 화장실 앞의 긴 행렬 등으로 낭비할 수 있다. 늦어도 1시간 전에는 도착하는 게 좋다. 하지만 이건 내게 문제가 안 된다. 나는 어디든 약속시간보다 너무 일찍 도착해서 탈이니 누구보다 이 조건은 잘 지키지 않을 자신이 있다.

▌준비운동 하지 않기

에너지 소모를 염려해 준비운동을 하지 않는 사람들이 있다고 한다. 어처구니없는 사람들이다. 마라톤을 막 시작한 나도 그쯤은 안다. 충분한 준비운동은 근육에 산소가 가득한 피를 공급해 유연성을 높여주고 심장박동을 증가시켜 레이스 초반 몸이 효율적으로 움직이도록 도와준다. 가벼운 스트레칭을 한 뒤 100m를 몇 번 빨리 달려주고 10분 정도 천천히 조깅한다. 나는 출발하기 전 반드시 그렇게 할 생각이다.

▌대회 날 새것 시도하기

새 신발, 새 양말, 새로운 보강식품 등은 큰 화를 자초하는 것이다. 이런 실수는 초보자에게만 일어나는 일은 아니다. 프로선수들도 협찬사의 신발을 대회 날 처음 신었다가 중간에 경기를 포기하는 예가 있다고 한다. 한마디로 새것을 너무 좋아하면 안 된다는 거다. 어렸을 때부터 나는 새것을 탐낸 적이 별로 없다. 그런 내가 새삼 대회 날 새 것을 밝히려 들지는 않겠지.

▮ 옷 껴입기

출발할 때 조금 추운 건 문제가 되지 않는다. 오히려 상쾌한 레이스를 이끌게 해준다. 운동 전부터 체온이 높으면 운동능력이 떨어지게 된다. 날씨가 춥더라도 반바지와 셔츠, 장갑, 모자 정도면 충분하다. 중간에 벗어버릴 수 있는 티셔츠 정도를 덧입는 건 괜찮다. 완주한 뒤에는 따뜻한 옷으로 갈아입어 체온저하를 막아야 한다. 나는 추위를 조금 타는 편이므로 주의해야겠다. 늘 입던 대로 반바지에 반소매 셔츠를 입을 생각이다.

▮ 다른 사람의 레이스 달리기

경기 초반에 사람들은 자신도 모르게 주위 사람들의 페이스를 따르는 경향이 있다고 한다. 그것을 피하려면 출발하기 전에 페이스분배표를 짜고 반드시 그대로 지켜야 한다. 나는 3주 뒤 그날 출발선의 뒤편에 서 있을 것이다. 출발을 알리는 신호 소리가 나면 '내 페이스를 따를 뿐 남편의 페이스를 따르지는 않을 것'이라는 생각을 마음속에 걸고 천천히 달려나갈 것이다.

산책로를 한 번 왕복하니 땀이 흐른다. 아파트단지 뒤편의 이 산책로는 아직 산책용으로 진화하지 못했다. 애초에 산책로로 만들어진 도로가 아닌 탓이다. 산책로는 원래 아파트단지를 순환하는 도로였다. 표지판에 차량통행금지 시간이 명시되어 있기는 했지만 처음부터 도로에는 차량통행이 거의 없어 사람들이 나와 운동도 하고 쉬기도 하다가 결국 산책로로 변해버렸다. 바로 옆에 무난한 등산로가 마련되어 있음에도 그랬다.

처음부터 산책로로 설계했다면 도로의 소재가 달랐을 것이다. 탄력 있는 재질에 밝은 색상으로. 탄력 있는 소재로 바뀐다면 달리는 데서 오는 피로를 줄여 좋은 기록을 낼 수도 있을지 모른다. 발이 받는 충격의 정도와 도로의 소재는 서로 밀접한 관계일 수밖에 없다. 그래서 에어쿠션이 있는 신발이 필요하다.

풀코스를 달리기 위해서는 무엇보다 발에 맞는 신발이 필요하다. 마라톤에서야말로 신발보다 더 중요한 것은 없다. 아무거나 운동화면 되겠지 생각했다가는 발을 망치기 십상이다. 이봉주가 금메달을 딸 때 신고 달렸던 러닝화가 인기를 누린 적이 있다. 그 러닝화는 몹시 가벼워 수준급 선수들처럼 체중이 가볍고 피치주법으로 달리는 경우에만 유리하다. 보통 주자들은 장거리를 달리는 데서 받는 부담을 감당할 만큼 근력이 많지 않다. 그러므로 그런 초경량의 신발을 신고 달린다면 통증을 견뎌내지 못해 도중에 포기하는 일이 생길 수도 있다. 굳이 선수들의 신발을 따라 신을 필요는 없다.

신발은 훈련용과 대회용으로 나누어 신는 게 이롭다. 대회용은 빠르게 달리는 것을 중시해 만들었기 때문에 창이 얇아 발에 큰 부담을 주어서 훈련량이 축적된 베테랑 선수에게 알맞다. 훈련용은 충격을 흡수해 발을 보호하기 때문에 창이 두껍다. 아마추어 주자는 대회에서도 훈련용 신발을 신는 게 무리가 덜하다. 신발창의 두께는 3cm 정도가 적당하고, 그보다 두꺼우면 안정성이 떨어진다.

신발 바닥의 모양에도 차이가 있는데 이것은 단순한 장식이 아니라 각각의 기능을 나타내준다. 물결무늬형은 마찰을 감소시켜 에너지 손실을 줄이는 용도로 경주용 신발에 쓰이고, 블록형은 큼직한 블록 패턴에 따라 안정성과 쿠션 기능이 있어 아스팔트 도로에서 신기에 가장 좋다. 혼합형은 물결무늬형과 블록형을 혼합한 것으로 돌기 부분이 배치되어 있으며 가장 무난한 용도이다. 나는 초보자이므로 뒤꿈치를 잘 잡아주고 충격을 흡수해주는 것으로 선택했다.

달리며 운동화 끈이 풀리는 일이 생길 때마다 생각한다. 센서마라톤화를 개발하면 어떨까 하고. 신발에 끈이 아닌 센서를 넣어 센서가 주인의 발상태를 감지해 자동으로 조절해주는 방식으로, 발이 조이는 느낌이면 느슨하게 풀어주고 헐렁해져 발목이 흔들릴 듯싶으면 얼른 조여주는 것이다. 아직도 대부분의 신발이 끈으로 조절하는 방식에 머물러 있다니 믿을 수 없다. 왜 신발제조법은 이토록 보수적이고 발전이 더딘 것일까. 스포츠 관련 기업들에게 항의하고 싶다. 풀려버린 운동화 끈 때문에 달리던 리듬이 끊어진 마라토너의 심정을 헤아려본 적이 있기나 하냐고. 기껏 탄력이 붙던 달리기는 맥이 풀려버리고 그러면 다시 달리던 리듬을 되살려내기 위해 그동안 동원했던 상상들을 죄다 끌어와야 한다. 피곤한 일이다.

믿음의 리듬도 그렇다. 지속되리라 믿었던 믿음을 배반하는 거나 도중에 풀린 운동화 끈이나, 리듬을 끊어버린다는 점에서는 다를 게 없다. 비약이 지나친가. 달리다 멈춰 운동화 끈을 다시 매다 보면 그런 생각을 떠올리지 않을 수 없다.

반바지와 반팔 셔츠 차림으로 집을 나설 때는 선득하더니 이젠 온몸이 땀으로 범벅이다. 두 번째 왕복이다. 달리며 일으키는 바람과 불어오는 바람에 마주친 땀이 마구 몸 밖으로 흩날린다. 이럴 때면 구멍이 숭숭 뚫린 통기공체 같은 것으로 변신하고 싶다. 마치 죽부인 같은 형체로 말이다. 주부인 모양의 통기공제로 변신한 잠가자 부리들이 경주로를 달리는 장면을 떠올려본다.

누드 마라톤대회는 어떨까. 합리적인 발상이라고 생각하며 웃는다. 완전히 벗은 남녀노소가 마라톤 경주로를 달리는 장면이 그려진다. 상체가 뚱뚱한 사람, 하체가 마른 사람, 몸집은 큰데 성기가 왜소한 남자, 몸집은 왜소한데 성기가 큰 남자, 젖가슴이 늘어진 여자, 젖가슴이 올라붙어 숨을 헐떡이는 여자…… 상상만으로도 심심치 않다. 달리며 각각의 신체에 점수를 매기느라 지칠 겨를이 없지 않을까. 기록을 단축하는 효과를 얻을 수 있을지도 모를 일이다. 무슨 일이든 재미가 있으면 결과도 좋아진다. 그런 상상으로 예상치 않은 에너지를 얻는다. 오늘은 평균거리보다 조금 더 달려도 무리가 없겠다 싶다. 불쑥 떠올라 빠져드는 상상이 에너지로 바뀐다. 나 자신과의 지겨운 이 대결에 안전한 보호막을 둘러주는 기분이다. '이건 무모해'가 출현하지 않는다. 뭔지 모르게 그냥 안심이 된다. 이젠 달릴 때마다 엉뚱한 상상을 하기로 한다.

마라톤은 상상력을 동원해야 하는 일이다. 더구나 풀코스를 완주하는 일은 그 무엇보다 정신적 트릭을 필요로 한다. 부디 내게 온갖 상상들이 날아들기를. 그런 전략 없이 무작정 그 먼 거리를 달릴 수는 없다. 묵묵히 달리기. 그런 재미없는 일은 내 취향도 아니다. 세상엔 갖가지 취향이 떠다닌다. 마라토너들의 취향도 두 부류로 나눌 수 있다. 달리며 상상을 부풀리는 부류와 아무 상상 없이 근엄하게 달리는 부류로. 마라톤 풀코스를 달리는 데 아무런 상상력도 동원하지 않는 마라토너들은 도대체 어떤 사람들일까.

상상력이 지속적으로 달리는 데 에너지가 된다는 건 이미 밝혀진 이론이기도 하다. 암산을 해도 좋고 경치를 감상하며 정신을 분산시켜도 괜찮을 것이다. 고통스러운 자신을 잊을 수 있다면 뭐든 환영이다. 풀코스의 그 머나먼 길에서 쉽게 상상 속으로 빠져들려면 음식 훈련과 마찬가지로 상상력 활용 훈련도 미리 해두는 게 도움이 될 것이다.

달린 거리가 늘어가며 체온이 올라간다. 피부에 퍼져 있던 분비물이 부풀어 오르고 한편에서는 땀이 솟아나기 시작한다. 땀이 머리칼 사이로 퍼져가며 두피를 자극한다. 자극받은 두피가 가려움증을 일으킨다. 땀이 몸의 모든 골을 타고 퍼지며 흘러내린다. 마치 실지렁이가 기어 다니는 것 같다. 양미간에서 갈라져 콧등을 경계로 양쪽으로 갈라진 땀줄기가 쇄골을 지나 가슴 사이로 흘러든다. 가슴 한가운데로 고인 땀이 브래지어를 적신다. 실지렁이들이 한데 몰려든 것 같다. 그곳으로 땀이 모여드는 순간마다 간지럽다.

피부는 땀의 자극에 대해 가려움증으로 반응하는 것 같다. 가려움증이 지나치면 따갑고 쓰린 느낌으로 옮아간다. 그래서 장시간 달릴 경우 바셀린 등의 윤활제가 필요하다.

한 마라톤대회에서 우승한 선수가 가슴에 핏물을 들인 채 피니시라인을 통과한 적이 있다. 그는 하프 지점부터 젖꼭지에 통증을 느꼈다고 했다. 젖꼭지가 티셔츠의 솔기와 지속적으로 마찰한 것이다. 보통 출발하기 전에 젖꼭지에 바셀린을 바르거나 밴드를 붙이는데 그는 그 점을 간과했다. 그러나 그는 마라톤이 자기 자신과의 처절한 싸움이라는 것을 붉은 핏물로 보여주며 그날 그 어느 선수보다 강렬한 인상을 심어주었다. 달릴 때마다 그 핏물을 떠올린다. 그 장면은 무슨 경구처럼 마음을 치곤 한다. 그건 마라톤이 섣불리 뛰어들 일이 아니라는 경계심 탓이리라. 지금까지 참가해본 마라톤대회라고는 지난주의 10Km 코스가 전부니까. 달리기 시작한 지 1주일 만에 처음으로 단축마라톤에 나갔다. 그러니 지금까지 통틀어 달린 기간은 2주에 불과하다. 거듭 무모하다고 여겨지는 게 그 탓인지도 모른다. 하지만 그건 참가 횟수만으로 스스로를 얕잡는 어리석은 짓이다. 기록과 몸상태 등은 아랑곳없이 참가 횟수만으로 평가하겠다는 말과 같다. 하긴 그런 불확실한 단정이 풀코스에 약자인 내게는 비빌 언덕이 될 수도 있다.

한 군사전략가는 전쟁에 가장 해로운 것이 확실성이라고 했다. 돌발적인 전쟁상황에 매뉴얼이 따로 있을 리 없으므로 불확실성의 승부에 전력투구해야 하기 때문이라는 것이다. 예측불허의 불확실성이야말로 승리의 비결인 셈이다. 나는 지금 약자일수록 공격적이어야 한다는 말에 공감한다. 위험이 없으면 보상도 없다. 골프장을 설계하는 디자이너들도 이 원칙을 염두에 두고 코스를 만든다고 한다. 도전적인 사람이 보상을 받도록 코스를 파고 벙커나 장애물로 덫을 치는 것이다.

나 자신에게 그날의 기록을 내보인다. 10Km 완주기록은 1시간 5분이었다. 몸상태는 양호하지 않았다. 두통 때문이었다. 그러나 차츰 회복됐고 나중엔 첫 완주의 성취감으로 상쾌하기까지 했다. 앞으로 풀코스대회가 열리기 전까지 10Km와 하프코스에 한 번씩 더 참가할 계획이다. 다음 주에 10Km, 그다음 주에는 하프코스. 그날의 하프코스 경험과 기록이 바로 뒤이을 풀코스 참가에 생생한 정보를 가져다줄 것이다.

이 정도라면 그리 무모하지 않겠지. 나 자신과의 싸움은 이 정도로 끝내고 싶다. '이건 무모해'가 다시 내 뒷덜미를 잡더라도 상관하지 않을 것이다. 다가오는 하프코스의 목표기록은 2시간 10분이다. 목표를 수치로 바꿔 생각해보니 계산이 지나치게 단순하다는 생각이 든다. 10Km를 1시간 5분에 달렸다고 하프코스를 2시간 10분으로 잡는 건 너무 빤하지 않은가. 이렇게 틀에 박혀 있다니. 이런 내가 낯설게 여겨진다. 그러나 이게 나의 실체인지도 모른다. 그동안 이런 식으로 다른 사람들의 마음을 읽었다 생각하니…… 아찔하다.

세 번째 왕복이다. 흘러내리는 땀에 옷이 완전히 젖었다. 이 산책로는 평탄해서 달리기 편하다. 반면에 너무 익숙해서 지루하다. 앞으로 참가할 대회의 경주로 상태는 그날 그 지점에 이르러서야 알 수 있을 것이다. 마라톤 경주로는 길의 굴곡이나 경사, 폭 등에 제한이 없다. 가파른 언덕이나 급하게 굽은 길도 포함된다. 참가자들이 달리는 데 방해가 되거나 장애가 되는 것은 피하되 정해진 거리에만 맞으면 어떤 형태이든 상관이 없다. 코스의 좋고 나쁨을 따질 여유가 있다면 아직 마라톤을 달릴 자세가 덜 된 것이다. 달리고자 하는 동기야말로 필수조건이다.

마라톤코스는 거리에 따라 42.195Km를 달리는 풀코스 마라톤과 21.0975Km의 하프코스, 10Km의 단축코스로 나눈다. 그 외에 풀코스보다 더 긴 거리를 달리는 울트라마라톤이 있다. 마라톤코스는 출발점과 반환점, 도착점을 기준으로 나눌 수도 있다. 출발점과 도착점이 서로 다른 편도코스, 출발점에서 반환점을 돌아 다시 출발점으로 되돌아오는 왕복코스, 출발점으로 다시 되돌아오기는 하지만 반환점이 없는 순환코스, 같은 코스를 여러 번 도는 주회코스 등이 있다. 국제

육상연맹에서 공인한 한국의 마라톤코스는 경주와 춘천에 있다.

언젠가는 내게도 경주와 춘천의 마라톤코스를 밟아보는 날이 올 것이다. 오늘 산책로를 세 번 왕복했으니 누적거리는 약 95Km다.

벽에 아이의 발을 그린다. 타박타박 돌아다니는 아이의 발소리가 들리는 것 같다. 남편의 아파트에 쫓아 내려갔던 날 책상 위에 놓인 액자에서 아이의 발 사진을 발견했다. 그 사진을 가지고 올라온 뒤로 매일 벽에 아이의 발을 그린다. 내게서 태어나지 못한 아이의 발.

3. 마라톤은 어느 날 갑자기 내게로 왔다

마라톤은 어느 날 갑자기 내게로 왔다. 사람들은 흔히 사랑의 시작을 그렇게 표현한다. 사랑이 어느 날 그렇게 갑자기 내게 찾아왔노라고. 하지만 그것은 사랑하는 그 사람과 나의 관계를 운명적인 것으로 치장하고픈 과시욕의 산물일 뿐이다. 그렇다면 마라톤이 어느 날 갑자기 내게로 왔다고 말한 이상 나도 마라톤을 운명적인 것으로 표현해야 하지 않을까. 그러나 나는 굳이 그런 부담을 갖고 싶진 않다. 동서고금을 막론하고 사람들은 제 사랑을 미화하고 신화화하려고 갖은 노력을 다 기울인다. 그러나 사랑은 누구나 한다. 하지 말라고 하면 더 하는 게 사랑이다. 게다가 말리는 사랑일수록 운명적인 척을 더 한다. 그럼 그 모든 사랑이 다 신화란 말인가. 웃기는 이야기다. 그런 시답잖은 일에 쓸 힘이 있다면 차라리 마라톤을 하라고 권하고 싶다.

하긴 나도 한때 사랑을 했었다. 그때 나도 그렇게 어느 날 사랑이 갑자기 내게로 왔노라고 했었던가. 모르겠다. 아마 그랬을 것이다. 그러나 이제 그 사랑이 어느 날 내게 갑자기 왔었는지는 기억나지 않는다. 명백한 건 마라톤이 어느 날 갑자기 내게 왔다는 사실뿐.

마라톤은 어느 날 그렇게 갑자기 왔으나 마땅히 내가 마쳐야 하는 일처럼 낭연하게 되었다. 그리고 남편이 달렸듯이 나도 달렸다. 남편은 취미로 달렸을지 모르나 나는 절박했다. 내가 달렸던 이유는 할 수 있는 게 그것밖에 없었기 때문이었다. 그와 내가 달리는 동기는 달랐다. 물론 이건 나의 왜곡된 생각일 수도 있다. 내 생각일 뿐인지도 모른다. 하지만 문제의 시작일 수도, 해결일 수도 있을 것이다. 그가 취미나 건강증진을 위해 달렸는지 아닌지는 알 수 없다. 인정하기 싫지만 그도 뭔가가 절박해서, 할 수 있는 게 그것밖에 없어서 달리기 시작했던 건 아닐까. 나는 그 점이 두렵다. 제발 그가 취미로 달렸기를, 나처럼 자괴감 따위에 복받쳐 내달리지는 않았기를 바란다. 그가 그런 감정을 달리는 행위로 이겨내지 않으면 안 되었다는 걸 인정하고 싶지 않다. 그건 그가 아닌 내게만 해당되어야 한다. 그런 점에서 마라톤은 남편이 내게 던진 숙제다. 나는 그렇게 믿는다. 그가 왜 달리기 시작했는지를 알아내야 한다. 나는 내게 던져진 숙제를 마칠 것이다.

마라톤은 내게 완성된 이야기로 존재할 것이다. 매일 훈련하는 분량이 하나하나의 에피소드이다. 400m 트랙을 반복해서 도는 경우라면 한 트랙마다 짧은 이야기를 지어보는 거다. 그다음 익숙해지면 두 트랙마다, 또 세 트랙, 네 트랙, 그렇게 긴 이야기로 늘어날 것이다. 그럴듯하다. 그러다 보면 진저리 치는 일 없이 달리기를 마칠 수 있지 않을까. 마침내 풀코스를 완주하는 날, 매일 이어져온 그 이야기들이 하나의 거대한 이야기로 완성되기를 바란다.

조금 다른 의미이긴 하나 마라톤이 이야기화된 경우는 그리 흔하지도 드물지도 않다. 내가 지니고 있는 문화적 소양의 한도 안에서는 그렇다. 실제로 마라톤대회에서 우승했던 감독의 영화를 기억한다. 가톨릭계 사립학교에 다니는 사춘기 소년의 이야기인데 영화는 열네 살 소년의 사적인 일상을 서서히 확장해 일반화한다. 마치 마라톤의 지난한 과정처럼. 보잘것없는 개별자들이 비로소 스스로의 위대함을 체험하는 순간, 그것이 마라톤이라고 감독은 말하고 싶었던 것 같다. '오늘 나는 내 영웅을 만났다. 그는 바로 나다' 풀코스를 완주한 뒤 감격에 겨워 이런 말을 토하게 만드는 마라톤.

소년은 또래 중에서 죄악의 상징으로 통했다. 몰래 담배를 피우고 여성의 젖가슴과 엉덩이를 훔쳐보며 자위행위를 한다. 죄악의 상징이란 가톨릭계 학교제도의 강압으로 비롯된 소년 스스로 느끼는 죄의식에 지나지 않을 것이다. 그 나이 무렵의 보통 소년이라면 그렇지 않겠는가. 소년은 니체를 읽고 감동받으며 기적은 반드시 이루어진다는 신념을 갖는다. 주임신부가 그런 소년에게 크로스컨트리를 배우게 한다. 소년에게는 병상에서 벗어나지 못하는 엄마가 있는데 엄마는 혼수상태에 빠지고 누군가 엄마가 깨어나려면 기적이 필요하다는 말을 건넨다. 소년은 크로스컨트리를 가르치는 강사로부터 보스턴마라톤에서 우승하는 일은 기적이란 말을 듣고 보스턴마라톤에 나가기 위해 본격적인 훈련에 돌입한다. 깡마른 소년은 엄마를 낫게 하려고 달리고 또 달린다. 마침내 소년은 주먹을 불끈 쥔 채 피니시라인을 통과한다. 기적이 이루어지는 순간이다. 깡마른 소년의 팔다리가 선명하게 떠오른다. 달리는 동안 더 야윈 뼈와 가죽의 윤곽이 눈물겹다.

영화는 불우한 한 소년이 역경을 극복하는 유쾌한 성장 드라마다. 흔한 성장 드라마 중의 한 편이지만 그 영화를 찍은 감독이 실제로 1995년 디트로이트마라톤대회에서 우승했다는 건 흔치 않은 사실이다. 완주 정도가 아닌 우승이라면 이야기가 더욱 달라진다.

이제 새삼 그런 성장 드라마를 원하는 걸까. 성인이면서도 진정한 성인이 되지 못했다는 자각 때문인가. 어차피 사람들의 삶이란 매일매일의 성장 드라마와 다르지 않다. 의식하지 못하는 사이에 스스로의 성장 드라마를 연출하느라 쉬지 않고 달리고 있는 것이다. 내 이야기를 성장 드라마화한다면 이렇게 요약된다. 아이를 낳을 수 없는 기혼녀가 불임과 남편의 배반을 마라톤으로 극복한 감동적인 드라마. 형식이 지나치게 상투적인가. 하지만 성장 드라마의 형식은 대개 그렇지 않은가.

관객들은 그다지 형식을 문제 삼지 않는다. 모든 드라마는 서사가

관건이다. 그러므로 감동에 굶주려 있는 관객의 공감대를 자극할 이
야기만 만들어지면 되는 것이다. 아무튼 인간이란 이야기라면 사족
을 못 쓰는 족속이다. 나야말로 내 이야기에 스스로 공감하고 싶은 건
지도 모른다. 나는 그 누구보다 나를 감동시킬 그 무엇을 간절히 바라
고 있는 것이다.

4. 남자가 달린다

저 앞에서 달리는 사람의 뒷모습이 낯설지 않다. 사람들 가운데서 남자의 몸은 두드러져 보인다. 그 남자다. 남자를 이곳에서 다시 본다. 운동장에서 처음 본 뒤로 한참 만이다. 남자의 몸은 마라톤으로 단련된 체형이다. 긴장된 근육의 질서가 남자의 몸에 살아 있다. 길쭉한 다리근육과 넓지 않은 어깨가 그 남자임을 알게 한다.

"여기서 뵙네요."

남자에게 다가가 인사를 건넸다. 처음 트랙을 돌 때 도움을 받은 적이 있어 어떻게든 고마운 마음을 전해야겠다고 생각하고 있었다.

누군데 말을 붙여오느냐는 듯한 표정으로 남자가 나를 바라본다.

"지난번엔 도움주셔서 정말 고마웠습니다. 기억나시죠?"

"아아."

기억이 난다는 표정이다.

"어디 멀리 다녀오셨나 봐요."

"네."

"출장 다녀오셨어요?"

"아닙니다. 보스턴마라톤 달리고 왔습니다."

"네? 보스턴을요? 마라톤 원정도 다니시는군요."

"그렇습니다."

남자는 그 말을 마치고 속력을 내기 시작했다. 남자와 나 사이의 거리가 벌어졌다. 남자의 뒷모습을 바라보며 내 페이스를 유지했다.

남자에게 왜 달리느냐고 묻고 싶었으나 그만두었다. 남자의 태도로 보아 무슨 대답을 들을 수 있을 것 같지도 않지만 혹시 남자에게서 무슨 이야기라도 듣게 될까봐 지레 물러섰는지도 모른다. 상대가 한 가지를 보여주면 내 쪽에서도 무엇을 보여줘야 한다는 부담 탓일 게 다. 나는 그 점이 늘 거북하다. 그런데도 달리는 사람을 보면 왜 달리는지 궁금하다. 남자에게 묻는 대신 나 자신에게 묻는다. 나는 왜 달리는가. 나는 왜 달려야만 하는가.

남자의 속도는 따라잡을 수 없을 만큼 지속적으로 빠르다. 이 산책로에서 풀코스 거리를 달리려면 몇 번을 왕복해야 하는지 어림해본다. 열여덟 번 정도, 어감으로는 어렵지 않게 들린다.

마라톤을 가장 고독한 스포츠라고들 하는데 그 말을 달릴 때마다 실감한다. 달리는 동안이 완전히 자신 속으로 몰입할 수 있는 시간이

라고? 물론 그렇다. 그러나 그런 찬미는 오래지 않아 제발 이 고통을
덜어줄 동지가 있었으면, 하는 절실한 심정으로 바뀐다. 한껏 미화해
서 몰입이지 이건 지독한 극기훈련이다. 끝없이 밀려드는 권태와 싸
우며 거기 누구든 나의 이 고통을 공감해줄 사람 없나요, 라고 부르짖
게 만든다. 달리는 데 적응이 되었고 심지어는 적성에 맞는다고까지
여겼던 게 거짓말 같다. 무엇인가를 동지로 삼아야 할 만큼 민달팽이
처럼 유약해지는 느낌이다.

　남자는 역시 변함없이 달리고 있었다. 부디 남자가 달리기를 멈추
지 않기를 바란다. 남자가 달리기를 그만둔다면 나도 의욕을 잃을 것
만 같다. 남자가 여전히 달리고 있다는 사실에 마음이 든든해진다. 아
무라도 상관은 없다. 아이든 노인이든, 달리는 고통을 같이 느낄 수만
있다면.

　나는 세 번을 왕복하고 벤치로 물러났다. 남자도 목표량을 채웠는
지 도로에서 빠져나왔다. 남자에게 이온음료 캔을 들고 다가갔다.

　"이것 좀 드세요."

　남자가 머뭇거리다 음료수 캔을 받아 든다.

　"정기적으로 대회에 참가하시나 봐요?"

　"네."

　남자는 여전히 간단한 대답만 반복한다.

　"저는 왕초보예요. 지난주에 처음으로 단축코스 나갔었고 3주 뒤에
풀코스 참가해요."

"풀코스는 힘듭니다."

"그러게요. 매일 훈련하지만 정말 걱정이에요. 완주할 수 있을지. 풀코스는 몇 번이나 참가해보셨어요?"

"여덟 번입니다."

"보스턴은 처음 참가하신 건가요?"

"아닙니다. 두 번째였습니다."

"그런데 왜 달리기 시작하셨어요?"

묻지 않으려던 말이 튀어나왔다.

역시 묻지 말았어야 했다. 남자가 이상하다는 표정으로 나를 한 번 건너다보았다. 남자는 자신이 무엇 때문에 달리기 시작했는지 모르는 것일까. 풀코스를 여덟 번이나 완주한 사람이 맞는 걸까. 나도 풀코스를 달리고 난 뒤 남자처럼 저런 말을 하게 될까. '사랑이 올까요, 아름다운 날이 내게도 올까요', 어디선가 노랫소리가 들려온다. 사랑을 애타게 기다린다는 건지 잃은 사랑을 체념한다는 건지 분명치 않다. 노랫소리가 멀어진다. 애끓는 듯한 목소리가 긴 꼬리를 남긴다.

남자의 말을 들으니 마라톤이 더 아득하게 여겨진다. 아득할 뿐만 아니라 오르지 못할 나무에 간신히 매달린 기분이다. 남편의 마라톤에 가졌던 내 감정 탓일 것이다. 공연히 숭고하게 여겼던 그 기분. 남편이 내 앞에서 우쭐거린 것도 아니다. 나 혼자 그냥 그런 기분을 느꼈을 뿐이었다. 아니 어쩌면 한국 사람만의 정서 탓인지도 모른다. 학교 다니는 내내 시대의 울분을 담아 손기정을 배웠으니까. 손기정을 떼어놓고 마라톤을 생각할 수 있는 한국 사람은 없을 테니까. 내가 아는 마라톤은 그렇게 나와 동떨어져 있었다.

한국 마라톤은 광복 후 관심이 높아진 가운데 1947년 제51회 보스턴마라톤대회에서 서윤복이 우승을 차지했다. 이어서 1950년 제54회 보스턴마라톤대회 때는 함기용, 송길윤, 최윤칠이 1·2·3위에 오르는 실력을 과시했다. 1992년에는 일본의 벳푸마라톤대회에서 황영조가 2시간 8분 47초의 한국 최고기록을 세워 한국 마라톤의 신기원을 이룩했다. 그해 황영조가 제25회 바르셀로나올림픽에서 우승함으로써 1936년 8월 9일 베를린올림픽에서 손기정이 일장기를 달고 우승한 이래 56년 만에 한국 마라톤의 오랜 숙원을 풀었다.

오늘까지 달린 거리는 약 102Km, 이제 100Km를 넘어섰다. 100Km를 넘고 보니 풀코스의 고지가 바라보이는 기분이다. 아이의 발도 덩달아 크게 그려진다.

5. 달리기는 슬프다

새벽에 짓눌리는 느낌으로 버둥거리다가 잠이 깼다. 풀코스를 달리다가 다리가 마비되어 주저앉는 꿈을 꿨다. 잠이 더 오지 않는다. 산책로로 나섰다. 산책로에는 개를 데리고 달리는 사람, 경보하는 사람, 아침 운동을 나온 사람 들이 많았다. 그들을 바라보다가 산책로를 가로질러 산 쪽으로 들어섰다. 몇 발짝 들어왔을 뿐인데 산은 수직으로 뻗은 나무들과 기우뚱하게 걸쳐 넘어진 나무들로 어수선한 모양을 그대로 보여주고 있었다. 지난해의 태풍에 넘어져 시꺼먼 둥치를 드러내고 있는 나무들이 수두룩했다. 바닥에 쓰러지지 못하고 비스듬히 선 채로 주변의 나무에게 기대고 죽은 모습이었다. 살아남은 나무들이 죽어 기울어진 나무들보다 물러서 있는 듯한 착각이 들었다. 어쩐지 산 나무들보다 죽어 기울은 나무들이 눈앞에 더 생생해 보였다.

산의 안쪽으로 더 들어가보았다. 여기저기 나무를 잘라 쌓아둔 무더기들이 드러났다. 갑자기 눈앞에 괴상한 통나무의 단면이 나타났다. 거무칙칙하고 흉물스럽게 부풀어 나온 단면. 중심으로부터 내용물이 쏟아져 나오는 듯한 모양이었다. 나무벌레떼인가. 머리칼이 섰다. 가까이 다가가 들여다보니 그건 나무의 입자였다. 중심에서부터 썩어 게워낸 입자. 옆의 것도, 주변의 것도 그랬다. 단면의 맞은편을 보았다. 앞면보다 부풀어 나온 형태는 좁고, 썩은 부위는 중심으로부터 통나무 전체를 관통하고 있었다.

쌓여 있는 통나무 더미들을 훑어보다 방사형으로 균열이 진 단면에 눈길이 멎었다. 마치 심장에서 퍼져나가는 혈류의 흐름처럼 균열은 중심으로부터 시작되고 있었다. 수축과 팽창, 다급한 심장 박동이 느껴지는 듯해 가슴이 쿵쿵거렸다. 다른 통나무들을 살펴보니 색의 짙고 흐림, 균열선의 가늘고 굵음에 차이만 있을 뿐 모두 같은 형태였다. 중심에서 바깥쪽을 향해 뻗어나간 균열은 커다란 통나무 더미도, 가는 나무도, 굵은 나무도 마찬가지였다. 중심으로부터 터져나간 균열, 균열의 파동, 그리고 관계의 균열. 몸이 저렸다. 차마 바로 볼 수 없는 처참한 광경이었다.

둥근 단면의 균열. 자동차의 급브레이크 소리가 들려오기 시작했다. 쓰러진 어린아이가 나타났다. 균열의 틈으로 비명과 아우성이 들려왔다. 구급차의 사이렌 소리도 들려오기 시작했다. 동생이 나무처럼 기우뚱, 하고 쓰러졌다. 나는 통나무 앞에 그대로 주저앉았다.

하루 종일 통나무의 단면이 머릿속에서 떠나지 않았다. 통나무의 단면은 나에게 보란 듯이 균열의 파동을 드러내고 있었다. 중심에서부터 비롯된 균열. 남편과 나의 관계를 떠올렸다.

아파트단지 사잇길을 지나 산책로로 나갔다. 저녁이라 바깥 공기는 조금 쌀쌀하다. 늘 하던 대로 스트레칭부터 시작했다. 노인들과 여자들 사이를 달리기 시작했다. 오늘도 40분을 달릴 생각이다. 이런 속도로 간다면 7Km 정도를 달리게 될 것이다. 아파트건물이 휙휙 지나간다. 그 사이로 이런저런 나무들이 스쳐 간다. 나무들이 내뿜는 싱싱한 기운이 산책로에 퍼져 있고 쌉쌀한 식물의 향기도 느껴진다. 밤기운을 깊게 들이마신다. 산책로 사이 맞은편에도 아파트 여러 동이 들어서 있다. 길 하나를 사이에 두고 다른 행정구역에 속한 아파트이다. 시공업체도 다른 아파트이지만 얼핏 보면 한 단지로 보인다.

산책로에서 왼편으로 돌면 오래된 집들이 모여 있는 지역이 나온다. 곧 개발될 그곳은 판자촌을 방불케 할 정도로 낡은 집들이 다닥다닥 붙어 있다. 소규모 재래시장을 중심으로 전형적인 옛날 동네를 형성하고 있다. 아파트단지 쪽과 그곳의 주거형태는 30년 이상 차이가 난다. 사방이 아파트단지로 둘러싸여 마치 무슨 보호구역 같은 인상을 준다. 곧 무너질 듯한 그런 집들은 옥상마다 옥탑방이 딸렸거나 지붕 크기에 맞먹는 텃밭을 이고 있어 한층 더 곤궁해 보인다.

아파트단지 바로 옆은 산으로 접어드는 길이다. 대단지아파트 옆에 저런 옛 동네와 큰 산이 함께 있다는 건 어쩐지 우울하다. 아무도 이런 공존이 오래 가리라고 믿지는 않을 것이다. 이 공존은 앞으로 어떤 형태로 변할지 예측할 수 없는 무언가로 변하기 전의 유예된 모습이다.

군데군데 배드민턴을 치는 부자 혹은 모녀들의 건강한 모습, 둘씩 짝지어 파워워킹을 하는 중년 여성들, 부부들의 모습이 보인다. 주민들은 이 산책로에 주어진 행복추구권을 최대한 행사하고 있다. 주민들은 그 권리가 지금 자신들의 발걸음에 실려 있다는 걸 잘 알고 있는 것 같다. 이곳에 도로를 낸 정치인이 이 광경을 본다면 아차 싶을 것이다. 이럴 줄 알았더라면 도로를 낼 게 아니라 공원을 만들었어야 했다고, 그랬다면 다음 선거에서 더 많은 표를 얻을 수 있을 텐데 잘못했다고 한탄할 것이다.

가로등이 적당한 밝기로 사람들을 비추고 있다. 얼굴은 자세히 알아볼 수 없지만 무슨 행동을 하는지는 보이는 정도다. 달리는 사람은 두셋에 불과하다. 나 말고는 중년 남자들이다. 중년 남자 중 한 사람은 마라톤 복장으로 달리고 있다. 그 남자다. 사람들의 무리에서 눈에 띄는 차림이다. 남자의 자세는 균형을 이루어 경쾌하게 앞뒤로 움직이고 있다. 어깨가 올라가 있지 않고 두 팔의 위치도 너무 올라가지도, 처져 있지도 않다.

남자들에겐 어깨를 올린 자세로 달리는 경우가 흔하다. 달린다는 행위에 스스로 도취되는 경향이 있기 때문이다. 하지만 남자는 다리의 높이나 보폭도 나무랄 데가 없다. 오랫동안 달리며 자연스레 길이 든 자세로 보인다. 달리기 자세의 모범이다. 저런 사람을 보면 모르는 사람이라도 말을 걸고 싶어진다. 나만 외롭게 달리는 건 아니라는 생각 때문일까.

일정한 거리를 두고 남자의 뒤를 따라 달린다. 남자의 속도는 나보다 훨씬 빠르다. 남자는 목표량을 채웠는지 차츰 속도를 줄이기 시작한다. 나는 조금 더 달려야 한다. 아직 10분이 남아 있다.

무릎과 정강이가 눈앞을 채운다. 운동화 앞의 보도만 바라보기로 한다. 이 달리기의 끝에는 무엇이 있을까. 바로 저 앞이 길의 끝이라면, 아직도 멀었다고 여기고 있는데 누군가 달려와 벌써 완주했다고 알려준다면 얼마나 좋을까. 언제쯤 나는 순수하게 달리는 것 자체에 몰입할 수 있을까. 지금의 나는 상상이든 눈물이든 무엇에 의지해야만 달릴 수 있다. 아무런 거리낌 없이 그냥 숨 쉬고 밥 먹는 일처럼 되려면 얼마나 달려야 하는 걸까. 그저 아무 생각 없이 매일 쉬지 않고 달리면 그렇게 될까. 모르는 사이 그렇게 되어버리는 걸까.

훈련은 하루도 빠질 수 없다. 하루를 그냥 넘기면 그다음 날도 달리고 싶지 않다. 그러니 잠시도 긴장을 풀 수 없다. 더구나 풀코스다. 몸은 늘 쉴 기회를 노린다. 그런 몸의 속성과 한판 질기게 붙어보자고 공개된 마라톤이다. 언제든 제 주인이 의지를 꺾고 원래의 몸의 속성으로 돌아오기를 바란다. 몸은 편하게 놓아두는 데 맞도록 만들어졌다. 그 상태에서 조금만 벗어나려 해도 심한 저항이 따른다. 하지만 그 저항을 이겨내지 않고는 그 어떤 한계도 넘어볼 수 없다. 일단 저항단계를 넘어서면 몸이 서서히 나의 의지에 순응할 것이다.

지금 정말 그만두고 싶은 일을 꼽으라면 나는 단연코 마라톤을 꼽을 것이다. 달리는 건 고통스러울 뿐만 아니라 슬프기도 하다. 대부분 나는 눈물과 함께 달린다. 달리다 보면 어느 순간부터 나는 몹시 외롭고 가벼운 존재가 되고, 그러면 쉬지 않고 눈물이 흘러나온다. 끊임없이 달리고 있는 스스로에게 눈물이 난다. 그럼에도 나는 왜 달리는가. 왜 달려야만 하는가. 단지 남편이 왜 달리기 시작했는지 알아내기 위해서인가. 마라톤의 이 지난한 과정을 거쳐 우리의 잃어버린 처음을 다시 얻기 위해서인가.

내게 달리는 일은 시작부터가 고역이었다. 그날 남편의 일을 알고 내달렸을 때는 깨닫지 못했다. 무엇이든 붙잡고 매달려야 한다면 그래, 그것, 달리기였다. 절박했다. 그다음부터는, 엄두가 나지 않았다. 달리는 데 필요한 동작은 내 몸이 못내 거부하는 구역에 속해 있었다. 내 몸은 절대 그 구역은 건드리지 말기를 바라는 듯했다. 몸은 이렇게 말하고 있었다. '그냥 힘든 게 아니라 내 속성과 맞지 않다'고. 내 몸은 온몸으로 달리는 걸 거부했다. 거부하는 몸을 설득하고 싸우는 일이 본격적인 달리기의 시작이었다.

몸과 나의 싸움이 시작되었다. 몸의 반항은 나의 숙적과도 같은 두통으로 시작되었다. 두통은 정말 다양했다. 기차가 달려오듯 우당탕거리다가 지끈거리다가 쑤셔대듯 하다가 빙빙 돌며 어지럽기도 하고 머리 전체가 웅웅거리며 마비된 듯도 했다.

두통이 공격하기 전의 즉각적인 거부반응은 가슴의 통증이었다. 심장이 무엇인가에 얻어맞은 것 같더니 숨을 쉴 수 없게 되었다. 나는 그대로 운동장 트랙에 주저앉았다. 잠시만 쉬면 금세 회복될 거라고 생각했다. 모든 운동을 시작하며 주의해야 할 대표적인 증상이었다. 트레이너의 지도에 따라 운동하되 가슴이 답답하거나 호흡이 곤란해지면 바로 운동을 중단하고 절대안정을 취하며 반드시 의사의 지시를 따르라는 주의문구가 생각났다.

"괜찮습니까?"

마라톤 복장으로 달리던 한 남자가 다가외 몰았다. 내가 오기 전부터 달리고 있던 사람이었다.

"조금 쉬면 괜찮아질 거예요."

나는 남자에게 이유 없이 창피해서 괜찮다고 얼버무렸다. 그리곤 얼른 트랙에서 빠져나와 운동장 가장자리의 벤치에 가 앉았다. 남자는 달리기를 멈추고 다가와 허리에 차고 있던 물병을 건넸다.

"심호흡을 하십시오."

자신도 겪어봐서 잘 아는 일이라는 듯한 태도였다. 처음 보는 사람에게서 이런저런 도움을 받는 게 거북해 나는 그냥 알았다고 고개를 끄덕였다. 남자가 트랙으로 돌아가자 갑자기 어지럼증이 찾아왔다. 나는 그대로 벤치에 누웠다. 한참을 누워 있다가 눈을 떴다. 오랜 시간이 흐른 듯했다. 으슬으슬하게 한기가 느껴졌다. 정신을 차리고 일어나 운동장을 빠져나왔다. 물을 건네주던 남자는 여전히 달리고 있었다.

다음 날 다시 트랙으로 나갔을 때도 가슴에 통증이 여전히 느껴졌다. 이런 증상을 느끼고도 무시한 채 몸을 움직인다면 정말 죽기라도 하는 걸까. '어지럽거나 가슴 통증이 오는 경우 작동을 중지하세요' 문득 운동기구에 붙어 있던 경고문구가 떠올랐다. 자기 제품 쓰다가 말썽 나면 골치 아프니까 지어낸 운동기구 관련 업체의 엄살은 아닐까. 이런 식으로 이리저리 재다 보면 세상에 운동할 사람 아무도 없겠다 싶었다. 혹시 내 몸이 그 체질에 해당하는 게 아닌가 하는 의구심이 솟았다가 수그러졌다. 웬만한 심장을 지니고 있다면 상관없겠지. 주의사항을 떠올리며 비웃었다. 비웃음 뒤에 발동한 오기 탓인지 가슴의 통증이 어느 순간 둔해졌다.

다음 날도 나는 거르지 않고 트랙을 돌았다. 네 바퀴에서 다섯 바퀴로 거리를 늘렸다. 몸의 기색을 살피되 짐짓 모른 척하며. 가만 보니 가슴의 통증은 가라앉은 모양이었다. 그러나 슬며시 네 바퀴에서 다섯 바퀴로 옮아가는 순간 다시 통증이 느껴졌다. 가슴을 다독이며 살살 달렸다. 비로소 1.6Km에서 2Km대로 진입하는 데 성공했다.

그러나 그것이 다가 아니었다. 상투적인 표현을 빌리자면 그것은 단지 시작에 불과했다. 이번엔 길고 험한 두통이 시작되었다. 두통이 무엇인지 본격적으로 보여주겠다는 듯 가슴의 통증보다 한층 치밀하고 복잡하고 기복이 심했다. 그럼에도 나는 다음 날 다시 달리고 있었다. 사람들이 사방에서 몰려들어 비웃는 소리가 들리는 것 같았다. 남편 뺏기고 달린다네, 그것도 마라톤을. 제대로 자기 학대를 하는군.

그렇게 미련하니 당하지…….눈을 질끈 감았다.

두통이 몰려오면 머리를 싸쥐고 웅크린 채 생각했다. 이건 혹시 가상현실이 아닐까. 머릿속엔 남편에 관한 잡념이 들끓고 있었다. 아니, 나 자신을 향한 말할 수 없이 비굴한 감정이 들끓고 있었다. 아이 하나도 품지 못하는 용도가 불분명한 살덩어리. 쓰임을 밝히지 못하면 태워 없애야 할 것 같았다. 무너져 내리는 기분이 좀체 가라앉지 않았다. 두통은 그런 자괴감에서 비어져 나오고 있었다.

보다 심각한 건 구토였다. 구토는 단순한 증상이 아니기에 반드시 휴식을 취하라는 주의사항을 따를 생각이었다. 여전히 구토는 훈련이 좀 지나쳤다 싶으면 계속됐다. 토하면서까지 달리는 스스로가 딱하기도 했으나 구토와 함께 남편의 일까지 말끔히 게워버리면 좋겠다는 생각도 들었다. 달리기를 계속하더라도 무너져 내리는 감정을 벗어나지 못한다면 구토는 계속될 것이었다. 달리고 구토하고 달리면서 구토하고 그런 시간이 이어질 것이다.

오늘까지 달린 거리는 109Km. 또 하루가 풀코스에 가까워졌다. 아이의 발을 그린다. 109개를 그려볼까 하다가 그만두었다.

6. 첫 번째 10Km 코스 참가기

첫 번째 마라톤대회는 결국 두통을 다 이겨내지 못한 채 참가했다. 두통의 발작을 대비해 타이레놀 두 알을 바짓주머니에 넣고 달렸다. 적어도 1시간 이상은 달릴 테고 두통은 초반에 찾아오므로 만일 두통이 느껴지면 급수대에서 넘길 생각이었다.

대회 날 아침은 어수선했다. 알람을 맞춰놓았지만 그보다 훨씬 전에 잠이 깼다가 다시 잠들어버린 탓이었다. 대회 주최 측에서 택배로 보내준 번호표와 기록칩은 며칠 전에 도착해 있었다. 기념품으로 온 티셔츠의 앞면에 번호표를 붙이고 기록칩은 운동화 끈에 걸었다. 시계를 챙겨 재킷을 걸치며 집을 나섰다. 시간이 없어 제대로 챙겨 먹지도 못하고 출발했다.

내 생애 처음으로 마라톤대회에 참가하는 날이었다. 내 몸을 공개적으로 달리기에 사용해보는 첫날이었다. 전날 저녁내 서성였다. 마음을 차분히 가라앉히려고 해도 나도 모르게 일어나 서성이고 있었다. 처음 달리던 날을 떠올렸다. 이도저도 아무것도 할 수 없던 그 순간. 다시 복받치는 감정을 스트레칭으로 풀었다.

내 생애 첫 번째 마라톤이었다. 달리기 시작한 지 겨우 1주일. 달리다가 심장이 멎을지도 모른다는 걱정에 사로잡혔다. 동생의 비보가 날아왔던 날을 떠올리고 있었다. 피하려고 해도 그 생각은 한사코 달라붙어 떨쳐지지 않았다. 동생의 죽음을 전하는 올케에게 미쳤느냐고 소리를 질렀다. 쌓인 업무로 새벽까지 과로했음에도 동생은 마라톤대회에 나갔고 하프코스를 달리다가 쓰러졌다. 그 무렵 동생은 지나칠 정도로 많은 업무에 시달리고 있었다. 승진을 하기 위해 눈에 보이는 실적을 강요하는 상급자의 업무스타일 탓이었다. 업무를 미루었거나 마라톤대회에 나가지 말았거나 둘 중에 하나를 택했어야 했으나 그 대신 돌이킬 수 없는 일을 낳고 말았다. 경주로에 쓰러진 동생은 급히 병원으로 옮겨졌으나 깨어나지 못했다. 순조롭지 못한 혈류가 일으킨 심장 발작이었다고 했다.

큰길에 나서자마자 바로 택시를 잡을 수 있었다. 택시기사가 마라톤대회에 나가느냐고 알은체를 했다. 그렇다고 하자 달리기 훈련을 얼마나 해야 참가할 수 있느냐고 물었다. 매일 꾸준히 훈련을 해야 한다고 대답해주었다. 기사는 마라톤을 하려면 누구에게 지도를 받아야 되는 거냐고 물었다. 선수가 아니라면 특별히 그럴 필요는 없는 듯하다고 말했다. 하긴 내달리는 것으로 시작해 올바른 자세를 지도 받은 적이 없으니 내 자세는 생계형이라 해도 틀리지 않을 것이다. 기사는 몇 킬로를 달리는가, 완주는 하는가, 재미가 있는가 등 여러 가지를 연속해 물어댔다. 나는 조금 무안한 기분으로 이번이 처음이고, 10Km 코스에 참가한다고 답했더니 기사가 풀코스를 완주하는 다리는 어떤지 궁금하다며 웃었다. 아침부터 성가신 기사를 만났다. 그렇잖아도 첫 참가라 긴장할 대로 긴장해 있는데……. 그 웃음에 나는 글쎄요, 라고 대답하고는 입을 다물어버렸다.

대회장 주변은 지자체의 축제라도 열린 것처럼 요란한 분위기였다. 벌써부터 교통통제가 시작되어 경찰들이 곳곳에 배치되어 있었다. 이런 식으로 사람들은 마라톤의 세계로 들어가는 것이었나. 오직 홀로 존재하는 시간으로 들기 위해 이런 북새통을 거쳐야 하나. 이 세계가 나를 인정할지 거부할지 그건 출발해 달려봐야 알 수 있을 것이었다. 아마도 나는 염려한 것보다 이 세계에 잘 적응할지도 모른다는 생각을 하며 대회장을 둘러보았다. 처음 내달리던 날 그걸 깨달았다. 짐작과 달리 달리기가 내 적성에 맞는다는 것을.

대회장은 참가자들의 가족까지 몰려나와 난장판이었다. 아이들은 공짜로 얻은 풍선을 어깨에 매달고 소리를 지르며 뛰어다니고 있었다. 무사히 마라톤을 완주하고 안 하고와는 아무 상관이 없는 듯한 분위기였다. 어디까지나 참가하는 데 의의가 있다는 원론에 충실하거나 한바탕 떠들썩하게 합법적으로 소란을 떨어도 되는 기회를 제공하려 총력을 기울이는 듯싶었다. 그러나 나는 완주해야 했다. 거짓 없이 완전하게.

대회장 가장자리는 갖가지 행사용 부스들로 북적거렸다. 게다가 재벌기업이 주최하는 대회여서 소속 스포츠팀 선수들의 사인행사까지 진행하고 있었다. 그런저런 행사들로 대회장은 행사에 굶주려온 사람들의 도가니처럼 보였다. 굶주림에도 여러 가지가 있다는 생각을 했다. 왜 이렇게 몰려들어 북새통을 이루는지 사람이란 정말 이상한 족속이라는 생각이 들었다. 그런 북새통 속에서 본격적인 준비운동이 시작되었다. 이곳저곳에 무슨무슨 동호회에서 나온 마라토너들이 모여 준비운동을 하고 있었다. 충분한 스트레칭이 필요하다 했지만 하도 사람이 많아 팔다리도 제대로 뻗어보지 못했다. 그래도 비집고 발목을 돌려주고 제자리뛰기를 했다.

황사가 있고 조금 쌀쌀했다. 달리기에 적당한 기온이지만 황사가 방해요인이었다. 사회자는 여전히 야단스럽게 지껄였다. 이제 그만 출발하면 좋겠다는 생각이 간절했지만 대회 주최 측에서는 출발 전에 하고 싶은 말이 많은가 보았다. 회사 소개와 귀빈 소개 순서가 지나자 정치인들의 격려 순서가 이어졌다. 출발예정 시각을 넘기자 여기저기서 볼멘소리들이 터져 나왔다.

드디어 사회자가 출발신호를 알리기 시작했다. 정치인들도 나와 사회자와 함께 출발신호를 알렸다.

"다섯, 넷, 셋, 둘, 하나, 출발!"

신호와 함께 풍선들이· 화르르 날아올랐다. 사람들이 일제히 와아 함성을 지르며 달려 나갔다. 코스를 따라 달려 나가는 게 아니라 풍선을 잡으러 몰려가는 것 같았다. 저러다 사람들이 모두 풍선들처럼 날아오르는 게 아닐까. 말도 안 되는 상상 때문에 소름이 돋았다. 처음 참가하는 터라 지나치게 긴장하고 있는 것 같았다. 사람들이 출발하자 주위가 갑자기 조용해졌다.

풀코스와 하프코스에 이어 10Km 코스의 출발시간이 되었다. 사회자는 참가자들의 긴장을 풀기 위한 마사지라며 앞, 뒤, 옆 사람들의 어깨를 주무르게 했다. 생전 처음 보는 사람들의 살을 주무르자니 생닭을 만지는 기분이었다. 내 어깨를 주무르는 사람은 어떤 느낌이었을까. 10Km 코스는 유독 참가인원이 많아 출발선은 한없이 길었다. 사회자는 참가자들을 나누어 순차적으로 출발시켰다. 한데 몰려나갔다가 벌어질지도 모르는 사고를 막기 위해서였다. 나는 두 번째로 출발하는 무리에 섞여 있었다. 그들과 함께 나도 출발했다.

일어나자마자 떡을 한 조각만 넘겨 위는 헐렁하게 비어 있었다. 그러나 배는 전혀 고프지 않았다. 세 조각을 먹을 계획이었다. 그만큼이 오늘 완주하는 데 필요한 열량이었다. 하지만 마라톤대회에 처음 참가하는 부담이 떡 두 조각 분량의 포만감을 대신하고 있었다. 그 부담이 10Km 피니시라인까지 이끌어 갈 에너지도 대신 생산해줄지는 미지수였다. 한 번도 걷지 않고 처음부터 끝까지 정직하게 달리기. 내 첫 마라톤대회의 참가 목표였다.

한 여자애가 키높이 운동화를 신고 경중거리며 뛰고 있었다. 여자애는 화장까지 완벽하게 한 얼굴이었으나 표정은 그 화장을 완전히 망치고 있었다. 키높이 운동화 때문에 다리며 골반까지 통증이 심한 듯 여자애는 벌어진 입을 다물지 못하고 식식거렸다. 아무리 단축 마라톤이라 해도 그렇지……. 저 여자애는 마라톤을 너무 우습게 생각했다. 저 애는 무엇 때문에 달리는 걸까.

1Km가 가까워지자 두통이 시작되었다. 훈련할 때보다 레이스에 적응하는 일이 벅차게 느껴지던 중이었다. 중요한 순간에 가로막고 나서는 두통이 사정 봐주지 않고 딩신 요구나 보채는 어머니처럼 여겨졌다. 두통이 불거진 부위를 싸쥐고 달렸다. 급수대까지는 어떻게든 가야 했다. 2.5Km 지점에서 급수대를 만났다. 물이 담긴 흰 종이컵들이 눈부셨다. 환영이나 신기루는 아닐까 하는 생각마저 들었다. 나는 달리는 걸음으로 물컵을 집어 들어 타이레놀부터 삼켰다.

다시 달리기 시작했다. 얼마쯤 시간이 지나자 두통이 사라지며 몸이 회복되는 게 느껴졌다. 보폭에 다시 탄력이 붙었다. 반환점에 이르렀다. 아직도 지금 달려온 만큼의 거리가 남아 있었다. 6Km를 넘어가자 급격히 기운이 떨어지는 게 느껴졌다. 반환점을 돌아 2Km를 더 달렸을 무렵엔 다리가 둔해져 속도가 나지 않았다. 풀코스 참가일이 얼마 남지 않았는데 겨우 이 정도 거리에서 지치다니…… 말할 수 없이 실망스러웠다.

주위를 둘러보았다. 힘을 얻을 수 있는 어떤 것이라도 없을까. 오로지 나 자신에게 몰입해 싸우는 수밖에 없는 것인가. 다른 무엇인가가 있지 않을까. 경주로 가장자리의 푸르러진 나뭇가지가 눈에 들어왔다. 새순이 돋아나던 게 얼마 전이었는데 어느새 그렇게 변해 있었다. 더 멀리 바라보았다. 곳곳이 몰라보게 푸르러져 있었다. 하늘을 올려다보았다. 하늘은 황사 탓에 뿌옇기만 했다.

어떤 일이 있어도 꽃은 피고 나뭇잎은 돋아난다. 거기에 예외는 없을 것이었다. 모든 것이 변한다 해도 영원히 변하지는 않을 것이었다. 만일 그 믿음에 예외가 생긴다면. 갑자기 떠오른 그 생각에 정신이 번쩍 들었다. 온 세상이 언제나 이렇게 뿌연 황사에 싸이게 된다면 그 믿음은 사라지게 되겠지. 어떤 일이 있어도 꽃은 피고 나뭇잎은 돋아난다는 문장도 사라지겠지. 새로운 믿음이 사람들 사이에 자리 잡게 될 것이다. 믿음은 영원히 변치 않아야 한다는 믿음조차 사라질 것이다. 사라진 그 자리에는 어떤 생각이 들어오게 될까.

흰 건물이 건너편에서 쑤욱 올라왔다. 지난가을 동생이 안치됐던 병원이었다. 동생은 종종 심한 두통에 시달렸고 가슴에 통증을 느꼈다. 발작적인 두통에 구토가 잇따랐다. 모든 일엔 전조현상이 따른다. 깨닫지 못할 뿐이다. 남편과 나 사이에도 그런 게 있었을 것이다. 내가 느끼지 못했을 뿐. 거대한 땅덩어리도 결국엔 협곡을 이루며 갈라진다. 협곡은 까마득한 절벽으로 서로의 내부를 드러낸 채 마주 보고 서 있다. 영원히 가까워질 수 없는 형상이다. 또 다른 지각변동이 일어나는 날까지 그렇게 마주 서서 바라보기만 할 것이다.

병원 건물은 오래도록 내 시야에 머물렀다. 곡선으로 이어지는 코스 탓도 있었다. 시야에 달라붙는 병원 건물을 외면하려고 고개를 숙인 채 달렸다. 고개를 숙이자 건물은 보이지 않는 대신 동생이 나타났다. 아주 젊은 날의 동생이었다. 그때의 동생은 공부로 주어진 시간을 다 채웠다. 공부에 지치면 한밤의 천변으로 달려 나가던 동생. 사람이 얼마나 단순하게 살 수 있는지 알고 싶다면 고시촌에 가보면 된다. 사흘에 한 자루씩 펜을 갈아 치우느라 손가락에 밴드를 감은 젊음들이 웅크린 곳이다.

동생은 어느 날은 대학 캠퍼스를, 어느 날은 천변을 달렸다고 했다. 그만큼의 거리를 달리며 동생은 어떤 생각에 매달렸을까. 고시촌에 들어가 있을 때 가끔 찾아가 밥을 사주겠다고 하면 늘 묶음안주가 나오는 호프집을 가리켰다. 안주 서너 가지를 묶어 생맥주와 함께 세트로 주문할 수 있는 호프집은 동생과 내가 주기적으로 찾던 곳이었다. 호프집을 찾아들었으면서도 정작 동생은 맥주는 채 한 컵도 마시지 않았다. 푸짐한 식탁을 느끼고 싶어서라고 했다. 튀김과 무침과 탕이 거방지게 차려진 식탁. 그 시절의 동생의 즐거움은 고작 그런 것이었다.

늘 사람을 괴롭히는 건 일의 본질이 아니라 본질을 둘러싼 알 수 없는 예감들이다. 그날 하루의 시작부터 그 일이 일어나게끔 흘러가고 있었고 그때마다 그것을 알리는 예감이 있었음에도 무시해버렸다는 탄식 같은 것이 나를 괴롭혔다. 남편의 일이 있고 내게 몰려드는 감정도 결국 그것과 다르지 않다고 생각한다. 그때 그런 예감이 들었었는데, 그때 그러지 않았어야 했는데 등등. 어쩌면 마라톤은 그런 탄식을 바꿔놓을 수 있지 않을까. 100m나 200m 같은 단거리에서는 불가능하지만 마라톤 풀코스라면 다른 방법을 생각해볼 수도 있을 것이다.

동생이 달리지 않은 지 얼마나 됐는지 생각해보았다. 아마도 동생은 고시촌을 벗어나며 달리지 못했을 것이다. 한 번인가 대학 운동장에서 함께 달려본 적이 있었다. 동생과 나는 두 바퀴를 돌고는 헉헉거리며 뻗어버렸다. 사람의 몸은 얼마나 변하기 쉬운 유기체인가. 달리던 트랙에서 빠져나올 때의 기분은 참 묘했다. 전성기로부터 급격히 쇠락해가는 기분이랄까. 허물처럼 저 트랙에 벗어두고 온 우리의 전성기를 뒤돌아보는 그런 기분이었다.

병원 건물이 눈에 들어온 뒤부터는 동생의 모습이 내내 나를 따랐다. 함께 달리는 기분이었다. 달리는 데 힘이 되는 생각을 애써 떠올리지 않아도 되었다. 이미 동생의 생각으로 꽉 차 있었다. 꽉 차다 못해 넘치려는 걸 애써 눌러야 했다. 독특한 기억이나 영화 같은 다른 무엇을 떠올려보려고 시도했다. 그러나 병원 건물의 잔상이 사라진 뒤에도 동생의 모습은 그대로였다. 고개를 들어도 동생의 모습은 사라지지 않았다. 복받쳐 오르는 감정을 억눌렀으나 다리가 후들거리며 눈물이 나왔다. 나는 두통 대신 쏟아지는 눈물과 함께 달렸다.

눈물에 흐려진 시야로 한 여자의 모습이 들어왔다. 여자는 내 정면에서 달려오고 있었다. 번호표로 보아 하프코스 참가자였고 이미 반환점을 돌아 달리고 있는 중이었다. 더 이상 물러설 데가 없다는 표정이 있다면 바로 그것일까. 40대로 보이는 여자의 표정은 그 누구에게서도 본 적이 없는 충격적인 것이었다. 여자의 시선은 정면을 똑바로 꿰뚫고 있었다. 여자의 눈에서 송곳 같은 가시들이 뿜어지고 있다는 착각이 들었다. 그 가시들이 나를 향하고 있는 것 같아 가슴이 철렁했다. 나와 정면에서 지나친 지점의 시간대로 보아 그건 단순한 참가자의 주행이 아니었다. 생계형 주자인 게 분명했다. 대회마다 생계를 위해 참가하는 주자들이 있다는 이야기를 들어서 알고 있었다. 여자의 몸 전체에서 절박함이 그대로 발산되고 있었다. 상금이 주어지는 순위 안에 들어야만 하는 것이다. 반환점을 돌아간 여자는 얼마 뒤면 피니시라인을 통과할 것이었다. 여성 참가자 중 가장 빠른 기록으로 통과해 상패와 상금을 거머쥘 것 같았다.

내게 움츠리고 있던 뭔가가 꿈틀거리기 시작했다. 그 꿈틀거림이 나머지 거리를 달리게 했다. 여자를 본 뒤부터였다. 내 안에서 뭔가가 살아 날뛰는 걸 느낄 수 있었다. 그게 분노가 아니라고 말할 이유도 없었다. 그 날뛰는 느낌이 존재감을 갖게 해주었다. 그러자 여태 경험하지 못한 새로운 에너지가 솟아나는 게 느껴졌다. 달리는 거리가 늘어갈수록 그 느낌도 다이내믹해졌다. 나중엔 거대해진 그 느낌에 휩싸여 비현실적인 기분으로 두 다리를 움직였다.

내 속의 뭔가가 왜 달리는지 이유를 대라고 요구해왔다. 달리지 않고는 버틸 수 없는 거냐고 비아냥거리기도 했다. 내 속의 그런 같잖은 요구들에 일일이 대답해주기가 성가셨다. 나는 그 이유 같잖은 것들을 물리치고 대신 분노를 게워냈다. 내 안에 들어 있던 온갖 분노들을 일깨워 불러냈다.

"이 거지 같은 새끼들아. 이제 만족하니."

달리면서 무턱대고 외쳐댔던 나의 구호였다. 누구를 향해서랄 것도 없는 구호였다. 나는 그 구호를 연달아 외치며 달려 나갔다. 쏟아지는 눈물을 훔치며 완주했다. 피니시라인을 통과하며 전광판 시계를 올려다보았다. 1시간 5분. 명료하게 반짝이는 시간을 보았다. 스트레칭을 마친 뒤 무대를 지나가다가 그녀를 보았다. 순위 안에 든 참가자들의 시상식이 진행되고 있었다. 수상을 기다리는 그녀의 모습이 보였다.

에티오피아의 아베베와 독일의 치에르핀스키를 기억한다. 내가 기억한다기보다 미디어의 혜택이라는 게 맞다. 그들은 올림픽에서 두 번이나 우승했다. 아베베는 1960년 로마대회와 1964년 도쿄대회를, 치에르핀스키는 1976년 몬트리올대회와 1980년 모스크바대회를, 각각 2연패했다. 놀라운 일이다. 한 번도 힘든데 2연패라니. 특히나 아베베는 로마대회에서 맨발로 풀코스를 달려 화제를 뿌렸었다. 마라톤에 있어서 내게 그보다 더한 감동은 없었던 듯싶다. 하지만 그때 그의 맨발이 어땠는지는 기억나지 않는다.

문득 풀코스를 달려온 남편의 맨발을 보기 위해서는 어떤 용기가 필요할지 생각해보지만 아직도 모르겠다. 아이의 발을 휙휙 그렸다.

7. 우리는 트랙을 달렸다

어떻게 보면 그와 나는 달리기로 맺어진 게 아닌가 하는 생각이 들기도 한다. 희한하게도 처음 만났던 날부터 우리는 함께 달리고 있었나. 대학 운동장에서였고 누가 먼저랄 것도 없었다. 운동이라면 질색이었는데도 그랬다. 그때의 흥분이 생각난다.

우리는 늦은 점심을 먹은 뒤 학교로 향했다. 학교 안에는 봄날의 오후를 보내고 있는 사람들이 많았다. 호젓한 곳에 자리 잡은 데이트족들도 눈에 띄었다. 간혹 고시생으로 보이는 꾀죄죄한 젊은이들이 커피를 들고 서성이는 모습도 보였다. 대학의 바로 아랫동네가 고시촌인 탓이었을까. 우리는 줄곧 걸어 도서관 주변의 벗나무길까지 올라갔다 내려와 운동장 언덕에 자리를 잡았다. 학생들 몇몇이 트랙을 달리고 있었다. 저녁 무렵이었고 바람이 기분 좋을 만큼 시원하게 불었다. 트랙 밖에서는 여러 무리들이 농구공을 던지거나 멀리뛰기를 하며 모래 무더기에 나동그라지고 있었다.

해가 기울며 운동장에 그늘이 지기 시작했다. 운동장에서 올려다본 하늘은 다양하게 붉었다. 모든 것이 변하듯 저녁 하늘은 낮의 하늘과 달라져 있었다. 그러다가 누가 먼저랄 것도 없이 언덕을 달려 내려갔다. 그와 나는 트랙을 달리기 시작했다. 꽃은 차례로 지는 중이었다. 정문 옆 개나리덩굴의 색이 바래가고 있었다. 트랙에서 빠져나온 우리는 언덕을 올라 매점에서 아이스커피를 샀다. 커피를 들고 아까 앉았던 자리로 돌아왔다. 멀리서부터 불어온 바람이 땀을 식혀주었다. 그때 무슨 이야기를 나눴는지 정확히 기억나지는 않는다. 그건 벌써 10년이나 된 일이다.

그날 일 중에서 선명하게 떠오르는 건 달리기뿐이다. 우리는 트랙의 레인을 달렸다. 트랙 안쪽 인조잔디구장에서 학생들이 축구경기를 하고 있었다. 가끔씩 공이 레인으로 굴러와 던져주기도 했고 굴러오는 공을 피해 다른 레인으로 넘어가기도 했다. 그와 나는 나란히 트랙을 달리며 건강한 웃음을 날렸다. 그때 나는 인생이란 게 그 트랙의 레인만큼 질서정연하리라 믿고 있었다. 어떤 일이 있었건 그날 우리는 그 모든 게 즐거웠다. 10년이 지난 지금도 그 트랙의 달리기는 생생하게 기억한다.

그다음으로 달린 게 그날의 달리기였다. 열에 들떠 눈물을 뿌리며 내달린 그날의 달리기. 그 사이에 10년이라는 긴 레인이 놓여 있다.

물론 그날의 달리기에는 레인이라곤 없었다. 모든 게 무너진 뒤의 달리기, 그저 내달릴 뿐이었다. 처음 퉁퉁한 몸을 굴려 달리기 시작했을 때 무엇보다 힘들었던 건 내 몸을 달리기라는 새로운 틀에 끼워 맞추는 일이었다.

좋은 점도 있었다. 믿을 수 없을 만큼 달리면서 체중이 현저히 줄어들었다. 달리기라는 틀도 거북하지 않게 되었다. 균형이 잡혀가는 내 몸을 보고 친구 미연은 미심쩍은 시선을 거두지 않았다.

"살이 너무 쉽게 빠진다. 너 그거 무슨 부작용 아니니? 비만클리닉에선 무식하게 운동하지 말래더라. 자신들의 관리프로그램을 따라서 약도 먹고 치료도 받는 게 부작용도 없고 좋대."

"어유, 그럼 그 사람들이 여기 비만클럽에 오지 말고 혼자 운동하세요, 그러겠니? 지들 굶어 죽게?"

"그렇긴 하다. 달리기협회 같은 데서 너를 홍보대사로 쓰면 괜찮겠는데 한번 알아볼까?"

"얘는 참. 좀 특이한 케이스이긴 한데 마라톤클럽을 운영하는 비만클리닉도 있어. 원장과 환자가 같이 달리는 거야."

"그 장사 힘들어서 못해먹겠다. 어떻게 의사가 환자하고 똑같이 몸을 쓰니."

"물론 보조제도 쓰지. 병원이나 클리닉 같은 데는 운동역학에 대해선 무지한 경우가 많아. 원장이 운동을 하는 병원과 하지 않는 병원은 운동처방에 대한 입장도 상반된 경우를 보이거든."

"어렵다. 근데 임신하고도 달리는 사람이 있다면서?"

"그래. 래드클리프라는 여자는 만삭일 때 마라톤대회에 출전했대. 산부인과 의사들은 임신 중 절대안정을 권하지만 적지 않은 여자들이 달리기를 하며 임신기간을 보내고 순산하기도 한대. 달리기가 유산 위험을 높이는 주요한 요인이란 의학적 근거도 없으니까."

"야, 너 되게 해박해졌다."

미연이 이죽거렸다.

"그런데 혹시 우리도 달리다 보면 그 사람들처럼 임신할 수 있을까?"

미연과 눈이 마주쳤다. 우리는 못 볼 것을 보았다는 듯이 얼른 눈길을 돌렸다.

입양을 계획하고 있는 미연은 두 번이나 사산한 끝에 불임이 되어 이혼했다고 말했다. 시부모의 압력에 못 이겨 밀려났다며 미연은 피식 웃었다. 그 웃음이 스스로에게 지쳤기 때문이라는 말을 대신하고 있는 것처럼 여겨졌다. 내가 미연을 만나기 전의 일이므로 자세히 알 수는 없는 일이었다. 스물에서 서른 중반 동안의 시간을 서로 어떻게 살았는지 우리는 알 수 없다. 고등학교를 졸업한 뒤 잊었다가 다시 만난 게 1년 남짓이다. 미연은 전남편의 직업이 고시생이었다며 다시 피식 웃었다. 처음 만났을 때부터 헤어질 때까지 고시촌을 벗어나지 못한 고시 장수생이었다고. 미연의 과거형 문장들이 포스트잇으로 변해 내 마음속 게시판에 꾹꾹 붙었다. 그 문장들에 어울리는 무슨 말인가를 전해주고 싶었다. 나는 머릿속에 떠오르는 문장들을 건졌다 버렸다를 반복하며 꼭 맞는 말을 찾아내지 못한 채 시간만 보내고 있었다.

"다리가 울퉁불퉁하게 굵어지지는 않을까?"

미연이 잠시 한눈을 팔았다는 듯이 밝은 목소리를 지어냈다.

"어떻게 다리가 굵어질 수 있겠어. 살이 빠지고 근육으로 다듬어지는데."

"그런가? 그런데 무릎이나 골반, 다리뼈가 혹시 더 두꺼워지진 않을까? 비만클리닉에선 달리지 말고 걸으라고 하던데. 사이즈가 두꺼워진다고. 너는 안 그러니?"

"내 몸을 보면 되잖아. 골반도 오히려 좁아지는 느낌이던데."

"오호, 정말 너 어느새 바디라인이 이렇게 잡혔니. 골반도 그전 같지 않은데."

"흠. 물론 눈물겨운 노력 뒤에 얻게 된 눈부신 변화지. 노 페인 노 게인, 알지?"

"되게 뻐기시네. 선수들도 그러니?"

"여자 육상선수들의 경우 부상당하거나 해서 공백기가 생기면 골반이 벌어진대. 그러면 선수생활을 그만두게 되고."

체중이 줄고 있다. 변하는 내 몸이 나 자신도 낯설다. 칠판의, 거울의, 침대의 대부분을 차지했던 체적이 점점 줄어들고 있었다. 달리는 동안의 내 몸은 체지방과 골격근들이 치열하게 싸움을 벌이는 현장이다. 그 일이 내 몸 안에서 벌어지고 있다는 게 우스웠다. 그냥 달리고 있을 뿐인데 달리는 내 몸의 형체 내부에서 그런 지렁이 같은 꿈틀거림이 지속되고 있는 셈이었다. 그 영역 다툼은 달리는 시간을 늘려갈수록 더욱 잦아질 것이었다.

나는 쭈그러져 길에 구르는 지렁이들의 형체를 그냥 지나칠 수 없었다. 비 온 뒤면 모두 기어 나와 꿈틀거리던 굵직한 지렁이들이 어느 날 보면 납작하게 변해 길바닥에서 뒹굴었다. 나는 그것들을 볼 때마다 지렁이 칩, 이라고 중얼거렸다. 줄어든 만큼의 내 몸은 어디로 사라진 걸까. 사라지기 전까지 나라는 존재를 구성하고 있던 몸이었다. 내게서 떨어져 나간 내 몸의 일부도 저 지렁이 칩들처럼 어딘가에 뒹굴고 있지는 않을까.

임신기간을 적당히 달리며 보내는 기분은 어떤 걸까. 태아의 펄떡임과 출렁임이 고스란히 느껴지겠지. 세상에 그보다 더 내밀한 공감은 존재할 것 같지 않다. 도대체 그건 어떤 종류의 공감일까.

세탁한 운동화가 다 마르지 않아 낡은 운동화를 신고 달렸다. 발이 땅바닥에 직접 닿는 느낌이라 편치 않았다. 운동을 끝내고 들어와 어머니 옆에서 멍하게 티브이 화면을 바라보고 있었다. 설산 풍경이 화면을 채우는가 싶더니 둔중한 석조건물이 등장했다. 아무 장식이 없는 건물에 거대한 십자가 하나가 솟아 있다. 설산엔 왜 갔으며 저 이상한 건물은 무엇이지. 여드름이 심한 얼굴의 내레이터는 무엇인가에 잔뜩 고무된 표정이었다. 그녀는 거기 서 있는 심정을 이런 식으로 표현했다. '심지어는 반성하는 기분을 갖게 하는 풍경입니다.' 크고 대단하게 여겼던 것들이 다 소용없게 여겨지는 이상한 느낌이라는 것이었다. 오래 달리고 나면 드는 그런 기분.

"그런데 그게 왜 이상하지. 그런 거 아닌가. 공연히 스스로에게 감동을 강요하는 거 아냐."

그렇게 중얼거리다가 내일 아침을 뭘 먹을지를 생각했다. 연어샌드위치가 떠올랐다. 어머니가 다쳐 누운 뒤로 한 번도 샌드위치를 만들어본 적이 없다. 어머니의 수술이 식단을 단순하게 만들었다. 수술만이 아니라 마라톤도 그렇다. 냉장고에 뭐가 있더라? 양파하고 치즈는 있다. 그것 빼고는 주재료인 연어도 없고 샌드위치용 빵도 없다. 쏙 이런다. 없는 걸 찾는 버릇. 시계를 보니 10시를 막 지나고 있다. 상가슈퍼가 문을 닫은 건 아닐까. 슈퍼에 전화를 걸었다. 아직 영업 중인지 누군가가 전화를 받는다.

"몇 시에 문 닫죠?"

여태 이 아파트에 살면서 한 번도 상가슈퍼가 언제 문을 열고 닫는지 궁금해한 적이 없다.

"11시예요. 배달접수는 8시 반까지구요."

"아, 그렇구나."

배달을 시킬까봐 그러는지 슈퍼 주인은 묻지도 않은 배달접수 시간까지 알려준다. 어쨌든 저녁에 배달시킬 일 있으면 8시 반 전에 주문해야겠다.

슈퍼 앞에는 테이크아웃 커피전문점이 있다. 슈퍼 판매대 앞 파라솔 밑에서 몇 사람이 커피를 마시고 있다. 한 사람은 구겨진 광고지에 고개를 박고 있고 다른 사람은 핫도그를 먹으며 커피를 홀짝거리고 있다. 늦은 시간 학원에 다녀오는 아이들이 꼬치어묵을 베어 물고 있다. 밤 10시라는 게 믿어지지 않는다. 커피전문점에서 처음 내건 메뉴는 샌드위치와 와플을 겸한 커피세트였다. 커피가 맛있었다. 그러다 언제부턴지 떡볶이와 꼬치어묵까지 내놓고 팔고 있다. 커피전문점에서 떡볶이와 꼬치어묵이라니. 언뜻 안 어울린다 싶지만 이용하는 사람이 많으면 그만 아닌가. 이 주변 사람들의 생활패턴과 맞아떨어진 거고 주인은 그 점을 간파해냈으니까. 그것이 이 커피전문점의 마케팅전략인지도 모른다. 이제 저곳은 고추장과 멸치국물 냄새가 풍기는 분식 커피전문점으로 알려질 것이다.

카트를 밀까 하다가 그만두고 바구니를 들었다. 카트는 한 가지라도 더 집어 들게 만든다. 다행히 포장된 생연어가 있었다. 양상추와 파프리카, 토마토, 호밀빵을 계산대에 올려놓았다. 사 들고 온 것들을 냉장고에 넣고 어머니 침대 옆에 자리를 폈다.

8. 요양보호사들

아침에 일찍 일어나 연어부터 소금과 후추에 제웠다. 어머니는 병소와 다른 내 움직임을 줄곧 눈으로 쫓더니 이런다.

"넉넉히 만들어서 보호사들한테도 줘라."

아, 저 농경시대식의 오지랖. 어머니의 먹을 것 챙기기 참견이다. 왜 그렇게 먹을 것 챙기는 데는 민감할까. 아무려면 보호사들이 굶고 다닐까. 물론 어머니가 그 사람들이 굶고 다녀서 그러는 게 아닌 줄은 안다. 콩 한 톨도 나눠 먹기 식의 정인 건 잘 안다. 그래도 앓아누워서까지도 그럴까. 원하면 먹고 아니면 그만두는 거지 먹을 것만 보면 누굴 나눠주지 못해 안달이다. 죽밖에 못 드시니 더 먹을 것에 집착하게 되는지도 모르겠다. 어쨌거나 그렇게 하기로 하고 샌드위치 세 개를 만들어놓았다. 넉넉하지는 않아도 나와 보호사가 먹기에 알맞은 양이다.

아침을 먹는다. 어머니는 깨죽, 나는 연어샌드위치다. 지난번 샌드위치를 만든 게 작년 가을이었나 보다. 남편과 소풍 기분을 내며 어딘가를 다녀왔었다. 공원이나 능, 뭐 그런 곳이었을 것이다. 샌드위치 싸 들고 태연하게 발이 움직이는 대로 이끌려 간다는 듯이 그런 곳에 갔었다. 마치 언제까지나 그러리라는 듯 자연스러운 모습으로.

요양보호사들이 오기 전에 서둘러 설거지를 마친다. 설거지 거리가 남아 있으면 보호사들이 맡아 할 텐데도 그런다. 그들에게 나태한 여자로 보이고 싶지 않다. 남편의 일을 알게 된 뒤에 찾아온 변화들 중 하나다. 뭔지 미진한 느낌이 자꾸 나를 채근한다. 나도 모르는 사이 무슨 실수를 반복하고 있지는 않은지 확인하고 또 확인해도 불안하다. 남편의 일을 그런 실수 탓으로 돌리려는 죄책감 같은 게 내게 있는 것 같아 그 점이 불쾌하고 모욕적이다. 아이 없는, 남편을 놓친 여자의 자의식인가.

그 일을 알고 나는 돌변하기 시작했다. 내 마음속의 누군가가 끊임없이 중얼거렸다. 얼굴에서 표정을 지울 것. 몸에서 모든 냄새를 지울 것. 행동은 민첩하게. 어디에도 내가 있던 흔적을 남기지 말 것. 나는 사라지고 싶은 것일까.

나는 내 마음속의 목소리에 집중하고 그 목소리와 나의 행동이 일치하는지 끊임없이 살핀다. 달리기 시작하면 눈앞에 한 선을 정하고 그 선만 따라서 달린다. 호흡은 정확하게 두 번 내쉬고 두 번 들이쉰다. 청소할 때는 청소할 장소의 면적을 청소기와 걸레의 크기로 정확하게 구분해 한 번 지나간 곳을 겹쳐 지나지 않도록 눈을 떼지 않는다. 군이 노동력의 낭비를 막겠다는 계산이 있어서가 아니라 무조건 그래야만 할 것 같았다. 나는 모든 일에 점점 주의 깊어졌고 그런 만큼 무심해졌다.

남은 재료들을 용기에 담아 냉장고에 넣고, 음식찌꺼기는 거두어 냉동실에 넣었다. 언젠가부터 집 안에 음식쓰레기가 상해가는 냄새를 풍기고 싶지 않아 냉동실에 모았다가 버린다. 부엌에 음식을 만든 흔적 역시 없앤다. 어디에 무슨 찌꺼기라두 남은 게 없는지 확인하고 커피를 마신다.

"살 수무셨어요? 아유, 오늘은 안색이 훨씬 좋아지셨어요."

요양보호사 두 사람이 들어온다. 어머니가 목욕과 머리손질 서비스를 받는 날이다. 목욕 서비스를 신청하면 보호사 두 사람이 함께 나온다. 아무리 힘이 좋은 보호사라도 여자 혼자 힘으로 허리를 다친 환자를 다루기는 무리일 터이다. 보호사 중의 한 사람은 늘 자신의 일을 홍보하려 든다. 그런 모습이 그의 천성일 수도 있겠지만 스스로를 향한 자부심의 확인인 듯 여겨지기도 한다. 그럴 때마다 마지못해 하는 식으로 버텨왔던 내 일에 자극을 받기도 한다.

초고령화시대를 대비해 요양보호사를 직업으로 삼으려는 사람이 부쩍 증가하는 추세라고 한다. 급여를 받으면서 본인 가족의 노인환자를 돌볼 수도 있고, 보호사 경력을 5년 쌓은 뒤 정해진 교육을 받으면 재가요양기관 관리책임자가 될 수도 있으니 얼마나 희망적이냐는 것이다. 더구나 학력이나 나이, 성별의 제한이 없고 소자본으로 창업할 수 있어 누구나 시작할 수도 있다고. 나는 그녀의 말에 고개를 끄덕이며 속으로 그녀의 별명을 지었다. 희망보호사라고. 잃어가는 희망까지 붙잡아 다시 주입해주는 희망보호사.

입원해 있는 동안 어머니는 몸은 야위고 머리만 자란 듯싶다. 어머니가 마음에 들어 하는 보호사는 아담한 체구임에도 혼자 어머니를 목욕시키고 헤어컷까지 해줄 정도로 노련하다. 젊었을 때 미용실을 운영한 적이 있는 보호사다. 보호사는 어머니의 기억 중에 즐거웠던 부분을 캐내어 거듭 환기시키는 재주가 있다. 그 점이 어머니가 제일 마음에 드는 보호사로 그녀를 꼽는 이유일 것이다. 그녀에겐 환자의 갈등을 꿰뚫어 보는 안목이 있다. 건성으로 환자를 대한다면 읽어낼 수 없을 통찰력이다. 게다 환자를 다루는 방법도 잘 알고 있는 듯싶다.

목욕하고 머리손질까지 마치면 어머니는 훨씬 회복된 기분이 들 것이다. 요양기관에서 미용기술이 있는 보호사를 보내주는 건 늘 누워만 지내는 환자에게 가장 반가운 일이다. 나는 보호사들에게 샌드위치를 건네며 어머니의 죽을 부탁했다. 보호사들은 환자의 집에서 아무것도 대접받지 못하도록 되어 있다며 사양했지만 귀가 어두운 어머니는 이쪽의 정황이 알 만하다는 듯 사양 말고 먹으라고 목청을 돋우며 끼어든다. 어머니의 간청에 보호사들이 큰 소리로 고맙게 먹겠다고 외친다.

어떤 죽을 쑤면 좋겠느냐고 묻는 그들에게 요즘은 깨죽과 콩죽을 드시고 있으니 버섯이나 채소죽이 도움이 될 거라고 알려준다. 주말에 몰아서 일주일치 죽을 쑤어놓으면 되긴 하나 필요한 도움은 무엇이든 제공한다니 보호사들을 최대한 이용하고 싶어서다.

"어머니 맛있게 드시게 채소죽 잘 쑤어놓을게요."

어머니가 가장 좋아하는 보호사가 상냥하게 말한다. 보호사들이 기관의 명칭이 새겨져 있는 앞치마를 두른다. 오늘 자신들이 맡은 일을 시작한다는 신호이다. 보호사가 창문을 열었다. 청소를 할 모양이다. 아 이런, 연어샌드위치 만들고 나서 창문을 연다는 걸 깜빡했다. 좁은 집 안에 밤사이에 갇힌 사람 냄새와 환자에게서 발산된 퀴퀴한 냄새에 음식 냄새까지 꽉 차 있었을 텐데…… 보호사들이 현관문을 열고 들어오며 불쾌했을 생각을 하니 공연히 보호사들에게 약점을 잡힌 것 같은 기분이 든다.

보호사가 청소하는 동안 나는 집으로 간다. 집에 남아 있는 남편의 흔적은 거의 없다. 그 일이 밝혀지던 날, 책장 안의 책을 제외하곤 대부분 치워졌다. 남편에게 향하던 말도 그 지점에 멎어 있다.

화장실 벽을 바라본다. 한 가지 남편에게 전하지 못한 이야기가 생각난다. 화장실 벽의 무늬 이야기다. 화장실 벽 타일에는 숯으로 슥슥 그은 듯한 무늬가 있다. 어느 날 그 무늬에 눈길이 갔다. 아무렇게나 휘갈긴 것 같던 선들이 흔한 석고상의 형체로 드러나는 것이었다. 눈길을 옮겼다. 화장실 벽 타일 전체가 그랬다. 이럴 수가. 남편에게 말해줄 생각을 하니 가슴이 뛰었다. 남편이 올라오자마자 알려주리라 기다렸지만 그 이야기는 전달되지 못하고 거기서 멎어 있다.

그런데 우리 집 화장실 벽 타일에 저 무늬가 있다는 건 다른 집 화장실 벽에도 똑같은 무늬가 있다는 이야기가 아닌가. 이 아파트에서 따로 화장실 인테리어 공사를 하지 않은 집이라면 모두 화장실에 저 무늬가 있는 거다. 이 아파트만 그러리란 법도 없다. 그럼 남편, 미연, 남자, 다른 사람들의 화장실 벽에도? 소름이 돋는다. 숯으로 슥슥 긋듯이 벽에 검정색으로 아이의 발을 그려넣은 다음 집을 나왔다.

청소와 요리를 마친 보호사들은 어머니를 일으켜 앉히고 허리보호대를 채운다. 어머니의 산책시간이다. 어머니는 산책에는 적극적이다.

"가운데 벨트부터 조여야 한대요."

어머니가 보호사에게 이른다. 어머니는 보호대를 착용할 때마다 몹시 초조해한다. 누가 혹시라도 함부로 다룰까봐 신경을 곤두세운다. 그래서 매번 처음 착용하던 날 기사에게서 배운 방법을 되풀이한다. 보호대 제작회사에서 기사가 나와 보호자인 내게 상세하게 사용법을 알려주었다. 그것을 옆에서 듣고 익힌 모양이었다.

"네에. 할머니. 그렇게 하겠습니다."

보호사가 웃으며 공손하게 대답한다. 보호대는 몸의 앞쪽 세 군데를 조이게 되어 있다. 보호사가 어머니를 침대에서 내려오도록 부축한다. 다른 보호사는 보행기를 아파트 입구에 놓고 경비실 앞에서 의자를 가져온다. 어머니가 쉴 때마다 앉을 수 있도록 하기 위해서다.

운동을 마치고 들어온 어머니는 소변이 급해졌다. 보호사는 요실금이 있는 어머니가 실수를 할까봐 서둘러 부축해 화장실로 데려갔다. 변기에 앉은 어머니가 민망해하는 표정으로 보호사를 올려다보며 똥을 지렸으니 닦아달라고 청한다. 괄약근이 헐거워져 대변마저 마음대로 조절이 안 되는 것이다. 보호사들은 어머니에게 하루에 50번씩 항문 조이기 운동을 시켰다. 어머니는 혼자서도 그 운동을 자주 한다고 우겼다. 한 번은 횟수를 늘려 100번도 넘게 했다고 사랑하기노 했다.

보호사가 얼른 비닐장갑을 찾아 끼고 샤워기를 뽑아 어머니의 항문에 댄다. 보호사가 어머니의 항문을 닦고 있다. 공연히 내 손이 움찔한다. 거웃이 듬성듬성한 그곳도 비누질을 하고 거리낌 없이 닦는다. 그 점이 어머니에게 점수를 딴 결정적인 부분이었을 테다. 나는 아무리 태연하려 해도 그 부위에선 멈칫한다. 그게 어머니에게도 전해졌을 것이다. 보호사는 전혀 꺼리는 기색 없이 어머니의 그곳을 다룬다. 나도 보호사 같은 모습으로 어머니를 대하고 싶다. 그간 어머니를 간병하며 환자를 돌보는 일에 능숙해졌다고 여겼는데 착각이었나 보다. 그들에게 환자는 한 유기체에 지나지 않는 것 같다. 내가 닮고 싶은 모습, 감정의 기복 없이 어머니를 그냥 한 생명체로 대하는 모습이다.

어머니가 넘어져 골절상을 입고 수술한 지도 한 달 반이 넘었다. 어머니는 의사의 예상보다 한 주일을 더 병실에 머물다가 퇴원했다. 허리수술을 받은 어머니는 잠시도 누구의 도움 없이 혼자 놓아둘 수 없었다. 식사 때나 용변을 볼 때마다 허리보호대를 착용해야 했다. 나의 생체리듬은 어머니의 병세에 따라 달라졌다. 어머니가 입원해 있는 동안에는 남편이 올라와 있는 주말을 제외하고는 밤에도 병실을 지켰다. 내 일과는 단순하게 요약되었다. 어머니 간병과 마라톤과 인성교육으로. 일주일에 한 번 시간을 내는 영어수업도 중단했다.

어머니의 상태를 관련기관에 알려 장애등급 판정을 받았다. 어머니는 국가가 제공하는 제도의 혜택을 온몸으로 받고 있다. 기관의 담당자는 다른 나라의 의료비 지출은 국민총생산의 10%인 데 비해 우리나라는 6%에 불과하다고, 그럼에도 건강수준과 보건의료체제는 상위에 올랐다고 어머니와 나를 보며 감탄의 목소리를 키웠다. 그만큼 건강보험제도를 통해 사회보장제도가 잘 자리 잡혔다며 목소리를 깔았다.

"환자분만 봐도 그 사실을 확인할 수 있잖습니까. 환자분께서 받게 된 혜택은 치료, 예방, 의료상담 등의 다양한 사업에 속합니다. 기관에서 위탁한 시설은 도움이 필요한 곳에 알맞은 도움을 제공합니다."

나는 어머니 덕분에 우리나라의 사회보장제도를 갑자기 이해하게 되었다. 척추수술을 받은 어머니는 까다로운 심사를 거친 끝에 할인된 비용으로 혜택을 받기 시작했다. 과연 기관에서 위탁한 시설은 도움이 필요한 곳에 알맞은 서비스를 제공했다. 어머니 간병과 아울러 가사 도움도 신청했다.

퇴원한 뒤로 요양보호사들의 방문이 시작되었다. 요양보호사의 도움은 3시간 단위로 이루어진다. 그들에게서 3시간 안에 받을 수 있는 도움은 다양하다. 청소와 빨래, 요리, 화장실과 식사 수발, 목욕에서 헤어커트까지. 목욕은 일주일에 한 번으로 신청했다. 보호사들은 어머니의 점심식사를 돌보고 설거지까지 마친 뒤 퇴근한다. 그때부터 낮 시간 동안 어머니는 혼자 누워 지낸다. 나는 가능하면 일찍 귀가해 어머니를 불안하지 않게 하려고 애쓴다. 높낮이가 없는 어머니의 찬송가 소리가 들리는 날이 많아졌다. 보호사들로부터 치매예방을 돕기 위해 노래를 배운 탓이다.

보호사가 어머니를 돌보기 시작하면 나는 옆 라인인 우리 집으로 가 수업준비를 한다. 위탁받은 중학교의 인성교육에 필요한 수업준비다. 학교에 출근하면 보통 하루에 4-5시간 정도 수업을 한다. 가끔 보호사가 도착하기 전에 어머니 집을 나올 때도 있다. 어머니와 소금이라도 빨리 떨어져 있고 싶을 때, 어머니와 정서적으로 거리가 멀게 느껴질 때, 유독 "뭐라구?" 소리를 많이 하는 날이기도 하다. 오전 동안 수업준비를 마치면 어머니에게 들러 다녀오겠다는 인사를 하고 출근을 한다.

"다녀올게요."

"뭐라구?"

귀가 잘 들리지 않는 어머니가 또 되묻는다. 언제부터 저러는지는 어머니 자신도 잘 기억하지 못한다. 노화는 본인이 눈치채지 못하게 야금야금 찾아오는 모양이라고 어머니는 말했다. 그것도 다 은총이 아니냐며 감사할 일이라고 그럴듯한 미소를 지으며 말했다. 세어보지는 않았지만 어머니에게 그런 일이 점점 더 잦아졌다. 내가 어머니에게 무슨 말을 했는데 어머니가 바로 저렇게 "뭐라구?" 하고 나오면 울컥 짜증이 치민다. 그냥 생각이라곤 없이 완전히 빈 상태로 있다가 정신이 돌아오는 것처럼 여겨지기 때문이다.

생각해보면 어머니는 한 번에 말을 알아듣는 일이 드물었던 것 같다. 그러니까 "뭐라구?"는 어머니의 습관이거나 천성인지도 모른다. 평소에도 어머니는 무슨 이야기가 무르익을 때까지 맥락을 잘 잡지 못했다. 그런 어머니가 귀까지 어두워졌으니 할 말이 없는 것이다. "뭐라구?" 때문에 어머니와 나 사이에는 이야기가 흐르지 못하지만 소통이 이루어지지 않는 어머니에게 오히려 나는 더 많은 이야기를 늘어놓는다. 혼잣말이나 다름없는 이야기들을. 어머니의 귀가 잘 들리지 않게 되며 내게 생긴 변화다. 어머니의 귓속으로 흘러들지 못하는 이야기는 어머니의 귓등에서 흩어져버린다. 내가 줄곧 늘어놓는 이야기를 알아듣지 못하는데도 그게 어머니에게 은총인지는 모르겠다. 모든 게 어긋나 있다. 귓등에서 흩어져버리지 않도록 나는 큰 소리로 고함을 치기도 한다. 마치 뭔가를 주장하듯이, 혹은 나 스스로를 닦달하듯이. 그런 사이 알게 모르게 쌓인 찌꺼기들이 빠져나갈지도 모른다. 어머니에게 떠드는 이야기는 내게서 빠져나가야 할 찌꺼기들인 것인가.

퇴근해서 어머니에게 달려가지 않는다면 어머니는 어떤 상상을 할까. 어머니한테 가 있더라도 아무 이야기도 하지 않는다면 어머니는 어떤 모습을 보일까. 가끔은 어머니한테 가서도 그 "뭐라구?" 소리를 들을까봐 말을 안 할 때가 있다. 그러면 어머니가 먼저 내게 말을 건 넨다. "잘 다녀왔니", 라고. 말을 할 수 있다는 게 참 다행이다, 싶다.

어머니의 손이 미치는 범위 안에 어머니에게 필요한 물건들을 놓아 둔다. 간식과 생수와 휴지들. 혼자 있는 동안 어머니에게 필요한 것은 그게 전부이다. 늙는다는 건 필요한 물건이 줄어든다는 뜻인지도 모른다. 어머니를 보면 그렇다. 먹고 자고 앓는 게 전부이다. 아, 한 가지 더 있다. 야금야금 늙어가도록 베푸는 은총에 감사하는 일. 그렇더라도 소용되는 물건은 뻔하다. 성경책 한 가지만 추가하면 된다. 어머니가 가장 좋아하는 찬송가도 프린트해 침대 옆 벽에 붙여놓았다 혼자 보내는 시간을 은총의 시간으로 이끄는 방법이다.

혼자 누워 나를 기다릴 어머니는 지루하고 외로울 깃이다. 힘에 부치더라도 어머니가 화장실에 가서 용변을 보았으면 좋겠다. 몸을 움직이는 일이 어머니의 지루함이나 외로움을 훨씬 덜어줄 텐데 어머니는 돌보는 사람이 없을 때는 그냥 기저귀에 볼일을 본다. 어머니는 누구든 계속 옆에서 말을 걸어주었으면, 하고 바라는 것 같다. 앞으로 어머니는 이야기에 더 굶주리게 되겠지. 늙어가는 사람들은, 특히 늙은 여자들은 이야기에 굶주리게 마련이니까. 게다가 어머니는 환자이니까 더. 어머니는 혼자 있는 동안 벽에 붙여놓은 찬송가를 손뼉을 치며 부른다고 했다. 내가 돌아오기를 기다리며 목청껏 찬송가를 부르는 어머니의 모습을 떠올렸다.

밤에 달리며 하늘을 올려다보았다. 까마득한 곳에 박힌 별들이 눈에 들어왔다. 우주에는 은하가 1000억 개 정도가 있다던가. 그 은하들마다 1000억 개의 별이 있다고. 내가 달리고 있는 이 지구는 우주 속의 한 점, 창백한 푸른 점이라고 불린다. 생각해보면 내 안의 아픔이란 얼마나 하찮은 것인가.

오늘 달린 거리를 더하면 총 116Km가 되었다. 달리며 찬송가를 부르는 긴 어떨까 생각해보았다. 그 기분을 상상하며 벽에 아이의 발을 그렸다. 남편이 이 그림을 보는 날이 올까.

9. 지루함을 피하는 방법

어제 달리는데 왼쪽 발가락에 통증이 느껴졌다. 살펴보니 발가락이 부어 있었다. 시간이 가며 점점 더 붓는 것 같았다. 엊그제 낡은 운동화를 신고 달린 게 화근인가. 여분으로 신을 운동화를 아직 준비하지 못해 낡은 운동화를 신은 게 이렇게 바로 부상으로 이어지다니. 마라톤을 하는 데 있어 신발의 선택은 정말 중요하다. 신발 하나도 용도별로 꼼꼼하게 분석해보아야 함을 알고 있으면서도 이론만 익히고 실제로는 딴짓을 했다. 그게 얼마나 어리석은 일이었는지 부상을 입고서야 알게 되었다.

왼쪽 엄지발가락 아래에 멍이 든 물집이 잡혀 있었다. 바늘을 알코올로 적시고 물집을 터트렸다. 대수롭지 않게 생각하고 그렇게 했다. 그런데 아무래도 상처가 심상치 않다. 부기도 빠지지 않고 통증이 가

시질 않는다. 합병증이면 어쩌나, 덜컥 겁이 난다. 지금 이런 문제가 생기면 여태 노력한 게 다 수포로 돌아가는데. 제발 별일이 아니기를 바라며 병원에 갔다. 병원 벽에는 갖가지 발 모양 사진이 걸려 있다. 엄지발가락이 긴 이집트형, 검지발가락이 긴 그리스형, 그리고 엄지와 검지발가락 길이가 같은 정방형 들이다. 내 발을 보니 검지발가락이 엄지발가락보다 긴 그리스형이다.

피검사 결과는 발톱 아래에 피멍이 드는 조하혈종의 일종이었다. 발톱 속에 출혈이 생겨 발톱 주위의 피부와 떨어져 검게 변한 것이다. 무릎과 발뒤꿈치, 아킬레스건의 통증 등 마라톤을 하는 사람에게 일어나기 쉬운 부상이라고 했다. 프로 마라토너들의 고충을 이해할 것 같았다. 가만히 두어도 달리다 보면 발톱이 빠져나가는 게 예사라는데……. 어떤 마라토너들은 좋은 기록을 내기 위해 발톱을 모조리 뽑아내기도 한다고 한다.

"발톱을 기르는 편인가요?"

의사가 내 발에 고개를 박은 채 묻는다.

"아니요. 짧게 깎는 편이죠."

"그럼 신발을 작은 걸 신으셨나요?"

"작은 신발은 아니고요, 낡은 신발을 신고 달렸어요."

"아, 그렇구나. 이 증상은 발톱이 길게 자랐거나 상하굴곡이 많은 코스를 달리는 등 발가락 끝이 신발에 압박을 받았을 때 나타납니다."

"누구나 다 그런가요? 남녀 구분 없이."

남편이 이런 증세를 보인 적이 있었던가 생각하며 물었다.

"네. 반복해서 압박을 받으면 발톱을 지지하고 있는 부분에 균열이 생기거든요. 그 균열 때문에 발톱 아래에 출혈이 생기게 되죠. 그 피가 고이게 되고 결국은 어떻게 되느냐, 더 말씀드려요?"

이 의사가 갑자기 왜 이러지. 이 의사도 지루했던 건가.

"아, 공연히 겁내실까봐서요."

내 표정에서 의아해하는 기미를 알아챘는지 의사가 웃으며 덧붙였다.

"어떻게 되는데요?"

"겁내지는 마세요. 제때에 치료하면 별문제는 없습니다."

의사가 발톱에 구멍을 내고 피를 빼냈다. 보기에는 끔찍했시만 동증은 심하지 않았다. 혼자 집에서 터뜨릴 때 바늘 소독이 덜 되었던가 보다.

"발톱 부분에 구멍이 있는 패드를 착용해보세요. 도움이 많이 될 겁니다."

발톱 하나가 잘못 되어 풀코스에 참가하지 못하게 된다…… 생각만 해도 아찔하다. 마라톤은 조금만 발에 이상이 있어도 지속할 수가 없는 운동이 아닌가. 대회 날까지 사소한 일도 여간 조심하지 않으면 안 되겠다는 걸 새삼 깨닫는다.

이봉주는 선수생활 중 가장 힘들었던 일이 마라톤화 속의 모래알갱이 하나와 싸우며 달려야 했던 것이라고 말했다. 근심 많은 사람에게 발에 맞지 않는 신발을 주라고 했던 속담이 떠오른다. 신발에 신경 쓰다 보면 근심할 틈이 없어지기 때문이라니 할 말이 없다. 이봉주의 맨발 사진을 보았다. 엄지발가락과 새끼발가락이 나머지 발가락들로부터 벌어져 제각각 굽어 있었다. 그 발은 질겨 보이거나 우악스럽기는커녕 믿을 수 없이 가냘프다. 온통 군은살이 박인 발바닥. 발의 주인은 감각을 잃은 지 오래라고 했다. 울퉁불퉁한 힘줄과 군은살로 덮인 박지성의 발도 보았다. 발등 구석구석마다 하루에 3000번 이상 공이 닿도록 훈련한 발. 집에 돌아와서도 그 감각을 잃지 않으려고 집 주위를 수십 바퀴 돌며 공을 찬 증거였다.

갑자기 목구멍이 아파왔다. 기형으로 변해버린 그 발들, 그들이 보낸 외로운 시간을 생각했다.

인간의 발은 28개의 뼈와 52개의 관절로 이루어져 있다. 뼈를 둘러싼 힘줄이 56겹에 인대가 38줄이고 근육은 94덩이다. 발목과 발가락의 내부가 그런 숫자의 질서로 짜여 있다. 그것들을 서로 밀접하게 결합하고 몸무게를 지탱하는 기관이 발이다. 걷기 시작하면 체중보다 훨씬 많은 무게가 발에 실리게 되는데 달린다면 더 말할 나위도 없다. 두 발에 집채보다 육중한 부하가 걸리게 되는 것이다.

지금 내게 가장 중요한 신체기관은 두말할 필요 없이 발이다. 발이 나를 상상하게 한다. 발은 내 상상의 중심이다. 내 발은 상상의 탄력에 실려 42.195Km에 가 닿을 것이다. 발이 없다면 나도 없고 남편도 없다. 남편도 달리며 상상을 할까. 남편을 상상하게 하는 건 무엇일까.

10. 헤갈

병원에서 나와 부시런히 어머니 집으로 향한나. 산식을 만들어두고 나오기는 했으나 어머니가 시장할까 걱정이다. 혼자 있다 보면 적막해서 더 군입거리를 찾게 될지도 모른다. 역시나 짐작이 맞았다. 어머니는 준비해둔 간식을 남김없이 드셨다. 서둘러 저녁을 지어 어머니와 함께 먹는다. 늘 하던 대로 어머니는 침대에서, 나는 작은 상을 놓고 바닥에서. 우리는 밥을 먹는 동안 함께 티브이를 본다.

어머니 반찬은 여전히 간단하다. 죽 한 공기에 버섯달걀찜과 갈아서 만든 장조림이 전부이다. 환자인 데다 잇몸이 좋지 않기 때문에 소화하기 쉽고 씹기 부드러운 음식으로 준비한다. 나는 닭가슴살 한 덩어리와 고구마를 먹는다. 어머니와 나는 둘 다 보통 사람과는 다른 음식으로 끼니를 채우고 있다. 이 식단의 끝이 없는 것은 아니다. 어머니는 병상에서 벗어날 때까지이고 나는 마라톤 풀코스에 참가할 때까지로 정한 식단이니까. 끝이 없다는 건 상상하고 싶지 않다.

어머니는 잇몸이 헐어 아직 죽을 떼지 못했다. 병상에서 일어나기 전이라도 잇몸만 나아지면 정상적인 식사를 할 수 있다. 하지만 헌 잇몸이 아니어도 어머니는 점점 음식을 씹는 걸 꺼린다. 어머니에게 식사는 즐거움이 아니라 먹이사슬의 행위, 포식자의 습관에 지나지 않는 것 같다. 풀코스를 완주할 때까지의 나 역시 식사는 즐거움이 아닌 의무이다. 일정한 시간에 최대의 에너지를 낼 수 있는 식단일 뿐이다. 어머니와 나는 비정상적인 식단으로 서로 닮아간다.

쭈그린 채 숟가락질하는 어머니를 바라본다. 나는 저 쭈그린 자세가 서글프고 부끄럽다. 무엇에 대해 그런 건지는 모르겠다. 저 자세는 늙은 사람일수록 유색 인종일수록 더욱 서글픈 느낌을 불러온다. 어머니의 어깨를 확 잡아당겨 세워주고 싶다. 숟가락을 입으로 가져가던 어머니가 입을 벌린 채로 멈춰 있다. 티브이에서 어떤 장면을 봤는지 시선을 화면에 두고 있다. 숟가락에서 죽이 흘러 식판에 떨어진다. 티브이는 어머니에게 찬송가보다 훨씬 강력한 믿음을 주는 매체이다. 소리를 잘 듣지 못하는 어머니는 화면에 매료되어 있다. 어머니는 티브이 화면의 신도나 다름없다. 티브이 볼륨은 어느 집보다도 높게 맞춰 있다. 어머니와 밥을 먹는 동안 나는 영화관에라도 와 있는 듯한 분위기에 정신이 없다.

티브이에서는 출연자들이 자기에게 주어진 낱말을 생각해내느라 제각각 골똘한 표정이다. 둘 중의 한 사람이 결승으로 올라가 주어진 문제를 풀기 시작한다. 출연자는 마지막 문제에서 힌트로 주어진 문장들을 듣고 있다.

1. 쌓이거나 모인 물건이 흩어져 어지러운 상태.

2. 허둥지둥 헤매는 일.

두 문장이 공통으로 뜻하는 낱말을 떠올려야 한다.

답을 생각해내려 나도 문제에 집중해본다. 아무리 생각해도 답이 떠오르지 않는다. 진행자가 10초의 시간을 주겠노라고 말한다. 10초의 시간이 음악과 함께 흘러간다. 아, 진짜 모르겠다. 출연자는 입도 떼어보지 못하고 낮게 탄식한다. 나도 끝내 답을 맞히지 못했다. 답은 '헤갈'이다. 아, 무슨 이런 낱말이! 난생처음 들어보는 낱말이다. 우리말이 맞기는 한가. 그만큼 생소하다. 어머니가 나를 바라본다. 무엇 때문에 수선이냐는 뜻이다. 이럴 때 설명 따위 필요 없이 그냥 통하는 사람이 옆에 있으면 좋겠다. 영문을 모르겠다는 듯이 나를 건너다보는 어머니가 답답하다.

헤갈이라니 생각난다. 어머니 옷장 속이 그렇다. 쌓이거나 모인 물건이 흩어져 어지러운 상태. 딱 그 모양이었다. 어머니 옷장은 아예 살림을 포기한 사람의 것처럼 헝클어져 있었다. 걸려 있는 옷과 칸칸이 들어 있는 물건과 모자나 가방들이 아무 질서 없이 한데 마구 뒤엉켜 방치되어 있었다. 어머니가 나와 함께 살 때도 이랬던가. 정신없이 어질러진 옷장 속에 고개를 넣은 채 어머니가 왜 이렇게 변했는지 생각했다.

어머니가 식사를 마쳤다. 어머니는 반찬을 조금씩 남겼다. 다음부터는 반찬을 조금씩 덜어놓아야겠다고 생각하며 상을 치운다. 어머니는 소화를 돕기 위해 한참 동안 그대로 앉아 있고 나는 상을 들고 나와 설거지를 시작한다. 아무리 즐거움 없이 의무로 끼니를 잇는 환자라 해도 매일 똑같은 반찬에는 질릴 것이다. 새로운 메뉴가 뭐 없을까. 당뇨와 고혈압에 이로운 재료들 위주로 장을 보기 때문에 냉장고에는 몇 가지 재료만 들어 있다. 덕분에 냉장고 안에는 빈 공간이 많아졌다. 보통 때의 냉장고는 말할 수 없이 헤갈스러웠다.

음식 종류별로 일목요연하게 정리가 된 냉장고 안이 달리고 난 뒤처럼 개운하다. 냉장고에게 평화를 되돌려준 것 같다. 숨쉬기조차 편하다. 이 평화를 깨고 싶지 않다. 물건을 사는 쾌감은 그것들을 골라 카트에 담고 계산할 때까지만 유효하다. 집으로 물건을 들이기 시작하며 쾌감은 불쾌감으로 뒤바뀐다. 집 안이나 냉장고가 물건과 음식으로 들어차면 숨통이 막히는 듯하다. 식단이 단순한 만큼 접시의 크기와 수도 줄었고 설거지도 간단해졌다. 먹는 일이 단순해짐에 따라 연결된 다른 일들도 단순해진다.

부상으로 하루를 쉴 수밖에 없다. 발의 상처가 감쪽같이 사라질 방법은 없을까. 주문을 왼다든가, 몇 번 땅을 구른다든가, 김 한 줄기 피워 올리고 한순간에 상처가 아물어버리는 만화 같은 일이 내 발에 일어날 수는 없을까. 상처가 한순간에 아물기를 바라며 땅을 구르는 모

양의 아이의 발을 여러 개 그렸다. 오늘 쉰 탓에 누적거리는 여전히
116Km다.

11. 남편도 달렸다

남편이 올라왔다. 어느새 주말이다. 그는 집에 올라와 있는 주말에도 달리기를 쉬지 않을 모양이다. 반바지 차림인 그의 다리를 바라본다. 그의 다리는 우락부락한 근육이 아니어서 보기에 유쾌하다. 유쾌한 근육. 근육이 유쾌함을 줄 수도 있다는 걸 그의 다리를 볼 때마다 깨닫는다. 그는 무슨 일을 하든 넘치는 법이 없었다. 그의 근육에선 팽팽한 긴장마저 느껴진다. 하지만 왜 이제 그의 다리에 신경을 쓰는지, 도대체 이건 무슨 바보짓이란 말인가. 그의 다리를 관찰하는 버릇이 생긴 건 그가 다른 여자와 잤다는 사실을 알게 된 뒤부터이다. 결혼해 함께 살아오면서도 그의 다리를 제대로 본 적이 없었다. 그가 마라톤을 시작한 뒤에도 그랬다. 그런데 그가 다른 여자와 잤다는 사실을 알게 되자 그의 다리가 떠올랐다. 그 뒤로 그의 팽팽하게 긴장한 근육과 혈관들이 떠오를 때마다 구토가 멈추지 않았다. 그를 사랑해 온 10년이라는 시간이 내 토사물 속에 처박히는 기분이었다.

1시간, 때로는 2시간을 달렸던 그의 다리는 어떤 모습이었을까. 4시간을 한결같이 달려온 그날 그의 발은 어떤 모습이었을까. 그때 그의 다리와 발을 나는 맨 먼저 보았어야 했다. 그때 그의 다리와 발을 맨 먼저 바라볼 수 있는 사람은 나여야 했다. 처음으로 풀코스를 달려온 남편의 다리를 아내인 내가 아니고 왜 다른 사람이 봤어야 했는가. 그의 꿈과 아픔, 비루함과 숭고함, 그의 삶 전체를 지고 풀코스를 달려왔을 다리였다. 내가 맨 먼저 남편의 다리를 보았어야 했다고 여기는 건 너무 상투적인 것일까. 그 사실을 알게 된 뒤 때때로 그렇게 자문하곤 한다. 나는 그를 영원히 잃고 말았다.

그의 다리를 바라보다가 시선을 얼굴로 옮겼다. 편안한 표정이다 달라진 건 아무것도 없다는 듯한 모습이다. 언제부터인지 기억나지 않으나 그는 내게 자기 감정을 시시콜콜하게 풀어놓지 않는다. 다시 그의 다리를 바라본다. 그의 다리는 길쭉한 근육의 골이 선명하다. 약간 떨어져서 바라보면 털로 덮인 다리에 음영이 드러나 보인다. 털 밑에 자리 잡힌 근육의 방향일 터이다. 근육의 움직임에 따라 음영의 부위도 움직인다. 그의 다리근육은 점점 견고하게 자리 잡혀간다. 나는 공연히 그의 다리에서 그의 마음을 읽어내려고 한다.

그는 내가 달리고 있다는 걸 알지 못한다. 나는 내가 달리고 있다는 걸 그에게 밝히지 않았다. 풀코스를 완주할 때까지 알리지 않을 생각이다. 왠지 내가 달리는 일은 몰래 하는 나쁜 짓 같다. 무엇이 그렇게 여기게 하는지는 확실치 않지만 분명 몰래 하는 좋은 일과는 느낌이 다르다.

그는 짧은 반바지와 기능성 민소매 셔츠 차림으로 가까운 학교 운동장으로 달려 나갔다. 문득 남편이 달리는 모습을 보고 싶다. 뒤따라 나가 잠깐만 보고 올까. 혼자 길에서 얼쩡대는 내 모습을 떠올려본다. 미쳤거나 덜떨어진 여자로 보일 게 분명하다. 학교 운동장에는 달리는 남자가 있고 골목 한구석에는 그 남자를 훔쳐보는 여자가 있다면, 분명 이상한 장면일 것이다. 별걸 다 신경 쓴다는 생각도 든다. 어색하지 않은 방법을 찾아본다. 어머니를 산책시키기로 한다.

어머니는 산책 나가자는 말에 무조건 반색이다. 어머니를 일으켜 앉히고 허리보호대를 채운다. 보행기를 꺼내놓고 어머니를 부축해 밖으로 나갔다. 보행기에 몸을 의지한 어머니는 허리를 펴고 하늘을 올려다본다. 한 달 반 가까이 침대에 갇혀 지내는 어머니에게 이런 바깥 산책보다 더 싱싱한 활력소는 없을 것이다.

어머니는 보행기에 꾸부정하게 의지한 채 날씨가 많이 따뜻해졌다며 즐거워한다. 수술하고 입원하는 사이 부쩍 늙고 삭은 모습이다. 습기나 진기가 다 빠진 모습이 만지면 정말로 버석거릴 것 같다. 몸이 아프다는 게 사람에게서 저렇게 생기를 뽑아내는 것이구나. 생명체가 지닌 생기라는 게 무슨 형체라도 있는 걸까. 어머니를 바라보고 있자니 그런 생각마저 든다. 입원하기 전 어머니의 형체에서 20% 정도가 어디로 사라져버린 것 같다. 원래의 어머니를 이루고 있던 것은 무엇이었을까. 체적을 저렇게 줄이고도 아직 생존한다면 무엇이 빠져나간 것일까.

"어머니, 오늘은 저기 학교까지 가봐요."

"거기까지? 너무 멀어. 어떻게 내가 벌써 거기까지 걸을 수 있겠냐. 못해."

"저기까지 가면 사람들 구경도 더 많이 할 수 있어요. 그리고 걷는 연습 많이 할수록 좋잖아요."

"그래도 거기까지는 무리야. 저 앞까지만 왔다 갔다 하자."

어머니가 웬 고집인가. 어머니는 단독주택과 학교로 갈라지는 어름을 가리킨다. 학교 운동장까지의 거리가 두려운가 보다. 저 앞까지 몇 번 왔다 갔다 하는 걸 합하면 결국 학교 운동장까지 가는 거리나 다를 게 없을 텐데 저 앞까지 왔다 갔다는 괜찮고 학교 운동장까지는 멀어서 안 된다는 것이다. 선뜻 내 뜻을 따라주지 않는 어머니가 답답하다. 하기는 어머니를 탓할 수도 없다. 나 역시 남편이 달리고 있는 운동장 안으로 성큼 들어설 용기가 없다. 달리고 있는 남편을 현장에서 보는 데는 용기가 필요하다. 남편 모르게 나 혼자 바라볼 수는 있어도 내가 보고 있다는 걸 알고 달리는 남편을 정면으로 바라볼 용기는 없다. 말이 되는가. 그러니 내가 달리고 있는 남편의 다리를 어떻게 정면으로 본단 말인가. 무엇 때문이라고 정확히 말할 수는 없지만 뭔지 불온한 장면을 목격할 것 같아 조마조마하다.

앞에서 보행기를 잡고 어머니를 끈다. 어머니는 당신이 가리킨 지점까지 가는 동안 두어 번 쉬고 끙끙거리며 따라온다. 건물 사이로 준비운동을 하고 있는 그의 모습이 보인다. 손으로 뒷머리를 한쪽씩 눌러 반대방향으로 당긴 뒤 다리를 들어올렸다. 그는 보통 20바퀴를 달린다고 했다. 8Km를 달리는 셈이다. 준비운동을 마친 그가 달리기 시작했다.

비로소 명료해졌다. 그와 내가 분리되는 현장이다. 그가 다른 세상을 향해 내게서 떨어져 나가는 순간이다. 그가 마라톤을 할 때마다 번지던 느낌의 정체를 이제는 알 것 같다. 그가 나를 볼 수는 있어도 나는 그를 볼 수 없는 곳으로 숨어버리는 느낌. 그 모습을 가까이서 보고 싶다. 이제라도 분명하게. 지금 그는 나를 볼 수 없지만 나는 그를 볼 수 있다. 나도 그에게 내가 그를 보며 느끼는 외로움을 주고 싶다. 내가 달려 나가는 걸 보며 그가 가슴 아프기를 바란다. 그가 부디 그런 나를 볼 수 없는 외로움으로 아프기를.

우습게도 지금 이 순간 남편과 나란히 달리고 있는 내 모습이 그려진다. 처음 만났던 그날처럼 남편과 내가 함께 달리고 있는. 그와 함께 달리고 있는 내 표정을 보고 싶다. 다시 남편과 함께 달릴 수 있을까. 그러기까지 얼마나 많은 과정이 필요할까. 그 과정을 생각하는 것만으로도 가슴이 답답하다.

보행기를 잡고 있던 손을 놓는다. 어머니에게 혼자 힘으로 보행기를 잡고 걷게 시켜본다. 어머니가 두려운 표정으로 나를 건너다본다. 나는 일부러 어머니와 눈을 맞추지 않는다. 거기서 아파트 입구까지를 왕복하기로 한다. 어머니 스스로 보행기에 의지해 걷고 나는 그 뒤를 의자를 끌고 따른다. 어머니는 걷는 동안 자주 멈춰 서 쉬었다. 그때마다 나는 어머니를 부축해 의자에 앉혔다. 날씨 탓인지 걷고자 하는 의욕 탓인지 어머니는 예상했던 것보다 오래 걷기운동을 계속하고 있다.

정해진 거리를 왕복하는 동안 남편의 모습은 지워졌다 나타났다를 반복한다. 어머니의 걸음이 느려 남편의 모습을 따라잡기가 힘들다. 어머니를 조금씩 빨리 걷도록 이끈다. 남편이 달리는 모습을 잘 볼 수 있는 위치를 찾아 거기서 남편의 모습을 지켜보기로 한다. 달리고 싶은 충동이 잠자코 서 있을 수 없게 만든다. 제자리에서 종종걸음을 진다.

그는 계속해서 달리고 있다. 몇 바퀴를 달렸는지 모르겠다. 그는 달리기에 완전히 몰입한 것 같다. 그의 왼팔은 오른팔에 비해 약간 아래쪽으로 처져 있다. 오른쪽 어깨가 조금 올라가 있는 듯하다. 힘에 부치기 시작했다는 신호인지도 모르겠다. 지금 그의 다리는 최고로 긴장해 있을 것이다. 온몸엔 땀이 쉴 새 없이 흐를 것이다. 땀을 흠뻑 흘리며 달리는 그를 바라보는 일이 조마조마해서 견디기 힘들다.

어머니도 땀을 흘리고 있다. 생각보다 오래 걸어 힘든 눈치다. 집으로 들어와 어머니의 땀이 밴 옷을 벗긴 뒤 물수건으로 등을 닦아준다. 어머니에게 새 옷을 갈아입히고 눕힌 뒤 침대의 높이를 낮춘다. 어머니는 눕자마자 잠이 든다.

맨 처음 남편이 달렸던 날은 기억나지 않는다. 왜 그가 달리기 시작했는지도 기억할 수 없다. 그는 비만체형도 아니었고 건강문제로 위기감을 느낄 나이도 아니었다. 술을 마시기는 했지만 업무를 빌미 삼아 과음하는 타입은 아니었다. 그에게 음주는 주어진 다양한 즐거움 중의 하나인 정도였다. 직장에서 마련한 건강강좌에 자극되어 미리부터 건강을 챙기기로 했던 것일까. 그는 외부에서 입력되는 정보에 민감한 편이다. 어쨌거나 그때는 그의 변화를 궁금해하지 않았다. 어디서부터 그런 터무니없는 감정이 싹트게 되었는지는 알 수 없지만 나는 달린다는 행위를 숭고하게 여겼고 남편의 그런 변화가 그를 숭고함을 실천하는 사람으로 여기게 했다.

남편이 마라톤대회에 나갈 때면 어딘지 내가 밀쳐지는 기분이었다. 직접 달려보겠다는 생각을 하지 못한 게 그래서였는지도 모른다. 내가 접근하는 게 왠지 부적합하다는 생각이 들었다. 남편도 내게 같이 달리자고 청한 적이 없었다. 남편은 달리는 일을 온전하게 자신만의 고유한 영역으로 삼고 싶어하는 것처럼 보였다.

나는 마냥 민달팽이처럼 유약할 뿐인데 그는 의연하게 삶이라는 산맥을 뚜벅뚜벅 넘고 있다는 생각이 들었다. 남편을 생각하며 멀리 솟아 있는 산들을 바라보곤 했다. 그의 삶을 생각하면 왠지 모르게 벅찬 느낌이 들었다. 돌발적이고 즉흥적인 것은 그의 삶과 상관이 없는 것처럼 그는 빈틈없이 사는 사람이다. 엉성하기 짝이 없는 내 삶과는 전혀 달랐다. 그런 차이가 차츰 남편에게 변화를 불러왔을 수도 있겠다

는 생각이 들었다. 그러나 남편이 나를 거북하게 여기리라는 생각까
지는 해보지 못했었다.

직장이나 주위 사람들에게 아이가 생겨 나무들처럼 쑥쑥 자라고 있
었다. 그가 그런 그들의 모습을 편안한 마음으로 대할 수만은 없으리
라고 짐작은 했다. 그런 것들이 한데 뒤엉켜 그를 달리게끔 내몰았는
지도 모르겠다. 물론 이 모든 게 이유가 아닐 수도 있다. 마라톤 붐에
그냥 생각 없이 편승했는지도 모른다. 이유야 어찌 됐건 남편은 그때
부터 조금씩 달라지기 시작했다. 어딘지 건성이었다. 모든 일을 대하
는 모습이 그랬다. 단순히 성의가 없다고 말하기에는 미흡한 구석이
있었고 뭘 해도 다른 데 할 일을 두고 온 사람처럼 어슬렁거리는 듯
보였다.

남편이 땀투성이가 되어 들어온다. 모자와 옷을 벗어 세탁물 바구
니에 넣은 남편이 화장실로 향한다. 땀에 전 남편의 알몸이 보인다.
적당한 근육이 붙은 뒷모습이 나무랄 데 없이 탄탄하다. 남편이 벗어
놓은 마라톤복을 바라본다. 이 얇은 옷 속에 그의 몸이 가려져 있었다
는 게 왠지 부당하다는 생각이 든다. 달리고 들어온 남편을 보니 나도
당장 나가서 달리고 싶다. '이건 조금도 무모하지 않아' 라고 속으로
구호를 외치며. 지긋이 심호흡을 한다.

어머니 빨래를 하면서 달랑 남편 것만 남기는 것도 우스워 남편이
내놓은 빨랫감도 세탁기에 같이 집어넣는다. 셔츠 뭉치에서 낯선 냄
새가 풍기는 것 같다. 얼른 세제를 풀어 담근다. 낯선 냄새는 제일 먼

저 섬유에서 빠져나갈 것이다. 그리고 다른 온갖 냄새와 얼룩들과 기타 알 수 없는 성분들과 함께 계면활성제의 독성에 녹아버릴 것이다. 말끔하게 원 상태로 돌아오는 것이다. 그럼 다음 한 주는 어떻게 되는 걸까. 이번 주와 같은 반복일까.

빨래가 뒤섞여 돌고 있다. 빨래를 널자마자 나는 집으로 돌아가 달릴 것이다. 혼자 나가 달릴 생각을 하니 쾌감이 번진다. 어쩌면 내게 마라톤은 내가 저지를 수 있는 유일하게 불온한 행위인지도 모른다. 운명적으로 내게 온 마라톤. 마라톤은 내게 있어 운명적이고도 불온한 것이다.

샤워를 마치고 나온 남편이 빨래는 자기가 널겠다고 웅얼거린다. 그날 밤의 일을 들키고 난 그때의 목소리 같다. 분명치 않고 모든 일이 자신의 의지라곤 없이 어쩌다 그렇게 되어버렸다는 식의 문장을 남편은 웅얼거렸다.

"이제 우리 관계는 없어졌어!"

나는 그 짧은 순간 한 가지 생각에 집중했다. 최대치의 명료한 말을 찾아야 한다고. 그렇게 찾아낸 문장이 그것이었다.

"그렇지 않아. 우리는 처음처럼 회복할 수 있어."

모호한 말투와 목소리로 남편이 흘렸다. 나는 그저 앞이 무엇으로 뿌옇게 흐려진 듯 몽롱할 뿐이었다. 그 말은 저 먼 데서 오래전부터 울려온 것처럼 아득했다. '처음처럼'이라고. 도대체 그는 무슨 생각으로 그 말을 웅얼거렸던 걸까. 전후사정이 배경으로 물러나고 그의 말만 도드라졌다. 그 순간만큼은 그의 그 문장이 마음에 들었다. 한편으론 사랑이란 정체의 보잘것없음에 뼈가 저렸다. 그 뼈저림이 나를 내몰았을 것이다. 그리고 이제 그것과 함께 마라톤 풀코스를 달릴 것이다. 회복할 수 있다고 말하는 남편의 문장 속에 얼마만큼의 진정성이 담겼는지 아닌지는 상관없었다. 적어도 내가 뱉은 문장에 어울리는 답을 해주었다는 사실이 중요했다. 그런 답을 토해준 데 대해 나는 감동하고 있었다. 멍청하게 눈물도 몇 방울 떨어뜨렸다. 도대체 나는 어떻게 생겨먹은 인간인가.

그는 회복할 수 있다고 뱉어낸 자신의 말을 그런 식으로라도 지켜야 한다는 듯, 집에 충실한 모습을 보이려고 노력했다. 주말이면 한 번도 거르지 않고 올라와 어머니 집에서 지내다 내려갔다. 그는 자신의 말을 지키기 위해 존재하는 사람처럼 보였다. 하지만 그것을 지키는 데 담긴 그의 마음은 드러내지 않는다. 어떤 내용도 표현하지 않은 채 내 처분만 기다린다는 태도를 유지했다. 내심 그의 그런 태도가 불안하다.

또 복잡해진다. 미연은 이럴 때 어떻게 할까. 단순한 생각, 나는 달리는 수밖에 없다. 피트니스클럽으로 간다.

12. 곤두박질 남자

나는 피트니스클럽과 산책로를 번갈아 달린다. 산책로를 달리는 건 마라톤대회의 코스 감각을 실제로 느끼고 싶어서이다. 달리기만 할 거라면 피트니스클럽은 굳이 드나들 필요가 없을지도 모른다. 하지만 기초체력을 키우려면 근력운동을 소홀히 할 수 없다. 주기적으로 그곳에 가는 건 근력운동을 병행해 체계적으로 근력을 키우기 위함이다. 실제로는 거리에서 달릴 때 더 에너지가 실리는 것 같다.

피트니스클럽에는 사람이 많지 않다. 트레드밀에서 달리고 있는 여자가 눈에 띈다. 여자의 동작은 나름의 규칙을 갖고 있는 것 같다. 여자의 동작은 네 가지 패턴으로 구성되어 있다. 먼저 몇 분간 걷는다. 두 팔을 앞뒤로 흔들며 파워워킹을 한다. 그다음 고개를 오른쪽으로 기울여 뒤로 갔다가 앞으로 온다. 그다음 왼쪽으로 고개를 기울여 뒤로 갔다가 앞으로 오고 머리를 좌우로 털며 흔든다. 그게 어쩌다가 자기도 모르게 하는 식이 아니라 일정한 간격을 두고 되풀이하고 있다. 나름의 규칙을 정한 것으로 보이는 이유이다. 여자는 달리기 시작하더니 뒤로 마구 물러난다. 금방이라도 트레드밀에서 굴러떨어질 듯하다. 저 여자가 기구의 속성을 모르는 건 아닌가. 저러다 굴러떨어질 텐데 어쩌지. 트레이너에게 알려야 하나. 그런데 여자는 아슬아슬한 지점에서 앞으로 방향을 바꿔 다시 마구 달렸다. 1m 정도의 공간을 여자는 그렇게 과상스럽게 활용하고 있었다.

무슨 생각을 하며 저렇게 반복하고 있을까. 여자는 저런 식으로 자신의 삶을 구획한 걸까. 냉장고의 음식을 정리하며 종류별로 칸을 나누듯이 저 여자는 트레드밀의 공간에 나름의 규칙을 적용하나 보다. 여자는 어딘지 첫 10Km 코스에서 만났던 여자를 닮았다. 저 여자의 눈을 보고 싶다. 송곳가시들을 뿜어내는 것 같던 여자의 눈길과 같을까. 트레드밀을 굴리고 있는 타인에게 얼굴을 바싹 들이대고 눈을 확인하겠다니, 웃기는 짓이다.

탈의실 안에는 벌거벗은 두 여자가 몸에 로션을 바르고 있다. 한 여자가 머리를 말리기 시작한다. 몸을 좌우로 돌리며 드라이어 바람을 날린다. 여자들은 거리낌이라는 문제에 있어서는 뚱뚱하거나 말랐거나 탈의실에 들어오면 차이가 없어진다. 옷을 입었을 때보다 오히려 알몸일 때 그런 구분이 없어지는 게 희한하다. 샤워한 뒤엔 속옷을 걸치고 머리를 말리거나 화장을 해도 지장이 없을 것이다. 그런데도 여자들은 저렇게 벌거벗은 채 몸을 흔들고 돌아다닌다.

울퉁불퉁한 살덩어리가 엉겨 이루어진 형체가 몸이라는 사실이 놀랍다. 몸 구석구석 빈틈없이 살로 채워져 부풀어 오른 모습은 정말 혐오스럽다. 내 몸도 저렇게 살덩어리로 꾸역꾸역 채워져 아이가 들어설 자리를 메웠었는지도 모른다. 아찔한 기운에 몸이 휘청한다. 여자들의 희멀건 몸뚱어리 어디쯤에서 시커먼 거웃이 스친다. 섬뜩하게 불쾌하다.

운동복으로 갈아입고 탈의실을 나와 스포츠댄스실로 들어갔다. 문을 열자 마구 곤두박질치고 있는 남자가 눈에 들어와 소스라치게 놀랐다. 남자가 내 앞을 질주해 간다. 그 남자다. 나는 알은체하지 않고 매트 한 개를 집어 구석을 찾아 엎드렸다. 곧 철썩, 하는 굉음이 울렸다. 남자의 발이 매트에 닿는 소리였다. 스포츠댄스실은 울림이 심했다. 일이 났구나. 눈을 질끈 감았다. 기절했겠지. 죽었으면 어쩌지. 신고를 해야 하나. 눈을 떴다. 남자가 매트 위에서 한 바퀴 획 몸을 뒤집더니 저만치 가서 벼락같은 소리를 내며 착지했다. 휴우, 저이가 살아 있구나. 남자는 스트레칭 매트 두 개를 이어놓고 방의 끝에서 매트를 향해 질주해 곤두박질치는 동작을 반복하고 있다.

왜 저런 위험한 동작을 하는 걸까. 이곳의 매트는 일반 요가매트와 다르게 매끈매끈한 재질이다. 원목 마룻바닥도 반질거린다. 까딱 잘못해 미끄러지면 끝장이다. 남자는 그 사실을 알고 있는 걸까. 자신은 저 벼락같은 굉음 맛에 신나는지 몰라도 보는 사람은 간이 오그라들든다. 남자 때문에 순서가 어떻게 돌아가는지도 잊은 채 스트레칭을 마쳤다. 남자가 항상 이 시간에 여기서 굉음을 울린다면 내가 피해야지. 남자의 끔찍한 최후를 목격하고 싶지는 않으니. 이곳에 나오는 동안 남자의 사고 소식을 듣는 일이 없기를 바랄 뿐이다. 가슴을 쓸어내리며 간신히 스트레칭을 마치고 트레드밀에 올라선다. 여자는 보이지 않는다. 엠피스리플레이 버튼을 누르고 달리기 시작한다.

창밖에는 트럭 장사들이 진을 치고 있다. 항상 그 자리를 지키고 있는 걸 보면 장사가 되긴 되나 부다. 늦은 시간인데 아이와 아이 엄마가 트럭 옆을 지나고 있다. 아이가 제 엄마 팔을 흔들어댄나, 핫도그를 사달라고 떼를 쓰고 있는 것 같다. 아이 엄마는 임산부다. 갑자기 아이 엄마가 아이의 등짝을 후려친다. 힘겹게 걸음을 옮기는데 아이가 떼를 쓰니 짜증이 났나 보다. 아이가 울음을 터뜨린다. 아이도 알게 모르게 그동안 쌓인 스트레스가 많았을 것이다. 제 엄마 배가 불러오는 걸 바라보는 아이의 마음을 짐작해본다. 아이는 계속 울고 있다.

어느새 1시간이 훌쩍 지났다. 몸이 땀으로 범벅이 되어 확확 열기를 내뿜는다. 물 한 컵을 천천히 마신다. 다리 마사지기구 위에 발을 올려놓는다. 발바닥의 근육을 풀어주기 위해서다. 5분간 마사지 한 다음 다시 물을 마시고 네댓 가지의 기구운동을 계속한다.

한 사내가 기구에 앉아 과격하게 가슴운동을 하고 있다. 가끔 보이는 얼굴이다. 저이가 지금 저렇게 과격하게 운동을 하는 건 운동을 자주 하지 않기 때문일 것이다. 이따금씩 피트니스클럽을 찾아오는 사람들은 한꺼번에 마구 몸을 부린다. 긴장이 풀린 몸에 스트레스를 주는 식으로 그동안의 게으름을 벌충하려는 듯. 그런 의욕이 실려서인지 격하게 기구를 다룬다. 실내가 진동한다.

모든 운동기구는 긴장과 이완의 원칙에 따라 근육을 단련시키도록 만들어졌다. 그런데 저이는 그 원리도 무시하고 마구 기구를 부려대고 있다. 그리고는 자기만족으로 잔뜩 고무되어 거드름을 피우며 실내를 돌아다닌다. 보라구. 내가 운동한다구. 멋지지 않냐? 하는 것만 같다. 트레이너는 뭘 하나 모르겠다. 나라도 다가가 그렇게 하는 게 아니고 이렇게 하는 거라고 가르쳐주고 싶지만 한껏 고무된 사람에게 건네는 충고는 원망만 살 테니 그냥 모른 체하기로 한다.

운동을 끝내고 샤워실로 들어간다. 샤워실에는 40대로 보이는 여자들이 수다를 떨고 있다. 한 여자는 탕 안에서, 한 여자는 플라스틱 의자에 쭈그리고 앉아서. 나이가 많은 여자들은 샤워기 밑에 서 있지 않고 탕에 몸을 담그고 있거나 앉은뱅이 의자를 타고 앉는다. 여자가 쭈그리고 앉아 양다리 안에 얼굴을 묻은 채 이태리 타올로 몸을 문질러대고 있다. 서글픈 자세다.

"죽어라고 살이 빠지질 않아. 벌써 두 달째 여기 와서 운동하는데도."

"뭐 뭐 하는데?"

"그냥 러닝머신만 해."

"얼마나?"

"1시간 정도 걸어. 다른 건 기계라 다루기 복잡해 보여서 안 하게 돼."

"그건 나도 그래. 기구는 더 지겹잖아. 아이, 헬스클럽에서 운동하는 건 정말 지겨워."

탕 안에 있던 여자가 몸을 일으키고 나와 정말로 지겹다는 듯이 몸에 찬물을 마구 끼얹는다. 그 바람에 내게까지 찬물이 튀었다. 쭈그리고 앉아 있던 여자가 머리에 거품을 일으키더니 엉덩이를 납작 들어올리고 머리를 헹구기 시작한다. 다른 사람에게 드러날 자기 뒷모습에는 신경도 쓰지 않는다.

얼른 몸을 헹구고 나와 옷을 입었다. 뒤따라 나온 탕의 여자가 드라이어로 거웃을 말리기 시작했다. 여자의 기웃이 부일부얼 일어서는 모양이 보였다. 여자는 샤워용품 바구니에서 오데코롱을 꺼내 오더니 거울 앞에 서서 자신의 모습을 앞뒤로 비춰 보며 거웃 주위에 여러 번 스프레이 했다. 왜 그런지 숨길 것 없이 당당한 모습이었다.

집으로 가는 길에 미연에게 전화했다. 곤두박질하는 남자 때문에 아슬아슬했던 이야기를 하자 미연은 그 남자 또라이 아니냐며 트레이너에게 말해 중지시켰어야지, 한다. 벌거벗은 여자들 이야기를 하자 미연은 한숨을 쉬며 말했다.

"아이를 낳은 여자들이겠지."

집에 오자마자 색연필을 꾹꾹 눌러 아이의 발을 그렸다. 아이의 발 그림이 늘어간다. 오늘 8Km를 달렸으니 총 거리가 124Km로 늘어났다.

13. 영어수업

어머니가 입원하지 않았다면 영어수업을 계속 이어왔을 것이다. 어머니가 입원하지 않았다면, 내가 풀코스를 달리기로 하지 않았다면, 내가 남편의 일을 몰랐다면, 남편이 그런 일을 저지르지 않았다면……. 풀코스를 달리기로 한 뒤의 내 일과가 그 전과 같을 수는 없었다.

제니퍼를 만나 영어수업을 해온 지 1년이 다 되어간다. 그 전에 나는 사회복지기관의 영어회화반에 등록했었다. 그곳에서 공교롭게도 고등학교 때 친구를 만났다. 그 시절 단짝이었으나 대학에 간 뒤로 만나지 못했던 미연이었다. 미연은 버려진 아이들을 보호하는 기관의 정규직 보육사가 되어 있었다.

우리가 여기서, 이렇게, 만나다니. 서로가 누구인지 알아보고 밝히고 한 다음에도 우리는 선뜻 십 몇 년이라는 시간 속으로 뛰어들지 못했다. 우리를 주저하게 만드는 게 무엇일까. 우리에게 아이가 있었더라도 이랬을까. 그런 생각이 들었다. 십 몇 년이라는 시간의 덩어리를 채운 것이 아이문제일 수만은 없을 터였다. 그런데도 그랬다. 그 시간의 덩어리를 생각하면 지구본이 떠올랐다. 아이들이 가득 들어차 실룩이고 있는 지구본의 광경. 우리는 그 지구본의 그늘에 숨어 있는 것 같았다.

그 영어회화반의 강사가 옷차림을 약간만 바꿨더라도 우리가 그곳을 등지지는 않았을 것이다. 강사는 한 번도 거르지 않고 바랜 청바지에 짙푸른 티셔츠 차림으로 나타났다. 강사를 볼 때마다 옷장 가득 똑같은 청바지와 셔츠가 걸려 있는 장면이 떠올랐다.

싱가포르인인 강사는 수업시간마다 여러 가지 그림이 인쇄된 종이를 우리들에게 나눠주었다. 그 그림들을 보며 질문에 답하는 식으로 수업시간을 채웠다. 수업은 심리테스트를 연상하게 해 나는 매번 강사에게 테스트를 당하는 기분을 느꼈다. 이를테면 자갈길, 아스팔트길, 등 여러 종류의 길 중에 한 가지 마음에 드는 길을 선택하는 것이다. 강사는 우리들에게 각자 선택한 길을 발표하게 했다. 그다음 왜 그 길을 선택했는지 질문했고 우리들이 그 질문에 답을 하면 몇 가지 정해진 풀이를 전해주는 식이었다. 아스팔트길은 삶이 순탄하고 자갈길은 굴곡 진 삶이 예정되어 있다는 식의 빤한 풀이였다. 춤추거나 달리는 사람의 동작, 동물 종류 등 다른 그림들도 같은 맥락의 풀이로 이어졌다. 우리들은 수업시간마다 그 빤한 방식에 자신의 삶을 꿰어 맞추느라 애를 썼다.

결혼하며 한국에 정착한 40대 중반의 강사는 스스로가 만족스럽지 않아 짜증부리는 어린 남자아이처럼 보였다. 그는 우리들이 자신의 말에 바로 반응을 보이지 않는 데에 짜증을 부리곤 했다. 그때마다 그가 뾰로통한 표정을 지었기 때문에 중년남자가 아닌 남자아이를 보고 있는 듯한 착각이 들었다. 그는 수업 중에 갑자기 국제정치문제를 들먹이며 자신의 정치관을 늘어놓곤 했다. 우리들은 조용히 그의 말에 귀를 기울였으나 그는 그 점을 꾸짖었다. 그냥 무엇이든지 말해보라고! 그는 자신의 화제에 동조하지 못하는 우리들을 다그쳤다. 문법이 틀릴까봐 생각나는 대로 말하지 못하는 우리들의 소심함을 자신의 의견에 동조하지 않는 것으로 여겼을까. 자갈길이나 달리는 사람의 그림을 왜 선택했는지 겨우 설명하는 우리가 국제정치에 대해 어떻게 무엇이든 말할 수 있단 말인가. 그리고 그건 영어회화반 수강생인 우리들이 아니어도 그들이 알아서 굴려갈 것이었다. 미연과 나는 강사의 그런 모습을 권태의 공격이라고 부르며 비웃어주었다. 그는 우리들을 지겨워하는 것 같았다. 화제를 우리들에게 친근한 것으로 바꿨다면 무엇이든 말할 수 있었을 텐데 강사는 그러지 않았다. 전혀 달라지지 않는 자신의 옷차림처럼.

가까스로 등록기간을 채운 뒤 미연과 나는 같은 나이의 필리핀 여성 제니퍼를 새 강사로 맞았다.

제니퍼는 내 단골 미용실 주인 아이의 영어과외를 맡고 있었고, 복지관 영어수업에 나오는 아주머니의 소개로 고시촌의 고시원에 세들어 살고 있었다. '어느 날 한 필리핀 여성이 한국으로 날아왔지. 그녀가 이 변두리 동네 미용실에 와 있네.' 나는 제니퍼를 만날 때마다 영어로 바꾼 그 문장을 노래로 흥얼거렸다. 마치 「금발의 제니」를 부르듯이. 그러면 제니퍼는 「금발의 제니」를 즐겨 불렀다던 그녀의 대학 시절 연극교수를 생각하며 눈시울을 붉혔다. 그러면서도 제니퍼는 내가 흥얼거리는 노래를 따라 불렀다.

"그 교수는 마라톤을 했습니다. 그런데 내가 사는 고시원의 주인도 마라톤을 합니다."

"어, 그거 굉장한 우연인데요."

"제니퍼도 마라톤을 했었나요, 필리핀에서?"

"아니, 하지 않았습니다."

"마라톤을 했더라면 날씬해졌을 텐데."

"그전에는 뚱뚱하지 않았습니다. 하지만 달리기는 싫었습니다. 교수가 세상을 떠난 뒤 이렇게 뚱뚱해졌습니다. 이제는 달리고 싶어도 뚱뚱해서 어렵습니다."

"교수와 서로 많이 사랑했었나요?"

"아닙니다. 나는 교수를 사랑했지만 그는 독신 게이였습니다."

"오 오."

제니퍼의 말에 반응한 미연과 나의 굵은 두 음절.

미연은 매주 모일 때마다 보호소에 들어오는 아이들 이야기를 했다. 버려진 아이들의 숫자와 장소와 형태 등이 주 내용이었다. 매주 등장하는 이야기인 탓에 미연의 영어가 유창하게 들렸다. 제니퍼의 도움으로 미연의 이야기는 더욱 생생해졌다. 점점 입양과 대리모 문제를 생각하는 시간이 많아졌다. 아이 없이 아무렇지도 않게 늙어갈 수 있을지 생각해본 적이 있었던가. 남편이 그 문제를 어떻게 생각하는지 알아보려 한 적이 있었던가. 막연했고 남편도 그러리라고 여겼던 것 같았다. 어떻게 그럴 수 있었는지 의아했다.

무거운 화제에 빠저 쩔쩔매면 제니퍼가 유쾌하게 정리해주었다. 제니퍼는 웃음소리도 하하하, 유쾌했다. 수강료 제시도, 깎아달라는 우리의 요구를 받아들이는 오케이의 올림도 유쾌했다. 무엇보나 한국어에서 영어로 건너가도록 이끄는 방법이야말로 유쾌했다. 그럼에도 필리핀 출신인 제니퍼는 지역 복지시설이나 어린이 영어학원 사이를 달릴 뿐이다. 제니퍼의 유쾌함은 조카 이야기에 이르면 슬며시 걷혔다. 제니퍼를 따라 나왔다가 불법체류하고 있다는 조카였다.

화제가 무거워지면 머릿속 언어회로도 뻑뻑해졌다. 정색하고 달려들면 문장들이 회로 뒤 어딘가로 숨어버렸다. 그러다 보면 딱 맞는 단어만 찾게 되었다. 자연스런 표현을 배우는 길이 점점 멀어졌다. 숨어버린 문장이 나타나도록 그 문장에 가까워지도록 표현하려고 노력할 것. 그리고 쉬지 말고 계속할 것. 마라톤도 마찬가지이다. 그 점에서 언어와 마라톤은 서로 닮았다. 남편과 나의 관계에도 입혀본다. 남편과 나는 무엇을 피하지 말고 표현하려고 노력해야 했을까. 그것도 쉬지 말고 계속해서. 지금은 무엇을 위해서 그래야 하는 걸까.

대리모 출산이 화제로 등장했을 때 미연이 내게 반대냐, 찬성이냐를 물었다.

"글쎄, 반대하고 안 하고의 문제가 아니라 그건 나한테 생각 밖에 있는 일이지. 말하자면 애벌레를 먹는 문화처럼 싫고 좋고의 문제가 아니라 그냥 관심 밖의 일이었다는 말이야."

나는 간신히 어눌하게 얼버무렸다. 속으로는 설령 아이를 낳는 방식이 달라졌어도 감동을 원하는 사람의 감정은 바뀌지 않았을 거야, 오히려 그런 비정상적인 출생방식 때문에 더욱 감동적인 이야기를 원하게 될지도 모른다는 생각을 했다. 그러고 보니 나는 모든 문제를 이야기와 연결하고 있는 듯했다. 나야말로 그 누구보다 이야기에 굶주려왔는지도 몰랐다.

미연이 보여준 중국인 대리출산 브로커의 글은 인터넷쇼핑과 다를게 없어 보였다. '중국 여성으로만 대리출산 알선합니다. 고객이 원하는 대로 맞춤 알선하오니 회신 바랍니다. 이어서 대리모를 원하는 여자들의 학력과 신체조건, 결혼상태 등의 상세한 내용을 담은 광고글이 올라와 있었다. 중국과 한국에 사무실을 둔 중국계 무역회사의 홈페이지에는 '최저 가격으로 확실하게 대리모 알선함' '임신이 불가능해 대리모가 필요한 사람은 연락 바람' 등의 광고도 버젓이 공개돼 있었다.

"혹시 제니퍼 조카도 그런 거 아닐까?"

"대리모?"

"조선족이나 동남아시아 여자들, 국내에 체류하고 있는 외국인 노동자들이 1순위라는 거야. 큰돈을 만질 수 있다는 유혹을 떨쳐버리기 쉽지 않겠지."

"그럴 수도 있겠다."

"외국인 여자들을 회원으로 끌어들이려고 아주 혈안이 되어 있대. 인터넷카페와 결혼정보업체, 외국인 노동자보호센터 홈페이지에도 무차별적으로 글을 올리고 있다니까, 대리모 모집한다고."

"제니퍼 조카가 단기비자로 들어와 불법체류 중이랬잖아. 한 번에 큰돈을 벌 수 있으니 그런 곳에 얽혀들있는지 몰라."

"그래서 제니퍼가 항상 조카 걱정을 하는구나."

미연이 보여준 노동자보호센터의 게시판에는 '집안 형편이 넉넉하지 않아 중국 동포 중에서 대리모를 구한다' 며 메일주소를 남겨놓은 글들이 올라와 있었다.

"중국은 대리모를 금지하고 있어. 그래서 중국인 대리출산 브로커들이 한국 의뢰인들을 잡으려고 난리야. 대리모 알선업을 하는 곳도 있지. 여기 봐. 중국 여성과 직접 성관계를 맺어 임신하게 하는 중국인 브로커도 있어."

"그게 씨받이잖아."

"그러게 말이야. 인터넷광고로 의뢰인을 모집하고 대리모의 배란기에 맞춰 한국 남성이 중국을 방문하는 식이야. 그렇게 성관계를 갖고 착상을 시도하는 거지."

"한 번에 임신이 되란 법이 없잖아."

"임신이 안 되면 의뢰인이 대리모의 다음 배란기에 맞춰 다시 중국을 찾는 거지. 대리모가 중국에서 아이를 출산하면 입양하는 방법으로 한국에 입국시키는 거야."

"정말 소름 끼친다. 자궁의 식민지화네."

"자궁의 식민지. 그 말 딱 맞네. 계약이 성사되면 한국인 의뢰인은 중국인 브로커에게 계약한 대로 돈을 지불해."

"한쪽에서는 버려지는 아이들이 쌓여가고 한쪽에서는 어떻게든 아이 하나 얻어보려고 그런 일도 서슴지 않고……. 가족이 무엇인지 더 알 수 없는 기분이야."

아이 둘을 사산하고 이혼한 미연의 중얼거림이었다. 나야말로 착잡했다. 미연에게서 아이를 입양했다는 소리가 들려올 일을 생각하니 소름 돋듯 쫓기는 기분이 번졌다.

14. 로즈마리치킨

가끔은 요리로 수업을 채우기도 했다. 함께 요리해 백주를 마시며 저녁을 먹었다.

"요리법 한 가지 알려주겠습니다. 그 연극 지도교수가 연극반 학생들을 초대해 직접 요리해주었던 로즈마리치킨입니다. 정말 잊을 수 없는 맛이었습니다."

제니퍼의 눈자위가 붉그레해졌다.

"나는 아직도 그를 사랑합니다."

미혼인 제니퍼는 한국에 온 지 3년이 되었고, 한국 남자와 결혼하기를 바라지만 한국말을 거의 못한다. 사랑했던 교수를 잃은 뒤 뚱뚱해진 몸으로 한국으로 온 제니퍼는 「금발의 제니」 식으로 흥얼대는 내 영어에 아직도 눈물을 보인다.

"한국어를 배우려는 성의가 없군요."

처음 만났을 때 우리가 그렇게 놀려보았다.

"노우, 그게 아닙니다. 한국말 할 시간이 없기 때문입니다."

학원에서는 아이들에게 영어만 쓰도록 하기 때문에 한국어를 쓸 기회가 없다는 말이었다. 우리와 모임을 계속하며 조금씩 한국말이 늘고 있었다.

"그래도 한국말을 배워야 살기 편하지요."

"그렇습니다. 그래서 요즘 고시원 주인과 조금씩 대화합니다. 하지만 주인은 말을 잘 하지 않습니다."

"좋은 시도입니다. 계속 그렇게 하세요."

미연이 양손 엄지손가락을 세웠다.

"자, 로즈마리치킨 요리법 소개합니다. 올리브유에 말린 로즈마리와 다진 마늘을 섞어 소스를 만듭니다. 생닭에 소스를 발라 충분히 마사지해줍니다. 30분 정도 두었다가 오븐에 구우면 끝! 아주 쉽습니다."

로즈마리치킨이 익어가는 향기가 번지기 시작했다. 음식의 향기가 늘 이렇다면 누구라도 눈물을 흘리지 않을 수 없을 터였다. 음식이 음악으로 변할 수도 있는 것이었다. 제니퍼가 눈물을 떨어뜨렸고 미연이 울적해졌고 나는 서글펐다. 우리는 맥주를 마시며 각자의 옛 시간을 탄식했다.

그 무렵의 주말 집에서 로즈마리치킨을 요리했다. 남편도 함께 요

리를 해보겠다고 나섰다. 믹싱볼에 올리브유를 넉넉히 따르고 로즈
마리를 한 움큼 넣었다. 다진 마늘도 한 스푼 넣고 휘젓기 시작했다.
남편은 식탁에서 소스를 만들고 나는 싱크대에서 닭을 손질하고 있
었다. 손질한 닭을 오븐용기에 담아 식탁 쪽으로 돌아섰다. 남편이 누
릇한 소스를 맨손으로 주물럭거리고 있었다.

"에이, 일회용 장갑 끼고 하지."

"맨손도 괜찮아. 닭 이리 줘."

닭이 담긴 오븐용기를 남편 앞에 놓았다.

"이제 마사지하는 순서인가?"

오븐용기 안에 다소곳이 누운 닭이 아기처럼 보였다. 통통한 다리
와 뽀얀 가슴. 두 팔을 모아 올리고 뭔가를 호소하는 것 같은 모습. 남
편이 생닭에 소스를 끼얹었다. 아기가 자지러지는 듯한 착각에 골반
이 바르르 떨렸다. 남편이 닭을 주무르기 시작했다. 나도 얼른 닭에
맨손을 댔다. 차갑고 미끈했다.

"내가 혼자 할 수 있다니까."

"같이 해. 마사지하듯이 소스가 속속들이 스며들도록."

남편과 함께 닭을 주물렀다. 남편이 목을 주무르면 나는 엉덩이를
주물렀다. 걸쭉해진 소스 속에서 우리 둘의 손이 엉켜들었다. 우리의
체온이 배어들어 닭이 뜨듯해졌다. 함께 아기를 목욕시키는 기분이
들었다. 남편이 갑자기 낄낄 웃었다.

"왜?"

"어쩐지 아기 목욕시키는 것 같은데."

가슴이 쿵, 하고 내려앉았다. 남편도 같은 생각을 하고 있었다. 불쑥 입양이 떠올랐다.

"꼬챙이에 끼워 돌려가며 익히는 게 골고루 잘 익는다고 했어."

오븐용기 중에서 긴 꼬챙이를 꺼내 남편에게 건넸다.

"어떻게 끼워야 하지? 가로로? 세로로?"

"세로로 목에서 엉덩이까지."

로즈마리치킨을 들고 어머니를 찾아가 함께 먹었다. 어머니와 남편이 로즈마리치킨을 먹는 모습을 바라보았다. 가을 햇볕이 가득 들어차 그들의 등을 덥히고 있었다. 그 뒤로 아이와 입양이라는 말이 머리 뒤쪽에 달라붙어 살기 시작했다. 항상 그 말들과 살아온 셈이었다. 그리고 남편과 의논해보려고 생각을 키우고 있었다. 그런데 남편이 그 기회를 기다려주지 않고 이렇게 이지러뜨렸다. 무엇을, 어떻게 결정할 수 있겠는가. 모든 결정은 풀코스를 완주할 때까지로 유예되었다. 모든 결정은 그 뒤에 이뤄질 것이다.

그 가을날의 식탁을 떠올리니 잠깐 행복한 기분이 든다. 나의 로즈마리치킨에는 그날의 이야기가 들어 있다. 아이의 발을 그리자 그날의 로즈마리치킨 향이 나는 것 같았다.

매일 달리던 속도로 같은 분량을 달렸다. 오늘까지 쌓인 거리는 131Km다.

15. 두 번째 10Km 코스 참가기

두 번째 마라톤대회를 앞두고 안내책자와 기록칩이 부착된 번호표, 기념품이 담긴 우편물을 받았다. 우편물 봉투가 불룩했다. 이번 대회는 기록칩을 부착하는 위치와 기념품이 지난번 대회와 다르다. 이번 칩은 번호표에 붙어 있어 운동화 끈에 걸지 않아도 되었다. 기념품은 선블록크림과 남성용 면도기다. 얼마 전부터 광고에 등장한 신제품들로 협찬사가 다양한 모양이다. 나로서는 면도기에서 담당자들이 조금 더 고민하지 않은 점이 아쉬웠다. 한 단계만 더 고민했더라면 여성 참가자들을 즐겁게 해줄 수 있었을 텐데 말이다.

남성용 면도기를 받아 들고 궁리를 조금 해보았다. 마침 면도기가 필요한데, 아니 지금이 아니더라도 언젠가는 지금 쓰고 있는 면도기가 수명을 다할 테니 그때를 대비해서 여성용 면도기가 있으면 좋겠다는 생각이 들었다. 슈퍼에서 많이 보던 제품인데 가지고 가서 여성용으로 바꿔달라고 해볼까. 그런데 뭐라고 하면서 바꿔달라고 할까. 이 남성용 면도기가 생겼는데 이걸 여성용 면도기로 바꿔줄 수 있어요? 그러면 슈퍼 주인이 넵, 얼마든지, 라고 하면 좋겠는데 그러지는 않겠지. 바꿔줄 건지 아닌지 대답할 생각은 안 하고 어떻게 그 면도기가 생겼느냐고 슬쩍 호기심을 보일 것이다. 나는 순진하게 이러저러해서 이 남성용 면도기가 생겼다고 스스로 무덤을 팔 것이다. 그러면 주인은 그걸 왜 바꾸려느냐, 남편 주면 되지, 하며 의뭉을 떨 게 분명하다. 남편 이야기로 흘러들어갈 수밖에 없는 분위기가 되어버릴 것이다.

왜 그런지 모르겠지만 이 동네 가게 주인들은 뭐든 꼬치꼬치 알려고 들었다. 하지만 아무 설명도 없이 가게 주인에게 이 남성용 면도기를 칼을 들이대듯 쑥 들이밀 수는 없지 않은가. 면도기가 생기게 된 약간의 설명은 필요할 것이다. 차라리 처음부터 주인이 곤란하다고 잘라 말해주었으면 좋겠다. 하지만 결국 슈퍼에 가지 못하고 남성용 면도기를 화장실 캐비닛 안에 툭 던져두었다.

지난번 대회는 너무 일찍 일어났다가 다시 잠드는 바람에 시간이 충분치 않았던 걸 교훈 삼아 이번엔 긴장을 푸는 데 신경을 썼다. 따뜻한 꿀차를 마시고 충분히 잤고 아침에도 대회 시작 3시간 전에 일어날 수 있었다. 일어나자마자 물 한 컵을 마시고 오늘 10Km를 달리는 데 에너지원이 되어줄 찰떡을 꼭꼭 씹어 먹었다. 한 시간 뒤에 다시 물을 충분히 마시고 집을 나섰다.

지하철에는 사람이 많지 않아 마음을 가다듬을 여유가 있었다. 아직까지는 모든 게 순조로웠다. 좋은 기록이 나올 게 분명해 보였다. 2분? 3분? 지난번보다 얼마나 기록을 앞당길 수 있을까. 기록단축만이 관건이었다. 딱히 할 일도 없는 지하철 안에서 나는 그 생각만 반복했다. 즐거워졌다. 좋아. 3분으로 하지 뭐. 그 정도 단축, 충분히 가능해. 훈련량으로 보나 풀코스를 목표로 둔 자세로 보나.

대회장의 물품보관소 앞으로 향했다. 물품을 보관하려는 참가자들이 줄이 끝도 없이 길었다. 내가 보관할 것이라고는 기온이 조금 쌀쌀해 걸치고 나온 카디건뿐이었다. 물품을 보관하려고 기다리다가 시간을 다 보내버릴 것 같았다. 남편과 어느 축제에 샀나가 기념 삼아 산 것으로 오래 입어서 버리더라도 아까울 것 없는 카디건이었다. 그때 기가 막히게 좋은 생각이 떠올랐다. 화장실에서 볼일을 본 다음 카디건을 거기에 버리면 어떨까.

다행히 남자 화장실 쪽 줄이 길었다. 남자 참가자 수가 압도적으로 많은 탓이다. 세상에서 유일하게 붐비지 않는 여자 화장실을 볼 수 있는 곳은 마라톤대회장뿐일 것이다. 금방 내 차례가 왔다.

볼일을 본 다음 카디건을 고리에 살그머니 걸어놓고 나왔다. 카디건마저 벗어버리니 한결 홀가분했다. 달릴 준비를 다 갖춘 기분이었다.

세면대에서 손을 씻는데 저기요! 누가 나를 건드린다.

"이거 놓고 가실 뻔했어요."

내 뒤 차례였던 여자가 굳이 카디건을 가져다 바친다.

"아, 네. 그랬네요."

'참 관심이 지나친 사람이군. 이런 건 모른 척해도 되는데. 자기 볼 일이나 볼 것이지.' 중얼대며 여자가 나가기를 기다렸다. 여자가 나간 걸 확인하고 카디건을 세면대 옆에 슬쩍 놓아두고 얼른 화장실을 나왔다. 뒤에서 수런거리는 소리가 들린다.

"누가 잊어버리고 그냥 갔나봐. 어떡하지. 찾아줘야 하는데."

'아참, 사람들 정말 어지간히 한가하군. 그냥 내버려두면 어련히 알 아서 환경미화원이 처리할까. 헌 옷 하나 버리기도 쉽지 않군.'

누가 다시 쫓아와 건드리는 것처럼 어깨가 간질거렸다. 부리나케 군중 속으로 몸을 숨겼다. 그러다 보니 어느새 출발할 시간이 가까워져 있었다. 출발하기 전 이런 일이 생길 것을 경계해 주의사항에도 대회장에 시간 여유를 두고 도착해야 한다고 강조했을 것이다.

10Km 코스는 두 번째 참가여서 한결 여유 있는 마음이었다. 매일 달리는 훈련량보다 조금 더 달린다고 여기니 전혀 긴장되지 않았다. 알레르기비염 증세는 새삼스러울 것도 없었다. 발가락 부상이 완전히 낫지 않아 조금 걱정되기는 했지만 날씨는 바람이 많지 않아 기록 내기에 최적의 조건이라 여겨졌다.

노련한 주자의 표정은 어떤 것일까를 생각하며 출발했다. 출발하고 1Km 정도까지 코스에 몸이 적응하는 시간도 빨랐다. 그 뒤로는 탄력이 붙어 주위 참가자들과 경쟁하며 달렸다. 5Km 지점의 급수대에서 물을 두 컵 마셨다. 마신다기보다는 입에 물을 뿌렸다는 게 맞을 것이다. 발가락이 욱신거리기 시작했다. 무시했다. 7.5Km 지점의 급수대에는 스포츠음료가 놓여 있었다. 그것도 두 컵을 뿌렸다. 발가락은 여전히 욱신거렸다. 이번에는 무시하기가 쉽지 않았다.

반환점을 돌자 해가 정면으로 비쳤다. 코스는 긴장하지 않은 나를 혼내려고 벼른 것 같았다. 오르막길이 긴 데다 다리가 포함되어 있었다. 당연히 다리 위는 강바람이 심했다. 알레르기비염 때문에 계속 콧물이 흘렀다. 바람이 심해지자 콧물이 바람을 타고 날아갔다. 콧물이 다른 사람에게 날아가 붙을까 걱정하며 달렸다. 그게 여간 신경 쓰이지 않았다. 그런 피해를 입히지 않으려고 다른 사람에게서 떨어져 달리느라 오버페이스를 했다. 그래선지 기록단축은커녕 첫 번째 참가 기록보다 좋지 않은 기록이 나왔다. 1시간 6분. 지난번 기록을 3분이나 앞낭기겠다고 출싹거리더니……

기록칩을 반납하고 간식으로 받은 바나나를 먹으며 쉬고 있는데 하프코스 주자들이 들어오기 시작했다. 이 정도 기록이면 거의 선수 수준의 참가자들일 것이었다. 그중에 눈에 익은 윤곽이 있었다. 남자였다! 남자가 머리에 생수를 쏟아부으며 기록칩 반납장소로 가고 있었다. 남자가 뇌진탕으로 사라졌다는 소문을 듣게 될까봐 은근히 걱정하고 있었는데 죽지 않고 멀쩡히 살아 있다니. 놀라웠다. 남자도 풀코스만이 아니라 하프코스를 달리는구나. 그러니 이런 선수 수준의 기록이 나오는 거겠지.

이제 하프코스 참가일이 1주일 남았다. 곧 대회 주최 측에서 보내주는 기념품과 배번호가 도착할 것이다. 이번 기념품은 제발 면도기 같은 게 아니기를 바란다. 미연에게 남자가 뇌진탕으로 죽지 않았다는 이야기를 전했다. 미연은 그 남자 혹시 도인이 아니냐며, 한 번 보고 싶다고 했다.

오늘 10Km를 완주했으므로 달려온 거리는 141Km가 되었다. 발가락도 쑤시고 기록도 단축하지 못하니 아이의 발도 흐릿하게 그려졌다.

16. 전략적 식생활

하프코스 참가일이 1주일 앞으로 다가왔다. 에너지 보충에 효율석인 식단을 짜기로 했다. 확실히 모호한 생각에 빠져 있을 때보다는 실용적인 생각을 할 때가 에너지 응집에 더 도움이 된다. 파스타와 연어 스테이크는 탄수화물과 단백질을 효과적으로 섭취할 수 있는 식품들이며 달리는 데 필요한 양질의 에너지를 공급해준다. 파스타의 탄수화물은 에너지원으로 전환이 빠르지만 소화흡수도 빠르다. 지방과 단백질을 충분히 섭취해 공복감을 막아줄 음식도 필요하다. 바로 연어스테이크. 연어는 근육을 무리하게 사용해 발생할 수 있는 염증을 막아준다. 연어에 풍부한 오메가3 지방산 때문이다.

호밀빵은 탄수화물 공급원으로 좋은 식품이다. 다행히 나는 호밀빵을 좋아한다. 흰 밀가루 식빵보다 혈당을 천천히 올려 지속적으로 에너지를 공급해줄 뿐만 아니라, 위에 부담을 주지 않고 소화도 잘되는 식품이라 몸을 거북하게 만드는 포만감이 덜하다. 게다가 호밀빵에 들어 있는 탄수화물은 인슐린 분비를 자극해 신진대사를 활발하게 이끌어준다. 피로물질인 젖산이 빨리 배출돼 운동능력을 향상시킨다는 말씀. 입증된 이론들에 진심으로 감사할 뿐이다. 이런 지침들이 없었다면 무엇을 어떻게 먹고 어떤 식으로 운동했을까.

닭가슴살 세 덩어리와 삶은 달걀 여섯 개를 먹는 식단도 그대로다. 아침에 일어나면 사과 반 개와 삶은 달걀 두 개를 먹는다. 몇 시간 뒤 허기가 느껴지면 토마토 한 개와 삶은 달걀 두 개를 먹는다. 점심과 저녁도 역시 마찬가지이다. 중간에 허기가 느껴질 때마다 그래놀라와 호밀빵을 먹는다. 삶은 달걀을 연달아 두 개씩 먹는 게 고역이지만 기분이나 식성에 좌우될 때가 아니므로 무시해버린다. 가장 이상적인 몸을 만든 한 보디빌더는 한 번에 달걀 여섯 개를 먹는다고 들었다. 건강 유지가 최우선이므로 소소한 기호 따위는 생각하지 말아야지. 공복상태가 되지 않도록 늘 신경 쓰기. 무심코 단것, 튀긴 것 등에 평소의 습관대로 손이 갈 때가 있다. 이런 멍청한 중독! 손을 찰싹 때린다. 늘 긴장하고 있는데도 그런 틈이 생긴다.

매일 달걀 여섯 개와 닭가슴살 몇 덩이를 먹는 일은 지겹다기보다 슬프다. 내 뱃속엔 닭과 닭의 알만 꽉 차 있다. 뱃속에서 들려오는 소리는 모두 닭이 움직이는 소리인 것 같다. 움직이지 않고 가만히 있다 보면 뱃속에서 닭 발소리가 들리는 것 같다. 닭이 골골거리며 돌아다니는 종종걸음 소리. 밖으로 나오지 못하는 닭은 내 뱃속에서 끊임없이 돌아다닌다. 하루에 스무 개나 되는 달걀을 먹으며 철저한 식단 관리로 보디빌더가 자신의 목표를 이루어냈다면 그 사람이 이룬 것은 대회에서의 우승이었을까, 자신이 설계한 대로 다듬어진 육체였을까.

17. 스포츠 브라

하프코스 참가를 앞두니 복장의 기능성에 더 신경이 쓰인다. 운동할 때, 특히 달리기를 할 때 올바른 스포츠 브라를 입는 것도 신발만큼이나 중요하다는 말을 들었다. 신발에만 신경 쓰느라 속옷에는 소홀했다. 항상 입는 브래지어 차림 그대로 운동을 하니 달라붙고 당겨 올라가기도 하고 어깨끈이 흘러내려 성가셨다. 와이어가 들어 있는 브래지어를 입었을 때는 가슴을 압박해서 움직임이 편안하지 않았다. 그런 성가신 일들 때문에 운동에 집중하기 힘들 때도 있었다.

하루에 30분 이상 달리거나 속보로 걷는 운동을 할 경우에는 가슴의 손상을 막을 수 있는 스포츠 브라를 착용하는 게 바람직하다고 한다. 스포츠 브라를 착용하지 않은 여성이 1마일을 달릴 경우 상하좌우로 유방이 요동친 거리는 135cm에 달해 유방의 통증과 늘어지는 현상을 불러올 수 있다. 유방의 크기가 달라지거나 모양 변형의 문제가 생길 수도 있다고 한다. 자연상태의 가슴은 약한 인대로 지탱되어 있어 쉽게 늘어지기 때문에 달리는 동안 반복된 출렁거림은 영구적으로 가슴피부를 늘어지게 해 처지는 현상을 가속화시킨다고 한다.

달리기를 시작한 뒤 살이 빠지며 가슴 크기도 줄었다. 살이 찐 뒤로 작은 밥공기만 한 가슴을 부러워했었다. 처음 브래지어를 입던 때 말고 A컵 브래지어는 나와 상관없는 것이었다. 언제쯤이면 아담한 A컵 브래지어를 입어볼 수 있을까, 브래지어를 살 때마다 A컵 쪽을 넘겨다보았었다. 큰 가슴이 유행인 흐름을 나는 이해할 수 없다.

스포츠 브라를 사서 처음으로 입고 달렸다. 입어본 느낌은, 기대했던 것보다 훨씬 탄력 있고 편안했다. 스포츠 브라는 압축형과 캡슐형 두 종류가 있었다. 짧은 티셔츠 모양의 압축형은 가슴벽에 대고 양 가슴을 압축해주는 디자인으로 가슴이 작거나 중간 크기인 여성주자에게 알맞다. 가슴이 큰 경우는 출렁거림이 심하기 때문에 컵이 분리되어 각각의 가슴을 감싸 받쳐주는 캡슐형이 도움이 된다. 가슴의 움직임에 따른 통증도 없고 처지는 것도 막을 수 있다. 달리기 전의 나라면 이 캡슐형을 입었겠지. 그 브라를 입은 내 모습을 떠올려본다. 숨이 막힌다.

잘 맞는 스포츠 브라는 조이지 않고 편안한 느낌이 들어야 한다. 처음 입은 스포츠 브라인데도 전혀 조이는 느낌 없이 편안하다. 다른 속옷처럼 이물감 없이 입을 수 있는 브래지어를 찾았는데 아주 잘됐다.

브래지어가 몸에 잘 맞는지 알아보는 방법은 손을 머리 위로 올리고 손뼉을 쳐보는 것이다. 그때 브래지어의 탄력밴드가 위로 움직이면 잘 맞지 않는 것으로 봐야 한다. 새로 산 스포츠 브라를 입고 손뼉을 쳐보았다. 탄력이 느껴지고 밴드가 움직이지 않았다.

　품질이 좋은 스포츠 브라를 고르려면 라이크라 함유량을 보면 된다. 라이크라 함유량이 많을수록 지속적인 동작을 지탱하는 신축성을 가질 수 있다. 모양만 보고 브래지어를 사던 습관이 바뀌었다. 제품의 재질과 성분의 함량을 확인하게 된다. 스포츠 브라를 만드는 데 가장 적합한 메쉬나 쿨맥스는 초고속으로 건조되는 원단이라 달릴 때 브래지어에 고이는 땀을 쉽게 배출할 수 있다. 달릴 때마다 실지렁이처럼 가슴을 간질이는 땀 때문에 성가셨는데 이젠 그럴 일이 없겠다.

　회사마다 특수공법으로 최첨단 기능을 가진 브래지어들을 만들어 운동효율을 높여주니 고마울 따름이다. 봉제선이 아예 없는 편직물로 만들거나 인체공학을 이용한 러닝셔츠 형태의 브라들도 나왔다. 풀코스 참가 전에 스포츠 브라를 두어 벌 더 구입할 생각이다. 그냥 면 티셔츠보다 기능성 티셔츠를 입고 달렸을 때 훨씬 탄력이 붙었던 것처럼 스포츠 브라도 그렇다. 평범한 브래지어보다 몸상태를 가뿐하게 유지해주는 느낌이다. 답답하거나 처지는 느낌이 전혀 없다. 달리며 얻게 된 정보들이 훈련량과 비례하는 듯하다. 이 선택은 정말 탁월하다. 신축성 만점, 초고속 건조. 속옷 전략이 풀코스 완주에 기여하기를 바란다.

스포츠 브라 덕에 모처럼 유쾌하게 달렸다. 아직 발가락 통증이 있어 트레드밀에서는 3Km만 달렸다. 대신 근력강화운동에 집중했다. 누적거리는 144Km. 소수점 이하는 생략한 수치다. 벽에 아이의 발을 그리는데 자꾸만 발가락이 욱신거렸다.

18. 권태곡선

출근하는데 여전히 발가락이 욱신거렸다. 어제 훈련량을 줄였는데도 그렇다. 수업은 가능한 대로 앉아서 진행한다. 아이들에게 설문지를 돌린다. 인성교육의 마지막 단계다. 오늘 인성교육 내용은 학교폭력이다. 내가 지니고 있는 학습지도서에는 수업방법과 그때그때 지도해야 할 말이 나와 있다. 친절하게 각 단락의 전환에 필요한 문장까지 제시되어 있다. 나는 인형처럼 그것을 흉내 내면 된다. 이를 테면 여러분, 친구를 괴롭히면 돼요, 안 돼요. 안 되겠죠? 이런 식이다.

어머니가 입원할 무렵 교육을 신청하는 학교가 늘었다. 그동안 홍보한 효과가 나타나기 시작한 것이다. 나는 지부에 소속되어 있고 지부는 상위조직에 이어져 있다. 나는 아래 단계의 수련자들을 지도하며 인성지도자 과정을 수료했다. 자격을 갖추자 인성교육 신청도 늘었다.

어머니가 입원해 있는 동안에는 병원 잠을 자며 수업준비를 했다.

인성교육사범 자격테스트의 마지막 단계는 체력테스트였다. 6,000m 달리기였다. 이론테스트에 이어 자격증을 따기 위해서는 반드시 거쳐야 하는 테스트였다. 6,000m. 출발하기도 전 그 숫자에 질렸다. 학교 다니며 체육시간에 달렸다고 해야 기껏 몇 백 m였다. 도대체 장거리달리기가 인성교육과 무슨 관계란 말인가, 투덜대며 달리기 시작했다.

머리 꼭대기에서부터 흘러내린 땀줄기들이 가슴으로 고여 들었다. 갑자기 우리나라 지도가 그려졌다. 저 백두산 골짜기에서부터 흘러내린 물줄기들이 남으로 남으로 달려간다. 가슴 부근이면 지도의 어디쯤일까. 북한의 어느 지역인가. 물길이 그 지역의 무슨 사정인가로 더 흐르지 못하고 막혀버리는 상상. 가슴이 턱턱 막히고 브래지어는 고여 든 땀으로 축축해졌다. 불쾌했다. 그때 스포츠 브라를 알았어야 했는데. 메쉬나 쿨맥스로 짜인 스포츠 브라를 입었더라면 좋았을 텐데…….

흘러드는 실지렁이만큼이나 수많은 생각들이 떠올랐다가 날아갔다. 헉헉. 저 사람들은 무슨 생각을 하고 있을까. 나는 위와 같은 지리적인 상상에 흘러들기도 했지만 다른 사람들은 무슨 생각을 하며 달렸을까. 아무튼 6,000m를 달리며 도전정신을 북돋우라는 건지, 브래지어 체질을 개선하라는 건지 모르겠으나 무작정 달렸다. 체력의 한계와 끝나지 않을 것 같은 거리와의 싸움이었다. 거기엔 나름의 주기가 있었다. 포기하고 싶은 마음이 한계에 다다랐다가 잠깐씩 꺾였다. 속도를 높여 달리고 다시 꺾이는 식이었다. 나는 그 주기를 권태곡선으로 이름 지었다.

아이들에게 강의를 듣고 알게 된 점과 느낀 점을 적게 한다. 설문지에는 아이들이 체크할 문항이 다섯 개씩 주어져 있다. 매우 그렇다, 그렇다, 보통이다, 아니다, 매우 아니다. 어떤 갈등이나 억울함이 쌓여 있더라도 이 다섯 개의 항목으로 추릴 수 있다. 아이들은 열심히 설문지를 들여다본다. 교육받을 때는 별로 집중하지 않던 아이들도 설문지에는 관심을 보인다. 사람이란 나이에 상관없이 자기 자신에 관한 관심은 끊을 수 없는가 보다. 아이들이 몇 가지 항목으로 자신을 뭉뚱그려 결정짓는 과제에 빠져 있는 동안 나는 앞 수업에서 걷어온 설문지를 바인더에 정리해 넣는다.

나는 수업을 마친 뒤 설문지 결과를 보고서로 작성한다. 내가 기록한 보고서는 담당교사와 학교장을 거쳐 그 위 단계까지 보고될 것이다. 그런 과정에서 미흡한 꼬투리를 잡히지 않기 위해 나는 설문지 결과를 거짓 없이 일목요연하게 기록해야 한다. 거짓은 일을 복잡하게 만드는 키워드다. 일이 복잡해지는 게 좋다면 거짓말을 하라. 그것도 자주. 그럴수록 더욱 복잡하게 얽힐 테니. 나는 단순한 게 좋다. 그러므로 내가 지도한 내용만 기록한다.

아이들은 낱말퍼즐에 흥미를 보인다. 학교폭력과 관계된 낱말들로 만든 것이다. 정답은 별명 부르기, 따돌리기, 겁주기, 때리기 등이다.

시비 걸기와 물건 감추기 같은 조금 짓궂은 정도에 속하는 것들도 있다. 다음은 오, 엑스 표하기 순서다. 사진을 두 장 보여주고 주어진 문장에 어울린다고 생각하는 것을 고르게 하는 질문이다. 하나는 눈의 결정처럼 보이는 사진이고 다른 하나는 무엇인가 뒤틀리고 이지러진 모습의 사진이다. 그 옆에 '사랑합니다'와 '에이, 짜증 나' 같은 문장이 있다. 사진은 눈이나 어떤 물체를 찍은 것처럼 보이지만 실은 물의 결정체다.

어떤 학자가 물을 향해 말하고 물의 결정구조가 변하는 모습을 촬영했다. '사랑합니다'라고 말했을 때 물은 육각수의 모습으로 반짝였나. 그러나 부정적인 말을 건넸을 때의 물의 모습은 암세포처럼 일그러진 결정구조로 변했다. 이쯤 되면 물은 감정을 지닌 생명체다. 인간의 자극에 반응하는 물에서부터 인간의 감정을 읽어내는 기계까지, 세상에 생명체 아닌 것이 없는 듯하다.

사람의 마음은 에너지 파동을 만든다고 한다. 파동은 바로 상대방에게 영향을 준다. 사람들 사이에 보이지 않는 파동들이 마구 얽혀 있는 셈이다. 그 광경을 실제로 촬영할 수 있다면 어떨까. 사람의 마음은 에너지 파동의 수준도 결정한다고 한다. 어떤 생각을 하고 어떤 말을 하는지가 결정적인 영향을 주는 것이다. 남편과 나는 서로에게 어떤 파동을 만들었을까. 불현듯 그런 물음이 튀어나왔다.

아이들에게 100마리째 원숭이 이야기를 들려준다. 무인도에 살던 한 원숭이가 고구마를 물에 씻어 먹기 시작했다. 그러더니 어느 날부턴가는 고구마를 바닷물에 씻어 먹기 시작했다. 원숭이는 바닷물에 고구마를 씻으면 간이 배어 더 맛있다는 걸 알게 되었다. 그러자 주위의 다른 원숭이들도 그 원숭이를 따라서 바닷물에 고구마를 씻어 먹었다. 나중엔 이웃 무인도의 원숭이들도 그들처럼 바닷물에 고구마를 씻어 먹게 되었다.

이 이야기가 성립되려면 마음의 세계가 하나로 통해 있어야 한다는 전제가 필요하다. 한 개체가 소유한 정보는 서로 통하게 된다는. 왜? 마음의 세계가 통해 있으니까. 정보의 양은 일정 수준에 도달하게 되면 넘치며 확산된다는 것이다. 물질의 순수한 흐름이니까. 뭐든지 일정량에 이르면 넘치고 퍼진다. 사람 사이의 관계도 그럴까. 남편과 나의 마음은? 아이들에게 각자가 생각하는 임계질량을 이야기해보라고 했다. 아이들이 정액이 어떻고 하며 시시덕거린다.

수업을 끝내고 바로 퇴근했다. 요양보호사는 근무시간을 채우고 이미 퇴근한 뒤다. 혼자 여러 시간을 보낸 어머니가 한참 이야기에 굶주린 때고, 어머니가 나를 가장 반기는 시간이기도 하다. 어머니는 보호사가 머무는 시간에는 활기가 있다가도 잠시라도 혼자 있게 되면 금세 풀이 죽는다. 방에 들어가니 어머니는 깨어 있다. 어머니는 나를 보자마자 자신의 요구사항부터 들이댄다.

"너 기다리다가 오줌 지렸다. 빨리 돌아오지 않고 왜 이렇게 늦는 거냐. 나 또 소변봐야겠으니 일으켜다오."

내 기분은 어머니의 오줌 냄새로 금세 더럽혀진다. 아랫도리를 내리는 순간 지린내가 훅 끼친다. 어머니 표정은 태연하다. 입원하기 전에는 한 번도 당신의 아랫도리를 내게 보인 적이 없다. 병은 사람의 수치심을 거둬들이는 것 같다. 어머니의 병은 마지막 남은 수치심을 다 거두어 갔나 보다.

젖은 기저귀를 빼낸 다음 어머니를 일으켜 세운다. 보조기를 허리에 채운다. 침대에서 내려오는 어머니를 두 손으로 꽉 잡아준다. 잠깐 숨을 돌린 어머니를 부축해 화장실로 데려간다. 보조기를 풀고 옷을 내려 변기에 앉힌다. 어머니의 거무스름한 음부가 바로 눈앞에 드러난다. 꺼림칙하다. 어머니가 용변을 볼 때마다 그곳을 외면한다. 요양보호사들을 닮고 싶은 건 환자를 대하는 그들의 초연한 마음뿐인가 보다.

"닦아줘."

오줌을 나 눈 어머니가 말한다. 다시 외면해버리고 싶다. 어머니는 나의 꺼림칙함을 이렇게 무시해버린다. 어머니는 아직도 수술 직후 거동을 못했을 때와 똑같은 보살핌을 바란다. 일일이 닦아주고 옮겨주고 하던 식으로. 밖에 나가 산책할 때의 어머니와 너무도 다르다.

갑자기 반발심이 솟구친다. 내가 왜 저 흉한 곳을 바라봐야 하는 거지? 당신의 그곳을 마치 아이의 순연한 몸을 대하듯 보살펴달라고 강요하다니. 아이의 몸은 바라보기에도 눈물겹다. 그렇지만 당신의 그곳은 아니다. 어떻게 내게 그럴 수 있기를 기대하는 건가. 어머니는 생각조차도 당신의 음부처럼 부끄러움을 모르는 건가. 나의 그런 기분을 조금이라도 헤아린다면 소변본 뒤에 뒤처리쯤은 당신 스스로 하는 게 옳다. 어머니는 팔이 아파 뒤로 안 돌아간다며 끙끙거린다. 내가 오줌방울을 닦아낼 때 엉덩이 쪽에서 휴지를 댔더니 그 방법으로만 하는 줄 안다. 어머니는 조금도 다른 방법을 생각해보지 않는다.

"그럼 앞으로 하면 되잖아요."

답답한 나머지 볼멘소리를 냈다. 어머니 손에 휴지를 쥐여주고 앞쪽에서 닦도록 손을 끌어다 댔다. 내 힘에 마지못해 이끌려오는 어머니 손에서 서운함이 전해진다. 어머니의 응석에 지치다 보면 나 자신에게 의문이 생긴다. 어머니 간병은 누구보다 나 자신을 위한 일이 아니던가. 남편과의 관계를 유지하기 위한 전략일 수도 있다고 여겼다. 그건 어리석은 선택이었을까. 어머니가 다치자 당연한 수순처럼 어머니를 간병하는 일이 내 일과로 편입되었다. 처음부터 분가만 했을 뿐 어머니와 함께 지냈고 줄곧 함께 사는 것과 다르지 않았기 때문이었을 것이다. 모른 척하고 홀가분하게 정리하지 못할 것도 없었는데 왜 남편과 정리하지 않고 유예상태로 끌어가고 있는지 나도 모를 일이다.

내 뜻에 따라 움직여주지 않는 어머니를 대하면 어머니의 늘어진 음부를 쥐어뜯고 싶다. 그런 순간을 가까스로 넘기며 어머니를 씻기고 부축해 침대에 앉힌다. 그러다 보면 그 발작적인 생각은 나도 모르게 사라진다. 어머니의 방을 나와 잠시 마음을 진정시킨다. 어머니를 보살피는 일은 그런 발작과 진정의 연속이다.

가만히 어머니 방을 들여다본다. 침대에 기대앉은 어머니가 무슨 노래를 흥얼거린다. 그러나 음의 높낮이가 분명치 않아 무슨 노래인지 잘 모르겠다. 찬송가는 아니다. 조금 더 들어보니 '나의 살던 고향—'이라고 하는 것 같다. 간신히 침대에 기대앉아 웅얼거리며 부르는 노래가 「고향의 봄」이라니. 저 노랫소리를 듣지 않았으면 좋겠다고 생각한다.

다시 어머니 옆으로 다가간다. 어머니의 늘어진 음부를 쥐어뜯는 대신 어머니에게 이야기를 쏟아놓기 시작한다. 오늘 학교에서 어떤 일이 있었고 어떤 사람들을 겪었는지. 학교에서 겪는 일만으로도 이야기는 충분하다. 어머니는 날로 청력이 약해지고 내 목청은 날로 높아진다. 나는 고함치듯 혹은 웃기도 하며 이야기를 계속한다. 어머니는 "그랬구먼, 그랬어."라고 추임새를 넣는다. 당신도 적극적으로 이야기에 끼어들고 싶은 마음이 엿보인다.

보통 때보다 저녁을 풍성하게 차린다. 얼른 병상을 떨치고 일어나기 위해, 마라톤 풀코스를 무사히 완주하기 위해. 먹는 것도 전략적으로! 구호처럼 거듭 발성해본다. 흰 살 생선을 갈아 참기름에 볶았다. 고소하게 볶은 생선을 보호사들이 만들어놓은 죽에 섞었다. 단호박을 으깨어 소금과 후추로 연하게 간해 어머니 상에 놓았다. 내 저녁은 닭가슴살과 토마토 구이이다. 닭가슴살 위에 토마토를 얹은 뒤 발사믹식초를 끼얹었다. 파프리카와 양상추도 곁들였다. 풍성하고 화려한 밥상이다. 기분이 저절로 풀린다.

밥상을 치우고 어머니와 티브이를 본다. 집 안은 보호사들이 치운 뒤라 깨끗하다. 빨래를 걷어 와 티브이 앞에서 갠다. 어머니 옷은 모두가 헐렁하게 늘어져 있다. 처음엔 보호사들 보기 부끄럽다고 낡은 옷은 입지 않으려 했었다. 심하게 늘어진 옷들을 따로 나눠놓았다. 빨았으니 한 번만 더 입게 하고 버릴 생각으로.

19. 오버트레이닝증후군 테스트

어머니 옷들을 서랍장에 넣은 뒤 발마사지를 했다. 피로도 풀어줄 겸 다친 발가락도 진정시킬 생각으로. 따뜻한 물에 아로마오일을 넣고 발을 담갔다. 다친 발가락을 중심으로 주물렀다.

유달리 피로를 느낄 때가 있다. 매일 달리는데도 그렇다. 온몸이 푹 절어드는 느낌인데 명쾌하게 설명하기 힘들다. 그러면 감정이 둘로 나뉜다. 이까짓 일에 엄살이냐고 스스로를 비웃는가 하면 한편으론 오버트레이닝을 진지하게 걱정하는 것이다. 주자는 어차피 피로와 함께 달리는 거라고 스스로를 다그쳐본다. 그런데 내가 정말 오버트 레이닝하고 있는 건 아닐까. 그렇다면 간단한 일이 아니다. 오버트레이닝증후군은 지나친 훈련으로 피로가 심하게 쌓여 가시지 않는 상태를 이른다. 몸에 피로가 쌓이는 상태는 솜이 젖어가는 모양과 같을 것이다. 솜은 거죽부터 젖고 거죽부터 마른다. 솜이 속까지 젖어버리면 간단히 말릴 수 없게 된다. 내가 정말 오버트레이닝증후군이면 어쩌지. 짐작만으로도 기운이 빠진다.

공연히 오버트레이닝 걱정으로 훈련에 소홀할지도 몰라 피로 정도를 시험해보기로 했다. 스스로 측정할 수 있는 피로진단법이다. 일본의 한 암센터에서 제공한 실험으로 정신적 진단과 육체적 진단으로 나뉘어 있다. 우선 정신적 진단법인 모들뜨기 테스트부터 해보았다. 한 손을 펴고 검지를 세워 한 개로 보이도록 시선을 집중한다. 손가락을 양 눈의 중간으로 천천히 가져오면서 눈동자를 가운데로 모으는 모들뜨기를 한다. 손가락이 한 개로 보이도록 계속 눈을 모은다. 코 앞 20cm에서 멈춘다.

걱정스럽게도 피로 테스트 결과는 주의등급이다. 테스트 중에 눈이 아프다면 경고등급, 눈을 모으기 힘들다면 몸에 이상이 시작된 등급이다. 평소 눈을 모을 수 있다면 정상으로 봐도 된다. 몇 번 반복해도 문제없다면 아주 좋은 상태다. 모들뜨기 흉내를 내려면 먼저 손가락 하나를 세워 초점을 잡아야 한다. 흔들림 없이 눈 가까이까지 이동시켜야 한다. 잠시라도 중심을 잃고 흔들리면 간신히 잡은 균형마저 깨져버린다.

이어서 육체적 진단법을 따라해보았다. 눈을 감고 양손을 허리에 대고 선다. 한쪽 발목을 들어 축이 된 다리의 무릎에 댄다. 두 눈을 감은 채 서 있을 수 없을 때까지의 시간을 잰다. 축이 된 다리가 움직이거나 무릎에서 발목이 떨어지고 손이 허리에서 떨어지면 중단한다. 선택항은 이렇게 나뉘어져 있다. 처음부터 휘청거린다면 피로상태가 아주 심각한 정도다. 노력해도 서 있는 시간이 짧다면 주의단계, 일찍 휘청거리기 시작한다면 이상신호로 여길 수 있다. 축이 된 다리로 30초 이상 설 수 있다면 정상이다. 양다리 모두 안정적으로 설 수 있다면 피로가 전혀 쌓이지 않은 좋은 상태다.

나는 한쪽 다리로 서자 금세 비틀거린다. 간신히 몇 초를 버텨보지만 이 테스트에서도 정상에 미치지 못한다는 결과가 나왔다. 두 가지 테스트 결과 피로상태가 주의단계에 있으므로 피로회복을 최우선 과제로 삼으라고 한다.

피로상태를 알아보는 실험에서 모듬뛰기 방법을 픽했다는 게 의외다. 테스트를 고안한 사람이 모듬뛰기와 밀접한 관계였을까. 나는 그 방법이 생소해 어머니에게도 선보였다. 어머니는 시큰둥하게 그게 뭐가 이상해서 호들갑이냐고 했다.

설거지를 마친 다음 웬만큼 소화가 됐다 싶어 운동복으로 갈아입는다.

"어디 나가니?"

어머니는 매일 처음 보는 것처럼 묻는다. 어떻게 매일 보면서도 매일 처음 보는 것처럼 말할 수 있는 건지……. 당신이 정말로 처음 보는 것으로 믿는 것이라면 문제가 심각해진다. 그러지 않아도 이따금 기억의 끈을 놓치는 듯한 일이 생기곤 했다. 주기적으로 나오는 보호사를 보고 처음 온 사람으로 착각하거나 내가 어머니 집에서 잤는데도 다음 날 아침에 오늘 아침은 왜 일찍 왔느냐고 묻는 따위 들이다. 은근히 걱정이다. 어느 날 갑자기 왜 밥을 안 주느냐고 뒷덜미를 잡는 일이 생기지 말란 법도 없다. 어느 날 어머니의 그런 불평을 듣게 된다면…… 그런 건 상상도 하기 싫다. 그냥 지금처럼 대충 오락가락하는 정도로 머물기만 바랄 뿐이다. 세상일이 바라는 대로 되어줄 때도 있다고 믿어보자. 어쩌면 그런 증세는 어머니가 나에게 보이는 관심인지도 모른다. 참 치명적인 방식이다. 나를 옴짝달싹할 수 없게 묶어놓는. 아, 복잡해진다. 다시 정리하자. 달리기. 단순한 식단에, 단순한 생각. 달리기, 한 가지만 떠올린다.

"운동하러 가요."

"그렇지, 참. 그럼 얼른 하고 와라."

그렇게 말하는 어머니를 바라보니 내가 이대로 달려 나가 도망치기라도 할까봐 겁을 내는 것 같다.

산책로는 어제와 다름없다. 걷는 사람들, 배드민턴 치는 사람들, 모여 앉아 이야기 나누는 사람들, 그리고 달리는 사람들이 두엇 보인다. 언제나 같은 풍경이다. 언제까지나 계속될 것 같은 풍경이다. 남자도 그 풍경 속에 있다. 남자를 보면 곤두박질하는 장면부터 떠오른다. 어쩌다 그런 동작에 빠지게 되었을까. 어쩌다 그런 동작에 빠지게 되었나요? 그렇게 묻고만 싶다. 남자는 어제와 다름없이 달리고 있다. 나도 달린다. 곤두박질하는 장면을 본 뒤부터는 남자를 보는 게 거북하다. 당신은 왜 달립니까. 속으로 남자에게 묻는다.

나는 왜 달리는가. 이렇게 매일 달리고 또 달리면 남편이 왜 달리기 시작했는지 알게 될까. 한 발 한 발 달려온 거리가 그것에 가까워지는 길일까. 조금씩 달리는 거리를 늘려감에 따라 그것에 가까워지는 걸 보여주는 표지가 있으면 좋겠다. 색깔이라든가, 소리라든가, 오감으로 분명하게 식별할 수 있는 표지. 그럼 그걸 보고 아, 오늘은 이만큼 진실에 가까워졌구나, 하고 깨달을 수 있을 텐데. 그렇다면 초조하지도 않을 것 아닌가. 불안해하지도 전전긍긍할 필요도 없을 것이다. 풀코스 달리다가 죽어도 좋아. 나한테만 들리게 조그맣게 외쳐본다.

발가락상태를 봐가며 두 번만 왕복했다. 집에 들어와 보니 어머니는 여전히 침대에 앉아 있다. 피곤하지 않으냐고 물었더니 괜찮다고 대답한다. 괜찮다고 대답하는 어머니의 몸은 허리보호대를 벗기려고 손을 대자 금세 허물어지신다. 어머니를 바로 눕혀 침대를 낮추고 티브이 볼륨도 줄인다. 어머니는 바로 잠이 든다. 피곤하면서도 내가 돌아오지 않을까봐 겁이 나서 지키고 계셨던 걸까. 잠시 후엔 코까지 잔잔하게 곤다. 오늘도 이렇게 하루가 저문다. 여전히 나는 어머니에게 없어서는 안 될 존재인가 보다. 남편에게는? 모르겠다. 남편만 생각하면 뒤죽박죽이 되는 기분이다.

이제 149Km, 150Km를 채우지 못해 아쉽다. 아쉬운 마음으로 아이의 발을 몇 개 더 그렸다. 풀코스 참가일이 또 하루 가까워졌다.

20. 병원 휴게실

분가하기 전 남편은 어머니가 우리와 함께 지내는 걸 원한다고 착각하고 있었다. 내가 알기로 어머니는 우리보다도 더 우리가 분가하기를 바라고 있었다. 그러나 겉으로는 전혀 그렇지 않은 태도를 유지했다. 어머니는 당신이 아니라 우리가 원한 것으로 일이 마무리되기를 바랐다. 어머니는 시숙을 들이고 싶어했다. 우리가 분가하면 시숙이 들어오리라고 여겼던 것이다. 그런 당신의 속마음이 내게 드러날까봐 어머니는 늘 마음이 편치 않았던 듯싶다. 하지만 시숙은 어머니의 기대에 따르지 않았다. 아니, 쫓기는 사람이니 따를 수가 없었다. 어머니만 그 사실을 몰랐다. 우리가 처음 옆 라인으로 집을 얻어 나왔을 때 어머니는 그랬다.

"숙원을 풀었구나."

그 문장에 주어는 생략되어 있었다. 주어는 '내가' 또는 '네가' 둘 다 맞을 것이었다. 그러고 보면 어머니는 남들이 아는 것과 다르게 치밀한 면을 지니고 있다. 그러면서도 그런 면이 절대 드러나지 않도록 늘 스스로를 단속했다. 어머니 마음속에는 늘 시숙이 떠나지 않았다. 내가 어머니를 보기보다 치밀하다고 여기는 건 바로 그 점이었다. 무엇을 해도 시숙을 중심에 놓고 견주었다. 그런 복잡한 신경전의 대상이 되고 있다는 건 정말 피곤한 일이었다. 그런 신경전도 한 라인 건너에서 겪는 느낌은 확연히 달랐다. 어머니 아파트의 옆 라인에서 살기로 한 건 어머니에게나 우리에게나 다행이었다. 몇 걸음밖에 떨어져 있지 않으니 어머니에게 언제 무슨 일이 생기더라도 바로 달려갈 수 있었다.

어머니가 입원한 뒤 시숙이 한 번 어머니를 찾아왔었다. 나는 늘 하던 대로 병실 복도에서 어머니의 걸음연습을 돕고 있었다. 먼저 허리 보호대를 채워 화장실까지 간 다음 그것을 벗기고 소변을 보게 한 뒤 다시 채웠다. 잠깐 움직이는 데도 갖출 건 다 갖춰야 했다. 선뜻 나설 수 있는 일이란 없었다. 간호사실이 있는 복도 중간을 기점으로 이쪽 복도 끝에서 저쪽 엘리베이터가 있는 복도 끝까지 휠체어를 밀며 왕복하는 중이었다. 간호사실 쪽을 통과하던 한 중년 남자가 우리를 보고 알은체를 하며 웃고 서 있었다. 처음에는 누구인지 알아보지 못하고 별이상한 사람도 다 있다 여기며 계속 휠체어를 밀었다.

"엄마!"

소리 나는 쪽을 돌아보았더니 거기 시숙이 서 있었다. 시숙은 막 간호사실을 지나 병실로 들어오던 참이었다. 어머니가 흘깃 시숙을 바라보더니 외면했다. 그런 식으로 시숙을 대하는 어머니가 부자연스러웠다.

"네가 웬일이냐?"

어머니가 마치 못 올 데를 왔다는 듯이 시숙에게 말을 뱉었다. 목소리에는 서운함이 잔뜩 배어 있었다. 물론 그렇다고 당황할 시숙이 아니었다. 그렇다면 시숙이 아니다.

시숙이 병실에 나타날 줄은 생각도 못 했다. 투자금 횡령으로 쫓기고 있는 사람이었다. 재무위험을 관리하는 남편은 자신의 형의 재무상태는 알지 못했다. 시숙의 아내는 어린아이를 남겨놓고 연락을 끊었다. 시숙의 아이는 어머니에게 맡겨졌다. 아이도 없는 남편에겐 하나뿐인 조카였다. 남편은 시간과 공을 들여 아이를 먹이고 가르치고 재웠다. 아이에게 조용하게 말하고 행동하는 법을 가르치기도 했다. 마트에 가서 아이가 뛰어다니면 무엇을 잘못했는지 금방 지적했고 하루를 마치며 그날 하루를 반성하게 했다.

"작은아빠, 오늘은 나 어땠어요? 몇 점이에요?"

아이가 안타깝게 물었다.

"오늘 조금 잘못했어."

"조금 뭔데요? 조금 어떤 거 잘못했어요? 네?"

"조금 떠들었어."

"언제요?"

"아까 마트 아이스크림 가게에서."

"이제 안 그럴게요. 그럼 오늘은 몇 점이에요?"

'오늘은 몇 점이에요?' 남편의 눈을 맞추려 발을 동동거리며 안타깝게 묻던 아이의 목소리가 들리는 것 같다. 사고를 당했다는 소식을 들었을 때 제일 먼저 그 목소리가 귓속을 때렸다. 그 뒤로도 아이의 그 목소리는 계속 귓속을 울렸다. 아이는 삼촌에게마저 버림받을까 봐 그렇게 늘 제가 한 행동에 점수를 매겼던 걸까. 남편이 아이를 놀이공원에 데리고 갔던 날이었다. 주차하고 주차장을 빠져나가는데 진입로에 풍선다발이 날아들었다고 했다. 아이는 그 풍선을 주우려고 뛰어가다가 주춤하고 남편을 뒤돌아보았다. 이 세상에서의 마지막이었던 그 순간까지도 아이는 제 행동에 점수를 매기고 있었던 걸까. 차 한 대가 규정속도를 위반한 채 주차장으로 진입하던 중이었다. 차의 운전자는 아이를 발견하지 못했고 남편은 아이를 향해 달렸으나 구하지 못했다. 순식간에 벌어진 일이었다. 남편은 차를 막지 못했던 그 순간을 잊지 못했다. 어머니와 내가 병원으로 달려갔을 때 남편은 숨진 아이의 발을 쥐고 있었다. 그 뒤로 한참이 지난 뒤 남편은 지방근무를 자원했다.

우리는 시숙이 오랫동안 나타나지 않아 어디 외국에라도 나가 잠적해버린 줄 알고 있었다. 그런 탓에 병원에 나타난 시숙을 알아보는 데 시간이 좀 걸렸다. 시숙에게는 쫓기는 일이 마라톤일 것이다. 그렇다면 제한시간 안에 완주를 해야 한다. 마라톤 경기는 제한시간이 있다. 제한시간의 의미는 제한시간 이후에는 참가자들을 보호하던 모든 장치를 해제하겠다는 것을 뜻한다. 제한시간 안에 완주하지 못하면 순순히 회수차량에 탑승해 경기를 종료해야 한다. 그렇지 않으면 질주하는 차량들 사이를 헤매는 위험을 감수해야 할 것이다.

시숙은 내게서 어머니의 휠체어를 낚아채듯 가져가 병실 복도를 돌기 시작했다. 잠시 후 병실에 들어온 어머니는 아까와 다르게 온화한 표정으로 변해 있었다. 그사이 시숙은 서먹해하는 어머니의 기분을 다 풀어놓은 모양이었다. 분위기 뒤집는 데는 시숙을 따를 사람이 없었다. 병실로 들어온 시숙은 병실을 한 번 휘익 둘러보았다. 그리고는 한 사람씩 돌아보며 인사를 하고 덕담을 건네기 시작했다.

6인용 병실에 든 환자들은 나이가 가장 많은 치매 할머니를 포함해 연령층이 다양하다. 치매 할머니는 병원 소속인 간병사가 돌보고 있다. 가족이라곤 아들로 보이는 중년 남자만 가끔 드나들 뿐이다. 치매에 가족들이 모두 두 손을 들었는지도 모른다. 그 할머니 곁을 지키는 체구가 큰 간병사는 치매 할머니를 자신의 인형처럼 대한다. 병실의 환자나 보호자 등 다른 사람들은 그런 간병사를 가리켜 경험이 많아 노련하고 무던하다고 칭찬한다. 정말 그럴까. 나는 다른 사람들이 모르는 어떤 장면을 알고 있다. 다른 사람들은 정말 그 간병사의 성품에 대해 불만이 없는 걸까. 어떻게 하나같이 칭찬만 하는지 이상하다. 다른 사람들이 모르는 어떤 장면을 알고 있다는 사실이 통쾌함을 준다.

친척이 문병 오며 가져온 배를 깎아 병실 사람들에게 몇 쪽씩 돌렸던 날이었다. 다른 사람들은 배를 먹은 뒤 병실을 비웠거나 자고 있었다. 나도 보조침대에 비스듬히 누워 있었다. 건너편의 치매 할머니 간병사가 배를 잘게 조각내고 있는 게 보였다. 치매 할머니에게 먹이려는 모양이었다. 간병사가 배 조각 하나를 칼끝으로 찍었다. 어, 자기가 먹으려나. 유심히 간병사를 쳐다보았다. 아니었다. 간병사는 입을 한 번 실룩이더니 치매 할머니의 입에 칼에 꽂은 배 조각을 쑤셔 넣었다. 심술궂은 얼굴로 노려보며. 간병사는 그런 자신의 행동을 아무도 보고 있지 않다고 확신하는 듯 당당하게 그 동작을 반복했다. 보고 있자니 가슴이 두근거렸다.

식사시간이 되어 환자들이 병실로 돌아왔다.

"아주 어깃장 놓는 데 뭐 있다니까요?"

간병사가 치매 할머니가 식사할 수 있도록 자세를 잡아주며 병실 사람들을 향해 떠들었다. 그러면서 사람들에게 한 번 보란 듯이 치매 할머니에게 자리를 옮겨 앉으라고 주문했다. 치매 할머니 역시 허리 수술을 했기 때문에 움직임이 자유롭지 않을 터였다.

"글쎄 이런다니까요. 이렇게 반대로만 하잖아요."

간병사가 병실에 있던 사람들을 향해 하소연했다. 치매 할머니는 간병사가 시키는 대로 한껏 몸을 움직이려 했으나 마음대로 되지 않는 듯했다.

"아주 소고집이라구요."

간병사는 치매 할머니가 있으나 마나 한 존재나 다름없다는 태도였다. 치매 할머니도 귀가 안 들리는 모양이었다. 누가 웬만한 목소리로 무슨 욕을 해도 알아듣지 못하는 것 같았다. 간병사는 커튼으로 가리지도 않은 채 제멋대로 치매 할머니를 돌려 눕혔다 바로 눕혔다 하며 기저귀를 갈아 채웠다.

치매 할머니의 표정은 칼끝에 찍은 배 조각을 받아먹을 때나 기저귀를 갈아 차는 때나 변함이 없었다. 그래도 나는 저 간병사가 정말 노련한 간병사가 맞다면 환자에게 기저귀를 채우고 갈 때만큼은 커튼을 쳐야 한다고 생각했다. 치매 할머니는 간병사가 하는 대로 몸을 맡기고 멀뚱히 누워만 있었다. 정신이 나간 사람은 할머니가 아니라 간병사지만 나는 내색하지 않았다. 그러면서도 간병사는 자신이 그토록 힘들게 간병하고 있음을 인정받아야겠다는 듯이 병실 사람들에게 할머니의 증세를 떠벌렸다.

다음 날부터 치매 할머니가 병실에서 보이지 않았다. 누군가 치매 할머니가 중환자실로 옮겨 갔다는 소식을 물어 왔다. 그 소식을 들은 뒤 병실의 환자들이 한동안 우울하게 티브이를 바라보고 있었다.

"이제 죽으러 간 거야."

누군가 음울하게 중얼거렸다. 또 누군가는 할머니의 아들이 간병비를 계산하며 10만 원이나 깎았다는 소식을 알렸다. 우울해하던 사람들이 모두 그 아들을 헐뜯기 시작했다. 갑자기 그 간병사를 추켜세우며 와글거렸다. 얼마나 열심히 간병했는데 그럴 수가 있느냐는 것이었다.

"정말 나쁜 사람이군. 어떻게 간병비를 깎을 수가 있어?"

간병비가 신성불가침이라도 되는 건지 모르겠다. 세상에 깎지 못할 게 어디 있다고.

그 할머니가 누워 있던 침대는 금방 다른 환자로 채워졌다. 간병사도 바뀌었다. 새로 온 간병사는 병원에 소속된 지 가장 오래되었다고 했다. 그래선지 간병사의 모든 행동이 전에 있던 사람에 비해 부드럽고 능숙해 보였다.

시숙에게 어머니를 맡기고 병실을 나왔다. 시숙은 어디서고 오래 머무는 사람이 아니므로 환자인 어머니 곁을 지키는 일이 견디기 힘들 것이었다. 가족모임이 있어 온 가족이 다 모이는 자리에서도 늘 시숙은 끝까지 함께 어울려 있지 못했다. 몇 번씩 밖을 들락거리며 서성였다. 그런 시숙에게 어머니를 맡기는 게 찜찜하긴 했지만 병실에 둘만 남겨두고 자리를 떴다. 그냥 그래 보기로 했다. 나도 딱히 무슨 볼일이 있어서 나온 건 아니었다. 어머니와 시숙과 함께 비좁은 병실에 있기가 난감했고, 어머니도 내가 없는 자리에서 시숙과 대화를 나누는 게 편할 것 같아서였다.

휴게실로 향했다. 나도 혼자 가만히 있는 시간이 필요하다, 고 혼잣말을 해보았다. 여러 자판기 중에 원두커피 자판기가 눈에 띄었다. 원두커피를 뽑아 들고 자리에 앉았다. 휴게실엔 몇 사람이 멍하니 티브이를 보고 있었다. 누군가 휴대폰에 매달려 통화에 열중하고 있었다.

교통사고 합의문제일까. 왠지 통화 분위기가 그렇다. 어딘지 과장되고 왠지 비밀스러운 듯한 태도나 분위기가 그런 느낌이다. 적당한 소음이 휴게실에 감돌고 있다. 티브이 볼륨은 거의 들리지 않을 정도로 낮다. 휴게실의 소음을 완벽하게 차단할 수는 없을 것이다. 적당한 소음이 떠다니는 게 휴게실다우니까.

저쪽에서 '전 세계적으로—' 하는 전문성을 띤 목소리가 들려온다. 그 목소리가 적당한 소음이 감돌던 공간을 흔들어놓는다. 귀를 기울여본다. '그렇게 해서 스파클링 와인이 되는—' 그때 누가 엄청나게 큰 소리로 재채기를 터뜨렸다. 와인에 대해 피력하고 있나 본데 재채기의 굉음 때문에 그의 말이 '거지'로 끝났는지 '거야'로 끝났는지 알 수 없었다. 그는 '코르크 조각을 압축해서' 어쩌구 하며 점점 더 전문적인 방향으로 말을 이어가고 있었다. 왓취! 아까와 같은 재채기 소리가 다시 휴게실을 흔들어놓았다.

창밖으로 옆 건물 카페의 파라솔이 보인다. 몇몇 사람들이 파라솔 아래에서 뭔가를 마시고 있다. 파라솔 옆은 벽돌을 쌓은 벽이고 그 안쪽에는 라탄테이블과 소파가 놓여 있다. 소파에는 올리브그린톤의 대형 쿠션이 놓여 있다. 언젠가 영어수업을 저 카페에서 하면 좋겠다는 생각을 한다. 어머니가 완쾌하면, 내가 마라톤을 완주하면…….
밖에는 비가 조금 내리고 있다. 빗속에 웬 노인이 뛰어다니는 모습이 보인다.

이런 장소나 분위기에는 어떤 표정이 어울리는 걸까. 사람들은 모두 어떤 모습으로 있어야 할지 몰라 안절부절못하는 모습이다. 나도 그렇게 보일 것이다. 이 휴게실에서 잠시 태연하게 쉬다가 떠나면 된다고 스스로에게 신호를 보내지만 나도 사람들도 기분은 그 신호대로 따라주지 않는 것 같다. 나는 시선을 차분하게 한곳에 두지 못하고 자꾸 두리번거린다. 다른 사람들도 그런 것만 같다. 그러면서 끊임없이 안정을 찾으려고 이 병원 휴게실의 분위기에 어울리는 자세는 어떤 것일까를 생각한다.

티브이 쪽으로 시선을 돌린다. 티브이에서는 야구경기가 한창이다. 누군가 채널을 돌렸다. 마라톤 경기다. 얼굴을 일그러뜨리고 달리는 참가자들의 모습이 화면 이곳저곳을 누비고 있다. 아나운서는 수상이 유력시되는 여성 참가자를 소개했다. 여성 참가자는 아랫입술이 유독 일그러져 보인다. 아주 혐오스런 모습이다. 여성 참가자는 일그러진 입술을 실룩이며 달리고 있다. 나는 갑자기 여성 참가자가 피니시라인을 통과하는 것까지 보고 싶다는 생각을 하며 커피 한 모금을 마셨다. 커피는 말이 원두커피지 인스턴트커피를 크림만 빼고 진하게 타놓은 것과 다르지 않았다. 차라리 연한 게 나을 듯싶어 정수기의 뜨거운 물을 컵에 받았다. 커피맛이 한결 나아졌다.

커피에 물을 타고 자리로 돌아와 보니 어느새 채널이 바뀌어 있다. 그사이에 스포츠 채널을 보던 사람이 나가고 다른 사람이 들어온 것 같았다. 나중에 들어온 사람은 가요 프로를 선호하는 듯했다. 화면에 눈을 감은 채 느물거리는 표정으로 노래하는 남자 가수가 있다. 라이

브카페촌의 분위기가 물씬 난다. 병원 휴게실과 동떨어진 분위기이다. 누구일까. 지금 이 시간 이 장소에서 저걸 보고 싶은 사람은.

누군가 다시 채널을 돌렸다. 마라톤 채널이다. 참가자들은 아직도 달리고 있다. 아까의 아랫입술 늘어진 여성 참가자가 화면에 나타났다. 조금만 더 달리면 피니시라인이다. 여자의 입은 아까보다 더 늘어져 있다. 마침내 여성 참가자가 피니시라인을 통과했고 몸은 타월로 싸였다. 리포터가 마이크를 들이댔다. 아 저럴 수가. 달리기를 멈춘 여자의 얼굴은 전혀 다른 모습이다. 입을 다문 여자는 혐오스럽기는커녕 예쁘다는 말을 들어도 부족함이 없을 정도다. 달리는 동안 왜 그런 모습이 되었던 걸까. 달리는 동안 그녀에게 무슨 일이라도 있었다는 건가. 피니시라인을 통과하는 순간 어떤 마법에라도 걸렸던 것인가.

종이컵에 남아 있는 커피를 마저 마신다. 마라톤 레이스 중에는 어떤 모습으로도 변할 수 있을 것이다. 피니시라인을 통과하며 모습이 바뀌는 사람과 그렇지 않은 사람도 있을 것이다. 나는 어느 쪽이 될까. 나는 이제 사람들의 표정을 살피며 달릴지도 모른다. 내 옆을 지나치는 사람들의 표정을 유심히 살펴보며 완주한 뒤의 표정을 비교할 것이다.

병실로 돌아와 보니 역시 시숙은 보이지 않았다. 휴게실에서 너무 오래 시간을 보냈나 보다. 어머니는 어디 갔다 이제 오느냐고 울상이었다. 울컥 짜증이 치밀었다. 어머니를 일으켜 보호대를 채우고 휠체어에 앉혔다. 아무 말 없이 휠체어를 밀고 화장실에 갔다. 문을 지그시 밀어놓고 어머니가 소변을 다 볼 때까지 서서 기다렸다. 이상하게 금세 마음이 차분해졌다. 휴게실에서 본 마라톤 여성 참가자의 모습이 머릿속에서 떠나지 않았다.

마라톤은 여성에게 보수적이었다. 오래 달리면 자궁이 빠질 수도 있다며 여성 참가를 금지했던 마라톤은 1974년 보스턴마라톤대회에서 처음으로 여성에게 참가 자격을 주었다. 여자 마라톤이 정식 종목이 되기까지는 시간이 조금 더 걸려 1984년 LA올림픽이 그 시작이었다. 여자 마라톤의 최고 기록은 2003년 런던마라톤대회에서 영국의 폴라 래드클리프가 세운 2시간 15분 25초다.

내 목표시간의 절반보다도 훨씬 빠르다니 정말 놀랄 수밖에 없는 기록이다. 마라톤대회에서 줄곧 여성 참가를 금지했다면 래드클리프의 놀라운 기록은 나올 수 없었을지도 모른다. 내가 마라톤을 떠올리는 일도 생기지 않았을 것이다. 그럼 나는 무엇을 해야 했을까. 나는 지금 무엇을 하고 있을까.

21. 모들뜨기

어머니한테 오면 요양보호사들이 기록한 일지부터 펴본다. 보호사들이 무슨 일을 했는지, 그들이 기록한 일지를 살핀다. 그들은 매일 세 시간 동안 근무한 내용을 일지에 꼼꼼하게 기록한다. 일지에 적힌 필체는 다양하다. 보호사들이 매일 바뀌기 때문이다. 일지에는 담당 요양보호사의 성명과 사인, 서비스 내용과 중요사항 정리칸이 나뉘어 있다. 내용을 적는 칸은 늘 글자가 빼곡하다. 누가 방문했고 무슨 이야기를 나눴으며 그때 어떤 음식을 섭취했는지 등이 기록되어 있다.

어머니의 이웃친구가 방문한 날의 내용은 이렇다. 환자의 친구분이 콩죽을 쑤어 가지고 오심. 환자와 친구분이 함께 콩죽을 나눠 드심. 항문 조이기 운동 지도하고 환자와 친구분도 함께 50번 운동함. 환자와 친구분 쑥스러워하며 자주 웃으심. 보호사는 분위기가 어땠는지까지 기록하고 있다. 내가 일지를 펴면 어머니는 요양보호사들이 당신에게 어떤 도움을 주었는지 서둘러 이야기한다. 일지를 보면 한눈에 알 수 있는 내용들이지만 어머니는 일지보다 먼저 보호사의 도움을 알리고 싶어 마음이 바쁜 모양이다.

그 일지 중에 놀랄 만한 내용이 적혀 있다. '환자가 눈을 안쪽으로 모으는 행동을 하셨음'. 놀라서 어머니를 바라보았다. 어머니는 움찔하는 반응을 보였다. 어머니는 공연히 보호사 이야기를 더 늘어놓았다. 어머니는 여태 그 사실을 밝히지 않았다. 내가 모들뜨기 테스트를 흉내 냈을 때도 그게 뭐 별일이냐고 시큰둥하게 반응했다. 당신이 모들뜨기라는 점을 부끄럽게 여긴 건가. 밑까지 다 드러내 보이면서 모들뜨기라는 건 숨기고 싶었을까. 어머니는 저녁내 나와 눈을 맞추려 하지 않았다.

어머니가 내사시인 모들뜨기였다니 뜻밖이었다. 주위에 모들뜨기가 더 있었던가 생각해보았지만 떠오르지 않았다. 남편의 형제 중에 어머니를 닮은 사람이 있는지 알 수 없었다. 그런데 그런 생각을 하는 동안 이상하게 힘이 빠지며 점점 무기력해졌다. 그동안 꾸역꾸역 살을 찌워온 것밖에 한 일이 없었다는 생각이 들었다. 남편의 세세한 생김새도 기억나지 않았다. 나는 남편의 눈썹 위에 큰 사마귀가 난 것도 모르고 있었다. '네 남편 눈썹 위에 큰 사마귀 있네.' 미연이 속삭여서 알게 되었다. 내 사물식별력에 심각한 결점이 있는지도 모른다. 그런 줄도 모른 채 아무 문제가 없는 듯 여태 살아온 셈이다.

모들뜨기는 사전에서 이렇게 설명하고 있다. '두 눈동자가 안쪽으로 치우친 사람을 이르는 말.' 다른 뜻도 있다 '몸의 중심을 잃고 심하게 자빠지거나 나가떨어지는 일.' 나는 내 모습을 꿰뚫는 듯한 뜻풀이에 할 말을 잃었다. 사전의 풀이가 어머니와 나를 똑바로 가리키며 말하고 있는 게 아닌가. 선천적인 어머니의 육신과 충격에 나가떨어져 중심을 잃은 나를 그대로 보여주고 있었다. 그럼 어머니와 나의 관계는 원래 이런 모습이어야 한다는 이야기이다.

미연에게 전화해 모들뜨기를 아느냐고 물었다. 미연은 몰랐니, 나도 모들뜨기야, 라고 태연하게 대답했다. 뭐가 이렇지. 어지럽다. 나는 미연에게 우리 모두 모들뜨기였구나, 그걸 몰랐구나, 라고 힘없이 말하며 전화를 끊었다. 몸의 중심을 잃고 심하게 나가떨어지는 일, 중얼거리며 아이의 발을 그렸다. 오늘 그린 발의 의미를 나중에 기억할 수 있을까. 아니, 이 많은 발 중에서 알아보기나 할까.

22. 남편의 간호방법

어머니는 지금 병실용 침대에 누워 있다. 어머니의 퇴원을 대비해 병상용품을 취급하는 인터넷사이트에서 병실용 침대를 구해 들였다. 병실용 침대를 방 안에 들이니 처음엔 퍽 어색했으나 허리 수술을 한 어머니에게 그만한 도움도 없었다. 퇴원하는 날 오겠다던 시숙은 끝내 오지 않았다.

어머니가 전부터 써왔던 의료용 침대는 건넌방으로 옮겼다. 물리치료 겸 전신마사지 효과가 있다고 어머니가 우겨서 들여놓았던, 거금을 주고 들여놓은 그 침대는 어머니에게는 별 도움이 되지 않았다. 마사지기능 위주로 제작된 침대는 작동기능에 따라 돌출하는 구조 탓에 살집이 없는 어머니에게 오히려 통증만 일으켰다. 결정적으로 그기능이야말로 어머니에게는 절대 필요 없는 것이었다. 어머니는 겹

겹이 이불을 깔고서야 간신히 그 침대를 의료용이 아닌 침구로 썼다. 어머니는 당신이 우겼던 대가를 그렇게 몸을 상하는 것으로 치렀다. 그리곤 이 병실용 침대에 몸을 눕히며 그 불편함에서 벗어나게 되었다. 어머니는 새 침대를 별로 만족스럽지는 않지만 환자라 어쩔 수 없이 쓴다는 식으로 반응했다. 그러나 실은 무척이나 마음에 드는 눈치다.

의료용 침대는 노인대학에 나가던 어머니가 의료용품회사의 홍보를 들은 뒤 사고 싶어했던 침대다. 다른 노인들이 너도나도 그 침대를 샀다고 했다. 주위 노인들이 그 침대의 체험담을 떠벌리는 데 빠지고 싶지 않았을 터였다. 침대가격이 거금인 탓도 있었지만 나는 그렇게 만능이라는 그 침대의 효능이 더 미심쩍었다. 요즘 좋다고 소문나서 어른들 다 쓴다던데 내가 사드리지 뭐, 조금만 기다려봐요. 시숙이 한마디 거든 게 결정적으로 침대를 사들인 계기가 되었다. 어머니는 견주는 듯한 모습으로 남편과 나를 대하며 시숙을 기다렸지만 시숙은 소식이 없었다. 자기가 했던 말을 기억하지 못한다는 점이 시숙의 문제라는 걸 어머니는 잊고 있는 듯했다. 게다가 그는 숨어 다니는 사람이었다. 어머니와의 그런 대립이 피곤했다. 침대가 어머니 방에 들어온 날 어머니는 저녁내 전화기 앞을 떠나지 않았다.

막상 침대가 불편하고 자신에게 맞지 않음을 알게 된 어머니는 더 열심히 그 침대를 칭찬했다. 그런다고 당신의 무안함이 덜어지는 것 같지는 않았다. 오히려 우리가 그 침대에 드러누워 마사지기능을 체험해보며 어머니를 안심시키기도 했다. 남편은 과장되게 침대의 마사지효과를 떠들곤 했다. 이제 한물간 그 침대는 건넌방에 부려진 채 다른 살림의 받침대 노릇을 하고 있다. 병실용 침대를 들이며 그 침대를 버리겠다는 의사를 비치자 어머니는 강하게 반대했다. 왜 멀쩡한 걸 버리려 하느냐고 짜증을 부리셨다. 그 짜증이 '애, 그 침대를 제발 버려다오. 저것 때문에 너희들 앞에서 체면 깎일 짓을 했다', 라는 말을 대신하는 것 같았다.

남편은 어머니가 입원하며 다른 모습을 보이기 시작했다. 남편은 내가 알고 있던 것과 몹시 다른 사람이었다. 그를 순혈주의 신봉자라고 하면 그는 어떻게 반응할까. 지금까지 유지해온 무난한 사회인의 모습은 병실의 어머니를 대하며 사라져버렸다. 그가 사기 내면의 모습을 지우려고 얼마나 노력했는지 병실에서의 모습을 보면 미루어 짐작하고도 남았다. 여태까지 보여준 보편타당함의 전형은 온데간데 없었다. 불순물이 끼어들기 이전의 순연한 상태를 고집하는 모습이 역력했다. 그러니까 나는 불순물인 것이다. 그렇게 자신이 어머니의 순전한 자식이라는 자각에 둘러싸여 있는 모습이었다.

어머니가 여태 밥을 넘기지 못하고 죽을 달고 있는 것도 실은 남편 때문이다. 어머니의 잇몸이 성치 않기는 하지만 남편은 지나칠 정도로 어머니를 과잉 보호하려 든다. 남편은 어머니를 상한 잇몸 안에 가두고 있는 것만 같다. 어머니가 줄곧 도움이 필요한 환자로 남기를 바란다는 듯. 그는 내가 그런 환자인 어머니를 떠나지 않으리라고 기대하고 있는지도 모른다. 주말마다 꼬박꼬박 올라와 어머니를 지키는 것도 그런 이유에서일까.

남편은 수술 후 처음 나온 미음부터 죽으로 바꿔 숟가락으로 으깨 어머니에게 먹였다. 딱하리만치 원시적인 방법이었다. 미음으로 대신하면 간단할 일이었다. 수술한 직후의 환자이므로 미음이 당연하기도 했다. 남편은 내 충고를 듣지 않았다. 미음은 죽보다 쉽게 꺼져 환자가 기운을 얻을 수 없다는 원시적인 논리를 내세웠다. 그런 그가 답답해 내가 직접 간호사실에 미음을 신청했다. 식사시간을 알리며 배식수레가 왔다. 식판에 죽이 아닌 미음이 올라온 걸 발견한 그는 곧바로 간호사실로 가서 항의했다.

"왜 미음입니까. 내가 언제 미음을 신청했습니까. 왜 병원 마음대로 미음을 주는 겁니까."

"저기, 보호자께서 신청하셨는데요."

"나도 보호잡니다. 죽을 주세요. 지금 바로 바꿔주세요."

간호사가 그의 서슬에 풀이 죽어 식당에 연락을 했다. 마침 죽이 남아 있다고 했다. 간호사가 직접 미음을 거두어 가고 죽을 가져왔다. 남편은 어린아이라도 받듯 죽을 받아들고 만족스런 표정으로 으깨기 시작했다.

나는 남편이 밥알을 으깨고 있는 식사시간이면 자리를 피했다. 환자에게 소화하기 쉬운 음식을 섭취하게 하는 건 상식이다. 그 자연스런 방법을 두고 왜 일을 어렵게 만드는 건지 알 수 없었다. 처음엔 그런 그의 모습을 자식의 갸륵한 도리로 여기려 했으나 나중엔 도피로 여겨졌다. 나로부터의 도피. 남편은 식사시간마다 한 시간씩 죽그릇을 붙들고 앉아 밥알을 으깼다. 그러고 있는 남편을 보면 문득 살의가 느껴졌다. 무슨 생각으로 저러고 있는 걸까. 한 시간씩 숟가락으로 죽을 으깨서 어쩌자는 건가. 죽뿐만이 아니었다. 남편은 딸기나 바나나 같은 모든 과일도 숟가락으로 으깨 어머니에게 드렸다. 내가 집에서 믹서로 갈아오겠다고 해도 막무가내였다. 그런 식으로 어머니 옆을 지켰다. 남편이 아닌 다른 사람을 보고 있는 것 같았다. 사람에 대해 안다는 게 무엇인지 알 수 없어졌다. 나는 도대체 남편에 대해 무엇을 알고 있는 것인가.

소변 마렵다. 어머니가 말하고부터 남편의 그 이상한 고집은 나시 본색을 드러냈다. 그는 어머니를 일으키고 어깨와 골반에 보조기의 굴곡부분이 딱 들어맞는지 몇 번씩 확인하며 찍찍이로 된 걸쇠를 채웠다. 그다음 어머니를 휠체어에 태워 화장실로 밀고 갔다. 그는 화장실 문을 열고 어머니를 변기에 앉힐 때까지 아까 했던 반대의 순서로 보조기를 풀었다. 어머니가 소변을 다 보고 나면 일으켜 세워 다시 꼼꼼하게 어깨와 골반의 각도를 재며 보조기를 입혔다. 그다음 조심스레 휠체어에 앉혀 병실로 돌아왔다. 그리고 어머니를 휠체어에서 나오도록 부축해 침대에 올라가게 하고 아까와 반대 순서로 보조기를 풀었다. 그 과정에 걸리는 시간이 무려 20분이었다. 오, 정말이지 할 말이 없다. 그 일을 한 시간마다 반복하고 있었다. 계속 공급하는 몇 가지 링거액 때문에 어머니는 자주 소변을 봤다. 남편이 어머니에게 극진한 건 이미 알고 있었다. 그런 남편에게 나도 동화되어 있었다. 하지만 그렇더라도 남편의 이런 모습을 보고 있자면 참을 수 없는 기분이 되었다.

그는 어머니가 수술하고 회복실로 나온 뒤부터 어머니 모습을 카메라에 담기 시작했다. 그는 매일 조금씩 달라지는 어머니의 표정들을 포착해 카메라 셔터를 눌렀다. 무엇에 쓰려고 어머니 사진을 찍느냐고 묻자 그냥이라고 했다. 어머니도 누워 있는 사람 왜 자꾸 사진은 찍느냐고 손을 내저었다. 카메라에 담긴 기억이 영원히 지속될 거라고 생각하는 걸까. 그가 어렸을 때도 구형 카메라를 애지중지했다는 말을 들은 적이 있었다. 그 카메라에 대한 기억이 특별했던 탓인가.

그가 카메라지CamerAg라는 색다른 카메라 이야기를 했다. 카메라와 은의 화학기호인 Ag가 합쳐져 생겨난 용어라고 했다. 렌즈와 스프링을 제외하고 본체에서부터 버튼까지 모든 부품을 은으로 만든다는 것이었다. 남편은 퍽 관심이 있는지 그 카메라지라는 것에 대해 장황하게 이야기했다. 그게 무엇인지 나는 궁금하지 않았지만 그는 사진을 현상할 때 은염성분이 들어가는 점에 착안해 만들어지기 시작했고 빛을 안착시키는 효과 때문이라는 등의 이야기들을 계속했다. 인테리어소품으로 쓰이기도 하지만 본래 기능인 카메라로도 쓰인다는 말이었다. 남편에게 그런 희소품 수집취미가 있는 줄은 몰랐다. 아프고 늙어가는 어머니의 모습을 특별한 카메라에 담아 간직하는 일. 그 사진들의 배경에는 그와 나의 이 유예된 관계도 새겨지겠지. 나중에 그와 나는 이 사진들에서 늙은 어머니 모습 뒤에 담긴 우리의 시간을 보게 될 것이다. 나는 다시 그 이면에 묻혀 있는 나 자신의 아픔을 들여다볼 것이다. 그는 무엇을 보게 될까.

23. 나의 간호방법

며칠 전 무엇 때문인지 어머니는 온몸에 열꽃이 피어 홍역을 치렀다. 퇴원한 뒤 회복속도가 정상이던 어머니가 갑자기 알레르기 반응을 일으킨 것이다. 온몸이 발진투성이였다. 불편한 어머니를 병원으로 옮겨 진찰했다. 의사는 복합적인 알레르기라는 아리송한 진단과 함께 약을 처방했다. 한마디로 잘 모르겠다는 말이었다. 항생제 부작용인지 특정한 음식 탓인지 밝혀내지 못했다. 몸의 발진으로 심란해진 어머니는 식욕마저 잃었다.

약 드실 시간이다. 지금은 어머니와 나 둘뿐이다. 남편이 없으므로 나는 남편과 다른 방법으로 약을 갠다. 의사는 알약을 삼키기 힘들어하는 어머니에게 가루약을 처방했다. 남편은 가루약을 숟가락에 옮겨 물과 함께 갰다. 그가 약을 개고 있을 때마다 약이 숟가락 밖으로 흐를까봐 조심스러웠다. 옛날 방법을 그대로 따라하는 모범이라도 보일 생각인 듯했다. 어머니가 처방받은 노란 가루약은 쉽게 물에 녹지도 않고 송홧가루처럼 풀풀 날리기까지 했다. 약을 개는 데만도 시간이 꽤 오래 걸렸다. 그는 그렇게 애를 먹으면서도 고집스럽게 숟가락에 가루약을 갰다.

그가 내려가면 나는 내 방식대로 어머니를 보살핀다. 다른 건 못바꾸더라도 가루약을 개는 방법쯤이야 얼마든지 바꿀 수 있지 않은가. 가루약을 개는 용기만 다른 걸로 바꾸면 되는 거다. 싱크대 정리를 하다가 작은 술잔을 찾아냈다. 작은 술잔을 발견하자 퍼뜩 떠오른 생각이 가루약을 개는 데 좋겠다는 것이었다. 티스푼 중에 제일 갸름한 것을 골랐다. 노란 가루약을 술잔에 넣고 띠스하게 데운 물 한 줄기를 섞어 티스푼으로 갰다. 약은 아주 잘 풀어졌다. 숟가락에 놓고 갤 때보다 비교할 수 없이 안전했다. 평소 같았으면 바로 그에게 전화해 가루약 개는 새로운 방법을 발견했노라고 떠들었을 테지만 이젠 내 생활에서 그런 일이 사라졌다. 즐겁고 속상한 감정들을 그에게 전하는 일, 그동안 그런 감정을 나누는 일이 아무렇지 않았다는 게 이상하다. 관계가 무너진다는 건 바로 자잘한 일 모두에도 단절을 불러오는 것이었다. 가루약 개는 새로운 방법을 발견한 걸 당장 알리고 싶지도 않게 이렇게.

어머니는 지금까지 두 번 식사에 여섯 번 약을 드셨다. 식전에 먹는 당뇨약과 수술 후 회복을 위한 약, 그리고 알레르기 약이다. 덕분에 어머니는 여러 가지 약을 배부르게 복용하게 되었다. 실제로 어머니는 시장기를 느끼지 못한다. 어머니는 기능적으로 설계된 병원용 침대에 안락하게 누워 있고 나는 그 앞에 찻상을 놓고 앉아 책을 읽고 있다. 어머니는 지금 물휴지로 입가를 닦고 있다. 아주 꼼꼼하게. 조금 전에 드신 약 찌꺼기가 입가에 묻은 게 느껴졌나 보다. 남편의 모습을 보는 것 같다.

어머니는 약을 드시더니 금세 잠이 들었다. 벽에 등을 기대고 책을 읽는다. 가끔씩 눈을 들어 어머니의 가슴께를 유심히 바라본다. 옷자락이 움직이는지 확인하는 거다. 어머니의 앞섶과 이불이 오르락내리락하는 걸 확인하고 다시 읽던 책으로 눈길을 돌린다.

"날씨 따뜻하지?"

어머니가 갑자기 묻는다. 어머니의 낭랑한 목소리 때문에 나는 깜짝 놀란다.

어머니도 참. 잠든 척했던 걸까. 어머니는 눈을 감고 밖의 봄날을 짐작하며 몇 번의 봄날이 남아 있을까 헤아리고 있었는지도 모른다. 어머니가 부스럭거린다. 화장실에 갈 시간이 되었나 보다. 자리에서 어머니를 일으켜 보호대를 채운 뒤 혼자 힘으로 침대에서 내려오게 했다. 남편이 없을 때이므로 어머니는 내가 이끄는 대로 따른다. 침대를 두 손으로 잡고 엎드린 자세로 다리를 하나씩 바닥으로 내리게 했다. 바닥에 두 다리를 모두 디딘 어머니는 손을 침대에서 하나씩 들어 몸의 균형을 잡았다.

"만약 저도 사정이 생기면 어머니 혼자 볼일보셔야 하잖아요. 기어서라도 혼자 가보세요."

"수술자리 덧나면 안 되니까 조심해야 된대."

"네. 덧나면 안 되니까 아주 조심해서요."

"알았다. 해보자."

두려움이 담긴 목소리이다. 그리고는 두 손을 앞으로 뻗어 몸을 가누었다. 간신히 기어가리라고 예상했는데 그게 아니다. 어머니는 서서 혼자 문지방을 넘고 마루를 지나 화장실까지 도착했다. 혼자 힘으로 걸어 보인 어머니에게 박수를 쳐주었다. 어머니의 두 손을 잡아 변기 쪽으로 몸을 틀어주었다. 어머니가 내 손을 부둥켜 잡더니 변기에 엉덩이를 내려놓았다. 수변을 다 본 어머니는 휴지를 뜯어 스스로 뒤처리를 했다. 어머니가 보란 듯이 나를 바라보고 웃었다. 그러나 그다음 단계에서 어머니는 더 나아가지 못했다. 변기에서 혼자 일어나는 동작이었다. 어머니는 당황한 표정으로 나를 올려다보았다. 바닥에 손을 짚고 기어서 변기를 벗어나게 시킬까. 차마 그렇게까지는 못하고 어머니에게 내 어깨를 빌려주었다. 어머니의 표정에서 겁이 사라지는 걸 느낄 수 있었다. 내 어깨를 짚고 일어선 어머니에게 다시 보호대를 채웠다. 화장실에 혼자 힘으로 걸어서 다녀왔다는 데 고무된 어머니는 곧바로 침대로 가지 않았다. 운동을 더 하겠다며 두 손을 앞으로 뻗친 채 거실을 걷기 시작했다. 거실을 여러 차례 오가더니 건넌방도 한 번 들어갔다 나오며 걷는 연습을 한다. 줄곧 양팔을 뻗어 몸의 균형을 유지한 채로.

남편은 이런 어머니의 모습을 상상할 수 있을까. 그가 이 장면을 볼 수 있기를 바란다. 그는 어떤 반응을 보일까. 어머니의 손을 잡으니 땀으로 축축하다. 어머니는 침대에 눕히자 바로 잠이 든다. 어머니 손이 닿는 곳에 물병을 놓아두고 천변으로 나왔다.

하천은 대학 정문 아래에서 시작해 대로까지 이어진다. 천변 벽은 온통 그래픽 그림이다. 그래픽 그림 앞에 설치된 농구대에서 몇몇 아이들이 고함을 지르며 공을 던진다.

남자가 맞은편에서 달려오고 있다. 곤두박질하는 남자에게 알은체하기는 여전히 거북하다. 남자가 내 쪽으로 건너오더니 나를 똑바로 쳐다보며 묻는다.

"그런데 당신은 왜 달립니까?"

이건 무슨 날벼락 같은 소리인가. 남자에게 무슨 변화가 생긴 걸까. 나는 달라진 게 없다. 풀코스 날까지 이렇게 하루씩 줄여가는 일만 남았다. 다른 생각은 나지 않는다. 그 생각만 머릿속에서 맴돈다. 그냥 집으로 돌아와 산책로를 달렸다. 남자의 돌변한 모습이 떠올라 비현실적인 기분 속에서 달렸다. 남자의 모습이 사라지지 않는다. 뭔지 잘못되어가는 느낌이다.

아이의 발이 구불구불하게 그려진다. 미연에게 남자의 달라진 모습을 고했다. 미연이 그 남자 진짜 무슨 일 있는 사람인가 보다, 조심해, 라고 했다. 세 번 왕복했고 156Km를 넘었다.

24. 꽃신은 어디로 갔을까

어머니의 산책시간이다. 밖으로 나오자 어디선가 남자가 불쑥 나타날 것만 같다. 나는 경비실 앞에 있는 의자를 가져와 끌며 어머니의 뒤를 따른다. 어머니가 힘들어 쉴 때를 대비해서다. 어머니는 나갈 때는 조금만 걷다가 들어오지 뭐, 한다. 그러고는 일단 나가면 한 시간을 다 채우려 든다. 수술한 뒤로 허리뼈가 상당히 튼튼해졌나 보다.

어머니가 산책하는 동안 동네 사람들이 다가와 인사를 한다.

"아유, 많이 좋아지셨네."

"문병 한 번 간다 간다 하면서 못 갔어요."

"할머니, 꽃구경하러 나오셨나 봐요."

지나는 사람들이 어머니를 발견하고 알은체를 한다. 젊은 아기 엄마들도 어머니를 알아보고 다가와 손을 잡고 상태를 묻는다. 나이 많

은 아저씨들도 인사를 건넨다. 어머니가 이 정도로 폭넓게 사람들과
어울려온 줄은 몰랐다. 60대 초반의 위층 통장이 반색을 하며 다가온
다. 어머니 안부는 대충 묻더니 손녀 이야기를 잔뜩 늘어놓는다. 작년
여름에 손녀를 데리고 미국을 여행했는데 유치원 다니는 게 어찌나
영어를 잘하던지 신기해 죽을 뻔했으며 이번 여름엔 일본여행을 함
께 갈 거라는 등등.

"어린아이 잘 챙겨요."

어머니가 그렇게 말하고 일어서 다시 걷기 시작하자 통장은 마지못
해 제 갈 길로 돌아간다. 한 번 들어주기 시작하면 끝이 없는 여자다.
어머니가 그냥 앉아 있었다면 무슨 말을 더 떠벌릴지 알 수 없다. 어
머니는 주위에 피어 있는 꽃들을 들여다보며 주춤주춤 걸음을 옮긴
다. 어머니와 나는 아파트단지 밖으로 나갔다가 방향을 바꿔 단지 안
으로 향한다. 보행기에 의지해서이긴 하지만 어머니는 이젠 혼자서
도 잘 걷는다.

"얘, 의자 가져와라."

더 걸으실 모양이다. 의자에 앉아 쉴 생각인 걸 보니. 얼른 의자를
끌고 가 어머니의 엉덩이에 대준다. 그런데 하필이면 음식물 쓰레기
통 옆이다.

"아이 참, 어머니는 쉬어도 하필이면 여기예요? 옮겨요. 저쪽으로."

"그러냐? 아이구."

어머니가 힘들게 엉덩이를 들어 보행기에 의지한다. 나는 다시 의

자를 끌고 음식물 쓰레기통에서 거리가 떨어진 곳에 의자를 놓는다. 벚나무 옆이다. 어머니가 보행기에서 의자로 몸을 옮겨놓는다. 어머니와 함께 한참 동안 벚나무를 올려다보았다.

아파트 동 입구로 뚱뚱한 할머니가 들어온다. 어머니에게 꽃신 도둑 누명을 씌운 그 할머니이다. 어머니는 할머니를 보고도 못 본 척한다. 나도 어머니를 따라 못 본 척한다. 뚱뚱한 할머니가 반가워하는 표정으로 다가와 말을 붙인다.

"못 일어날 거 같다는 말 들었는데 아주 좋아 보이네. 수술은 잘되었남?"

"그럼 수술 잘됐지. 내가 왜 못 일어나."

지난겨울이었다. 저 할머니가 분리수거장에서 꽃무늬 운동화 한 켤레를 주워놓았다고 했다. 손녀에게 줄 생각으로. 그런데 그 신발이 없어졌다는 것이었다. 할머니는 다짜고짜 어머니한테 그 꽃신을 훔쳐 갔다고 덮어씌웠다. 어머니는 내가 무엇이 아쉬워 그 운동화를 훔치겠느냐고 누명 씌우지 말라고 반박했다. 할머니는 어머니 말은 들을 생각도 않고 막무가내로 그 꽃신을 훔쳐 갈 사람은 어머니밖에 없다고 주장했다. 자기가 꽃신을 주웠다는 사실을 알고 있는 사람 중에 발 치수가 작은 사람은 어머니뿐이며 그러므로 운동화를 훔쳐 갈 사람이 어머니밖에 없다는 것이었다. 그러면 그 꽃신을 내가 신으려고 훔쳐 갔다는 말이냐고 어머니가 대들었지만 할머니는 막무가내로 어머니 말을 무시했다. 그때껏 서로 쌓아온 신뢰나 우정 같은 건 깡그리

무시해버리는 이상한 논리였다. 그리고는 앞으로 어머니 같은 도둑과는 어울리지 않을 것이라며 소문을 내고 다녔다. 그때부터 어머니도 저 할머니를 상대하지 않았다.

하루는 갑자기 어머니 집으로 쳐들어와 고함을 질렀다. 훔쳐 갔으면서 아니라고 거짓말까지 한다는 것이었다. 내가 말도 안 되는 소리라고 항의하고 말리기도 했다. 그러고도 화가 안 풀렸는지 이렇게 어머니를 저주했다.

"꼼짝도 못하게 다리나 부러져라!"

그 소란을 벌인 지 얼마 지나지 않아 실제로 어머니가 넘어졌고 수술을 했다. 그 할머니는 자신의 저주가 그렇게 바로 효력을 발휘할 줄은 몰랐을 것이다. 그리고 그 저주처럼 어머니는 꼼짝도 못하고 누워 있게 되었다.

지난가을 일로 심술을 부리는 건지도 몰랐다. 폐지를 모으며 혼자 살고 있는 할머니는 그 무렵엔 아파트단지 청소도 맡고 있었다. 청소하는 데 거치적거린다며 화단의 나뭇가지들을 모조리 잘라내는 장면을 어머니가 목격하고 그 귀한 나뭇가지는 왜 죄 잘라버리느냐고 바른 소리를 했다. 그까짓 나뭇가지 좀 자르면 어떠냐, 다 돈 들이고 공 들여 심은 나무인데 그러면 되느냐, 티격태격 말다툼으로 이어졌다. 그 일로 할머니가 앙심을 품었던 모양이다. 그 말다툼 뒤로 어머니는 할머니와 어울리지 않았다.

그런데 오늘은 웬일인지 모르겠다. 모처럼 얼굴을 마주치자 그냥 지나치기 어색해 말문을 튼 것일까. 아니, 어색한 구석은 전혀 느껴지지 않았다. 어제오늘 인사를 나눴던 사이인 듯 자연스레 알은체를 한다. 그 사이에 꽃신 사건의 진범이 잡힌 걸까. 그렇다면 그냥 이렇게 지나갈 일은 아니지. 정식으로 사과를 받고 넘어가야 한다. 어머니가 그 일로 시달린 게 얼마인데. 아무튼 그때 쳐들어와 난리를 벌이던 모습과는 사뭇 다르다. 서슬 퍼렇게 삿대질을 하던 그 할머니가 아닌 것 같다. 어머니가 정말로 입원하고 수술까지 하게 되자 놀라기도 했을 것이다.

할머니는 어디를 다녀오는지 흰 모자에 청바지 차림이다. 폐지를 줍던 궁색한 모습은 찾아볼 수 없다.

"서쪽 동 할매가 죽도 쑤어 가고 했다며? 나도 문병 가려고 했었구면."

"자네가 뭣하러 문병을 와."

어머니 목소리가 힘이 없다. 저쪽 동 할매란 보호사들이 일지에 기록한 적이 있는 콩죽을 쑤어 온 그 할머니이다. 세 분이 항상 나들이도 가고 동네에서 무슨 일이 있을 때마다 함께 어울리곤 했었다. 그 할머니가 콩죽을 쑤어 들고 와 저 할머니의 험담을 했었다. 험담이라기보다는 어머니를 두둔하는 투였다.

"세상천지에 이 사람보고 나쁜 사람이라고 할 사람은 한 사람도 없단 말이오. 이런 사람을 두고 그런 누명을 씌워, 글쎄. 아무리 이 사람이 그까짓 신발을 탐낼까봐. 못되기도 했지."

그 할머니는 콩죽 냄비를 내려놓고 취직 못하고 장가도 못 간 막내아들 이야기를 하며 한숨을 푹푹 내쉬다가 돌아갔다. 어머니도 같이 한숨을 쉬어주었다. 그런 모습을 보호사가 유심히 봤던 모양이다. 보호사는 어머니와 친구 할머니가 대화하는 모습을 일지에 기록했다.

　어머니가 지친 기색이어서 의자를 경비실 앞 제자리에 두고 집으로 돌아온다. 어머니를 부축해 보행기에서 침대에 옮겨 앉게 한다. 어머니 등이 축축하게 땀이 배어 있다. 운동량이 많아 시장할 듯싶어 침대를 세우고 식판을 어머니 앞으로 당겨놓는다.

　"별로 먹고 싶은 생각 없다."

　어머니가 으레 하는 소리이긴 하지만 오늘은 산책을 하고 들어왔는데도 유난히 기운이 없어 보인다. 도둑 누명 씌운 장본인을 만난 탓인지도 모른다.

　믹서에 바나나를 갈아 요구르트와 섞는다. 걸쭉한 영양 덩어리를 쟁반에 받쳐 들고 방으로 들어간다. 식판에 간식을 놓아주니 어머니는 금세 비우신다.

　"거봐요. 시장하셨잖아요."

　"그랬나 보다. 맛있게 먹었다. 이제 좀 쉬어야겠다."

　식판을 제자리에 끼우고 침대를 내린다.

25. 마라톤에 어울리는 음악은 어떤 걸까

어머니가 주무시니 달리러 나가야겠다. 오늘은 미음을 단단히 먹고 하프코스 이상의 거리를 달려보기로 한다. 풀코스에 참가하기 전 한 번 정도는 현장감각을 익히는 게 좋기 때문이다. 풀코스를 달리며 들을 음악을 미리 엠피스리에 저장했다. 풀코스 내내 고통으로부터 나를 지켜줄 음악, 강력하게 내 감각을 매료시킬 음악. 이왕이면 즐기는 경지까지 이끌어줄 음악. 4시간 반 남짓 동안 나를 지켜줄 도구이다. 음악이여, 가능하다면 아예 내 통각을 마비시켜다오.

남자와 마주칠까봐 신경이 쓰였다. 그러나 곧 마주치려면 마주치라지, 하며 천변으로 나갔다. 남자는 나타나지 않았다. 모든 동작에 한층 더 시간을 들여 스트레칭을 마친 다음 출발했다.

발가락은 거의 아물었다. 스포츠 브라와 발에 익숙한 운동화 차림이라 보폭에 탄력이 붙었다. 날씨는 맑고 바람이 약간 부는 정도였다. 같은 구간을 왕복했다. 기울기 시작한 해가 아파트 건물 사이로 믿을 수 없이 붉고 크게 떠올랐다. 그 해가 가슴속으로 그대로 들어와 박히는 것 같았다. 해가 사라지고 하늘이 검붉게 변할 때쯤 훈련을 마쳤다. 풀코스, 좋다. 와라. 자신감이 생겼다.

음악이 없었더라도 이렇게 오래 달릴 수 있었을까. 아마 그러지 못했을 것이다. 보폭에 따라 엠피스리는 상하좌우로 마구 움직였다. 덜렁거리는 엠피스리가 거추장스러워 손으로 쥐고 달렸다. 팔이나 몸 어디에 고정할 수 있는 장비를 구해야겠다.

마라톤에는 어떤 음악이 어울릴까. 마라톤에 어울리는 음악? 글쎄 그런 게 따로 있을까. 남편은 교향곡을 들으며 달린다. 그는 악기 편성이 다양한 음악을 좋아하는 편이다. 엄숙하고 때로는 지루한 음악이 그의 달리기에 어떤 작용을 하는지 도무지 모르겠다. 그와 내가 얼마나 멀리 있는지 말해주는 것 같다. 그는 왜 달리면서까지 교향곡을 듣는 걸까. 옷을 잔뜩 껴입고 달리는 것처럼 거추장스럽지 않을까. 지루한 마라톤에 지루한 음악이라. 생각만 해도 다리가 무겁다. 어쩌면 교향곡이 마라톤이라는 대장정과 어울리는지도 모른다.

남편이 저러다 바그너를 들으며 달리게 되는 건 아닐까 걱정된다. 생애에 한 번은 바그너의 「니벨룽겐의 반지」를 관람해야 한다던 남편이다. 대작 중의 대작인 「니벨룽겐의 반지」 4부작 오페라를 관람하려면 총 나흘간 스무 시간이 넘게 매달려야 한다. 관람 중 계속되는 고

행에 못 견뎌 실신하는 일도 생긴다. 그런데도 매년 전 세계에서 수만 명의 사람들이 이 대작을 관람하기 위해 독일 바이에른주를 찾는다고 한다. 세계 각지에 있는 바그너협회를 통해 관람 티켓을 구하려면 3-4년씩 기다려야 하는 건 보통이다. 이 정도면 고문이 아닐까. 나는 그렇게까지 음악에 목매달지는 못하겠다. 마라톤에 어울리는 음악. 남편만 봐도 그런 걸 따로 찾는 게 의미 없기는 하다.

그에 비하면 나는 음악을 가리지 않는 편이다. 나는 록음악이면 된다. 요즘 밴드는 물론 6-70년대의 전설적인 밴드도 좋다. 나는 마음을 흔들어 부추기는 음악이면 거부하지 않는다. 달리기에 쓰이는 내 몸은 그런 음악에 반응한다. 공유할 수 있는 매개체가 있다면 사람 사이가 한결 돈독해지긴 할 것이다. 남편과 나는 즐기는 음악이 너무도 다르다. 록음악에는 땡볕에 숨어 있는 그늘 같은 느낌이 있다. 마라톤이 땡볕이라면 록음악은 그늘이라고 비유해본다. 탈진해가는 내 체력을 끝까지 지탱해줄 존재, 그것 말고는 없을 것 같다.

음악을 즐기며 달리기. 달리며 음악을 즐기기. 나는 어느 쪽이고 그는 어느 쪽일까. 아직 달리면서 음악을 즐기는 여유까지 경험해보지는 못했으므로, 나는 음악을 즐기며 달리기 쪽인 듯싶다. 남편은 아무래도 달리며 음악을 즐기는 쪽일 게다. 교향곡을 듣는 것만 봐도 그렇지 않은가.

음악을 즐긴다는 건 무엇일까. 인간의 속성인가. 음악적 재능이 번식을 돕는다는 말이 있다. 한 진화심리학자가 성 선택 가설에서 지미 헨드릭스를 거론하며 그랬다. 지미 헨드릭스는 공연마다 따라다니는 여성 팬 수백 명과 성관계를 했다고 알려졌다. 그의 자식이 몇 명인지는 아무도 모른다. 음악은 언어와 마찬가지로 집단구성원 간의 결속을 강화시켜주기도 한다. 일종의 '상호 털 고르기' 기능이다. 영장류 동물들이 서로 털을 손질해주며 관계를 돈독히 하는 것처럼 말이다.

음악을 '귀로 듣는 치즈케이크'라고 규정한 심리학자도 있다. 귀로 듣는 치즈케이크라니, 재치 있는 발상이다. 학자라기보다 말 만들기 달인이 아닌가 싶다. 그는 음악이 생존과 번식에 전혀 도움이 안 된다는 논리를 내세우며, "치즈케이크는 달고 기름진 음식을 좋아하는 신경회로를 보다 효율적으로 자극하도록 만든 인공물일 뿐"이라고 주장했다. 하긴 음악을 몹시 즐긴다고 해서 임신이 불가능한 생체환경이 바뀌지는 않는다. 특정 음악이 성호르몬을 자극해 왕성한 성생활에 이바지할는지는 몰라도 말이다. 음악 생산자의 몸은 사라지지만 그들이 생산한 음악은 오래 남는다. 도대체 음악은 왜 이처럼 사람의 감정을 사로잡는 걸까.

2시간 30분가량 하프코스 거리를 조금 넘게 달렸다. 21.3Km 정도 될 것이다. 그러면 이제 177Km까지 왔다. 「비바 라 비다Viva la vida」를 흥얼거리며 아이의 발을 그렸다.

26. 삼겹살냉채

불쑥불쑥 남편의 일을 어머니한테 까발리고 싶을 때가 있다. 어머니를 괴롭히고 싶어서이다. 어머니는 어떻게 반응할까. 그 일을 무슨 히든카드로 쓰자는 건 아니다. 그것마저 말해버리면 내겐 아무것도 남지 않을 것 같다. 그 일은 나를 무너뜨린 원인인 동시에 나를 살아남게 하는 그 무엇이다. 아이러니이다. 세상일이란 원래 이런 아이러니로 돌아가는 거야. 미연이 위로랍시고 던진 말이 틀리지는 않다.

남편의 일을 알게 되었으나 생활은 달라진 점이 없었다. 무엇인가 행동을 취해야 한다는 생각은 간절했지만 실제로는 아무것도 바꾸지 못했다. 생각은 명쾌하게 떠올라주지 않았다. 어머니로부터 떠나지도 않았고 어머니와 관계를 끊고 살 준비도 되어 있지 않았다. 그러니 그냥 습관처럼 변함없이 어머니를 보살필 뿐이다. 그 습관 역시 바뀌지

않았고 나는 습관대로 움직였다. 어머니를 내 편으로 삼으려는 어린
애 싸움 같은 의도는 적어도 없었다. 아니, 그런 계산을 했는지 안 했
는지 모르겠다. 남편에게 그렇게 보이는지 아닌지도 마찬가지이다.

남편의 목소리가 들려오는 것 같다. '처음으로 회복할 수 있어.' 내
목소리도 들려온다. '우리 사이는 없어졌어.' 어떻게 우리 사이가 없
어질 수 있단 말인가. 그는 내 것이었다.

"어머니, 내게 무슨 일이 있었는지 아세요? 얘기할게요. 이모님이
하루 어머니를 간병했던 날이었어요. 병원을 벗어나 남편과 집에서
보낸 날이었죠.

아침에 일어나 보니 그는 벌써 일어나 건넌방에 있었어요. 나는 전
날 사 온 꽃들을 새 화분에 옮겨 심기 시작했어요. 꽃 파는 트럭에서
색깔이 환한 꽃 화분 몇 개를 사 왔었거든요. 지금 움직이지 않으면
게으름 피우다가 그대로 시들게 만들 것 같다는 다급한 생각이 들었
어요. 한 번도 제대로 가꾸어본 적 없는 꽃을 이번엔 제대로 키워보자
고 마음먹었거든요.

붉고 푸르고 노란 꽃 화분들이 아파트 입구의 트럭에 가득했어요.
왜 가끔씩 찾아오는 꽃 파는 트럭 있잖아요. 전에 어머니도 가끔 사
신 적이 있었죠. 선인장 종류와 데이지, 팬지 뭐 그런 흔한 꽃 화분들
이요. 그것들을 들여와 베란다에 놓아두었어요. 그리고 집 안에서 시
들고 있던 산세베리아와 공기정화식물 몇 개도 베란다에 내놓았어

요. 햇볕을 쬐면 그런 식물들도 훨씬 더 잘 자란다는 얘기를 들었었거든요.

트럭 장사에게서 새로운 정보도 얻었어요. 난의 잎이 타들어가는 건 균이 전염된 것이기 때문에 소독을 해줘야 한다구요. 난 자체뿐만 아니라 난을 싸고 있는 돌 알갱이도 싹 쓸어 약물에 담가 소독해야 한다더라구요. 그다음 건져서 말린 다음 분갈이를 하면 잘 자란대요. 어머니도 처음 들으시는 이야기죠. 여태 아무도 그런 방법을 말해준 사람이 없었어요. 난을 키우는 방법이라곤 주기적으로 물을 듬뿍 주고 직사광선을 피해 놓아둔다, 그 정도가 디었잖아요.

집에 있던 난들이 까만 점이 번져가며 타들어가고 있는 중이었어요. 베란다에 화분을 모두 다 꺼내놓고 대야에 약을 풀어 담가놓았어요. 화분을 쏟아놓고 보니 난 뿌리가 성한 게 별로 없더라구요. 이미 검게 말라 껍질만 형체를 유지하고 있었어요. 다 죽은 그런 뿌리로 여태 버티고 있었다니……. 얽힌 뿌리를 헤쳐 성한 난들만 골라냈어요. 몇 촉 안 되더군요. 약 반 시간 담갔다가 건져 채반에 널었어요. 봄바람에 잘 말랐죠.

그는 뭘하는지 방에서 꼼짝하지 않았어요. 화분 정리를 마친 다음 아침을 준비하기 시작했어요. 빵을 굽고 달걀프라이를 하고 과일을 준비해 그를 불러냈어요. 그는 금방 나오지 않았어요. 집에서까지 씨름해야 할 업무가 있나, 하고 들여다봤어요. 그랬더니 아주 낯선 표정으로 힐긋 쳐다보곤 서둘러 컴퓨터에서 물러나더라구요. 기분이 약간 상했지만 주말에나 만나는 남편이니 참았죠.

아침을 먹고 나서는 주말인데 함께 어디라도 외출할까, 그런 생각을 했어요. 오랜만에 둘만 있으니 그런 생각이 드는 게 당연하지 않겠어요. 어머니 때문에 병원에서만 지냈으니까요. 그런 말을 비쳤더니 그는 몸이 찌뿌드드하다며 빼더군요. 그래서 그냥 혼자 슈퍼에 다녀왔어요. 모처럼 특별한 점심메뉴라도 만들어볼까 하구요. 그는 다시 책상 앞에 앉아 있었어요. 이런저런 집안일을 하고 돌아다니는데도 그는 그냥 방에만 있더군요.

점심으로 떠올린 메뉴는 삼겹살냉채였어요. 슈퍼 정육 코너에서 삼겹살을 샤브샤브용으로 썰어달라고 부탁했죠. 다른 재료는 부추와 갓김치였어요. 우선 마늘과 생강을 넣고 물을 끓였어요. 그것들을 건져낸 다음 부추를 데치고 삼겹살을 살살 펴 넣어 익혔고요. 삼겹살은 금세 오그라지며 익었어요. 삼겹살은 꺼내자마자 얼음물에 넣어 식혔어요. 데친 부추와 갓김치를 길쭉하게 썰어 큰 접시에 한 칸씩 담았어요. 식힌 삼겹살을 건져 접시 가운데에 담았죠. 그는 내 성의는 아랑곳없이 깨작거리며 점심을 먹더군요.

점심시간은 그렇게 지나갔어요. 설거지하고 남은 재료들을 정리해 냉장고에 넣어둔 뒤 그를 불렀어요. 대답이 없데요. 방 안을 들여다보았더니 그는 안 보이고 노트북만 책상 위에 열린 채로 놓여 있었어요. 갑자기 급한 볼일이 생겼나. 그대로 나오려다가 그냥 한번 그가 열어본 페이지로 들어가봤어요.

그러지 말았어야 했어요. 열린 창엔 그가 꼼꼼하게 기록한 글자가 빼곡했어요. 그 가운데 어떤 문장이 또렷하게 한눈에 들어왔어요. '잊을 수 없는 날이다. 처음으로 마라톤 풀코스를 완주했고 그녀와 함께 밤을 보냈다.'

아마 사람은 어떤 한계를 본능적으로 아는 게 아닐까요. 그런 생각이 들었어요. 그 파일이 열리는 순간 어떤 불길한 기운이 온몸을 휘감는 듯했거든요. 그것으로 그와는 끝났다고 생각했어요. 그와 나를 끈끈하게 이어주던 그것, 그것을 뭐라고 하면 좋을까요. 언제까지나 지속되리라고 여겨온 유대감, 나란히 트랙의 레인을 달리던 그날로부터 이어져온 그것이겠죠. 그 순간 그것이 툭 끊어져버렸어요. 그것의 유효기간이 다했다고 여겼어요. 그것은 우리 사이에서 너 이상 함께 할 일이 없어졌다는 것이죠. 우리가 외면상 관계를 유지한다 하더라도 앞으로 다가오는 삶은 그 전과는 엄연히 다른 삶일 것이잖아요. 그일 이전까지의 순연한 신뢰는 존재할 수 없는 것이니까요. 그러니까 우리 관계는 없어진 것이죠.

갑자기 주위의 모든 사물들이 이상한 색으로 변해 보이기 시작했어요. 화장실에 들어갔을 때였어요. 분명히 어제까지 흰색이었던 비눗갑이 분홍색으로 보였어요. 그뿐만이 아니었어요. 하늘도 산도 모든 물체의 색이 다르게 보이는 것이었어요. 도대체 어떻게 된 일일까요. 눈을 비비고 다시 바라보았지만 마찬가지였어요.

어디선가 그런 말을 들은 적이 있어요. 노인성 질환을 앓을 때 온갖 곤충이 눈 속을 휘젓고 다니는 것 같다고요. 그렇다면 내가 무슨 노인성 질환에라도 걸렸단 말인가요. 어떻게 그럴 수 있는 거죠. 어머니는 아직 그런 증상을 호소한 적이 없었잖아요. 정말 내 눈 속에 곤충이 기어든 게 아닐까, 더럭 겁이 났어요.

사람이 어디까지 망가지는 걸까, 생각했던 적이 있었어요. 이제부턴 그 점을 고민할 필요가 없겠다는 생각이 들었어요. 현재의 나를 보면 되니까요. 이렇게 색깔이 변해 보이고 눈 속에 파리가 날아다니다가 나중엔 몸의 어딘가가 주저앉고 내려앉겠죠. 사람이 어떻게 망가지는지 환하게 보이기 시작했어요. 그리고 무서웠어요. 게다가 모든 사물이 눈이 부시게 보이기 시작했어요. 그러자 금세 눈이 피로해졌죠. 눈을 감고 있기로 했어요.

그가 들어오더군요. 나를 한 번 흘깃 바라보는 게 느껴졌어요. 잠시 더 눈을 감고 있었어요. 눈을 떴을 때 그가 괴물로 변해 보일까 걱정이 됐어요. 그러지 말라는 보장도 없잖아요. 모든 사물의 색이 변해 보이는데 그가 괴물로 보이지 말라는 법도 없으니까요. 도대체 그러면 어떻게 그를 봐야 할지 걱정이었어요. 네가 이런 괴물이었었느냐고, 네가 나를 해치기 전에 너부터 처치하겠노라고 흉기라도 휘둘러야 할까. 그대로 눈을 뜨지 않고 살 수 있는 방법이 있었으면 그러고 싶었어요.

왜 그래? 어디 아파? 괴물이 말을 붙여왔어요. 나는 대답하지 않고 그냥 눈을 감고 있었어요. 괴물의 생각으로 꽉 차서 아무 말도, 아무 행동도 할 수 없었어요. 괴물이 어딜 갔다 오는지, 무얼 하러 나갔는지 수상쩍을 따름이었어요. 괴물은 대답 없이 눈을 감고 있는 나를 다시 건너다보는 눈치였어요. 그러고는 참 별꼴을 다 보겠다는 듯이 휙 건넌방으로 들어가버렸어요. 나는 눈을 감은 채 그냥 앉아 있다가 갑자기 밖으로 달려 나갔어요. 그게 지금까지 달리게 된 이유예요."

남편의 그 일이 나를 달리게 했다. 나를 달리게 한 건 바로 그 일이었다. 어떻게 말해도 다르지 않다. 남편이 마라톤 풀코스를 완주한 날 다른 여자와 잤다. 그렇게 말하는 걸 피하고 싶지 않다. 다른 날도 아닌 마라톤 풀코스를 완주한 날이었다. 더 견딜 수 없는 건 그것이 그의 첫 번째 마라톤 풀코스 완주였다는 것이다. 그 사실을 알게 되었을 때 나는 무작정 밖으로 뛰쳐나갔다. 그리고 달렸다. 달리는 것 말고 할 수 있는 건 아무것도 없었다. 갑자기 왜 달리기 시작했는지는 모른다. 그냥 무엇인가 내 몸을 밖으로 내달리도록 밀어냈었다. 그때 달리는 것 말고 무엇을 할 수 있었을 것인가.

거리나 시간 같은 건 생각할 겨를도 없었다. 그냥 내달렸다. 달리다가 갑자기 나 자신을 돌아보기 시작했다. 나는 결혼한 지 9년 된 불임 여성이다. 일주일에 서너 번 중학교에 인성교육을 나가는 강사로 살고 있다. 이나마 언제 일거리가 떨어질지 모른다. 나를 요약하면 그렇다. 더 이상 이름 앞에 수식할 게 없는, 언제 어디서 어떻게 되더라도 아무런 티도 나지 않고 처리될 수 있는 손쉬운 존재이다.

남편은 그 일을 완벽한 비밀로 유지하려고 치밀하게 우리의 일과를 조율했다. 그날 오후 근무지로 떠나며 그는 내게 특별히 다정함을 연출했다. 그런 그의 다정함을 의심할 이유는 전혀 없었다. 다음 날이 내 생일이었으니까. 생일이 그의 그런 행동을 한층 진심으로 여겨지도록 만들어주었다.

보통 때면 월요일 새벽 근무지로 향하지만 그날은 일요일의 마라톤 대회를 염두에 두고 토요일에 내려갔다. 풀코스인 만큼 미리 내려가 마음과 몸의 준비를 해야 한다고 했다. 물론 당연히 그래야 한다고 믿었다. 이유도 없이 마라톤을 숭고하게 여기는 나는 얼른 가서 마음과 몸의 준비를 하라고 남편의 등을 떠밀었다. 마라톤 풀코스라는 대장정을 앞둔 참가자가 아닌가. 그는 나에게 생일선물로 돈을 쥐여주며 유쾌한 표정을 짓고 떠났다. 나는 그가 쥐여준 돈을 바라보며 바보같이 웃었다. 그도 그런 나를 보고 웃었다. 그는 무슨 생각으로 웃었을까.

처음 그날 밤 일을 확인하고자 물었을 때 남편은 20분간 부인했다. 그 20분이 20년 같았다. 노트북 파일과 메일 문장들이 들먹여지고 날아가고 던져지고 분해된 끝에 남편은 무릎을 꿇었다. 20분간 부인한 노력이 풍선다발처럼 날아가버렸다. 무릎 꿇은 남편의 목을 조르려다가 그만두었다. 그 대신 집을 뛰쳐나와 달렸다. 머릿속이 세상에서 가장 복잡한 생각들로 들끓기 시작했다. 그런데 그 많은 생각들 사이로 이상한 감정 하나가 비어져 나왔다. 안쓰러움이었다. 남편이 안쓰럽다는 생각이었다. 도무지 이런 마당에 그게 무슨 감정이란 말인가. 나는 미친 게 아닐까. 사람이 미친다는 게 이런 건지도 모른다.

얼마를 달렸는지도 모른다. 울음이 터져 나왔다. 예상치 못한 내 커다란 울음소리에 나도 놀랐다. 눈물을 뿌리며 달렸다. 그러자 여태까지 한 번도 해본 적 없던 생각 하나가 불쑥 떠올랐다. 마라톤! 믿을 수 없었다. 몸에서 한 번도 생산된 적 없던 새로운 에너지가 솟아나고 있었다. 새로운 에너지가 밀어주는 힘으로 계속 달렸다. 나는 미친 게 분명했다.

다음 날 그의 근무지로 쫓아 내려갔다. 그의 아파트로 들어가 흔적을 뒤졌다. 누구인지 모를 '그녀'의 손길이 닿았던 흔적들을 찾아야 했다. 그 흔적을 찾아서 내 손으로 소멸시켜야 한다고 생각했다. 풀코스를, 그 아득한 곳, 그리운 곳—그곳을 뭐라고 부르면 좋을까 —을 달려온 남편을 내 것으로 돌려놓기 위해서. 남편과 나의 그 순연한 관계를 회복하기 위해서.

남편이 아파트 어디에도 흔적 따위는 없었다. 그 점이 나를 견딜 수 없이 초조하게 만들었다. 이런 감쪽같은! 어떤 것이라도 남아 있어 내 눈에 띄어야 했다. 아파트 안에 있는 사물들이 여기요, 라고 즉시 내게 말해준다면 얼마나 좋을까. 흔적을 발견할 수 없어 내가 흔적을 만들기 시작했다. 머그컵에, 행거에 손이 닿았겠지. 화장실 벽 타일의 무늬에도 시선이 닿았을까. 베개를 베고 한 방향을 바라봤겠지. 베개로부터 시선이 한 방향으로 모이는 지점을 찾았다. 소멸시켜야 할 것이 너무도 많아 나는 지쳐갔다. 그럼 변기는, 침대는, 이 아파트는 어쩐단 말인가. 변기와 침대와 아파트를 어떻게 할 수 없어 나는 주저앉아 울었다. 그것들을 말랑말랑한 물건으로 바꿀 방법이 없을까. 대체 세상은 왜 아직 그런 방법을 만들어내지 못한단 말인가. 바꿀 수 없는 변기와 침대와 아파트 앞에서 낙담한 나머지 나는 토하기 시작했다. 누군가를 사랑해온 10년이라는 시간이 구토로 남겨지다니……. 힘줄과 혈관들이 한껏 팽창한 남편의 다리가 떠올랐다. 남편의 다리도 말랑한 형체로 변신시키고 싶었다. 나는 내 손아귀에 들어온 형체의 도드라진 혈관과 힘줄과 근육들을 완벽하게 파괴할 것이다.

아무것도 없었다. 어린아이의 발이 찍힌 사진만 태연히 책상 위에 놓여 있을 뿐이었다. 사고로 잃은 시숙의 아이의 발이었다. 아무런 흔적도 찾지 못한 나는 그 사진을 거머쥐고 집으로 돌아왔다. 집에 돌아와 아이의 발 사진을 벽에 붙였다.

27. 나의 유효기간

지난번 어머니 살림살이에서 느꼈던 뒤숭숭함이 가시질 않는다. 그날 일 생각에 마음도 뒤숭숭하다. 생각난 김에 어머니 옷장을 정리하기로 했다. 함께 살 때는 어머니 살림이라 함부로 손대기가 껄끄러웠고 분가해 살면서는 더더구나 어려운 일이 되었다. 꼼짝 없이 누워 있는 노인네니 내가 뭘 하더라도 어쩌지 못하겠지.

한참 동안 넋 놓고 어머니 살림의 험한 모양을 바라보았다. 어머니 살림에는 기본적인 분류라는 게 없었다. 부엌 싱크대 안에 양말과 반짇고리가 들어가 있고 우산과 비닐봉투 뭉치가 장롱 속에 있다. 물론 계절별로 옷이 나뉘어 있을 리도 없었다. 아무 서랍에나 속옷이 끼어 있고 양말짝이 이불 틈에서 나오기도 한다. 하도 어이가 없어서 헛웃음이 나온다. 무슨 보물찾기 게임도 아니고 참. 어머니는 집 전체를 그런 식으로 헤갈스럽게 만들어놓고 있었다. 이래가지고서는 하루도 뭘 찾지 않는 날이 없을 듯싶었다. 어머니의 기억력이 의심스러웠다. 한참씩 어머니 기억이 맥을 못 추는 이유가 여기에 있었구나.

우선 종류별로 위치를 잡아야 했다. 옷은 아래쪽, 모자나 가방은 선반에. 그런 식으로 위치를 정했다. 혹시 어머니 머릿속이 이렇게 헝클어져 있었던 건 아닐까. 내게 숨기고 있지만 벌써 치매가 찾아온 건 아닌가. 그게 두렵고 부끄러워 감춘 건 아닐까. 어머니는 내가 당신 살림을 다 뒤집어놓는 게 불안한지 내게서 시선을 떼지 않는다.

"뭘 하느라고 죄 끄집어내놓고 그러냐?"

"살림이 이래가지고 뒤숭숭해서 어떻게 사셨어요? 이러니 매일 뭘 찾아 헤매시지."

서랍장은 이렇게 분류했다. 첫 번째 서랍에 속옷, 두 번째 서랍에는 겉옷 윗도리, 세 번째 서랍에는 겉옷 아랫도리, 네 번째 서랍에는 머플러나 장갑 등 소품, 다섯 번째 서랍에는 잡동사니. 어머니 살림은 금세 질서가 잡히기 시작했다.

내 감정도 신체구성에 맞게 분류해보았다. 그와의 결혼생활은 몸통의 균형 정도로, 아이를 낳지 못하는 결핍의 스트레스는 신체강도로, 나머지 일과 관련된 것들은 비만 정도로, 그리고 남편을 향한 복합적인 분노를 전신의 신체균형 정도로 말이다. 분석표에는 전신의 신체균형 정도 안에 몸통의 균형 정도가 포함되어 있다. 그러니까 지금 그와의 결혼생활은 복합적인 분노 안의 한 부분에 지나지 않는 게 되어버린다.

그 분류를 정정하고 싶다. 그와의 결혼생활을 보여주는 몸통의 균형과 남편을 향한 복합적인 분노를 보여주는 신체균형 정도를 맞바꾸는 것으로. 그러면 만족스런 분류가 될까. 물론 그렇지는 않았다. 무엇인지 결정적인 게 빠진 듯 석연치 않은 느낌을 지울 수 없다. 아무리 그럴듯하게 분류해도 해결되지 않는 문제가 남아 있다. 그건 내 결핍의 감정일 것이다. 남편과의 관계는 유예상태의 애매함으로 팽팽하기만 하다. 이런 유예상태가 나를 달리게 하는 힘이라고 스스로를 부추긴다. 우유부단한 내가 혐오스럽지만 그래도 참고 버틴다. 풀코스를 완주할 때까지는 아무것도 결정하지 않을 것이다.

내 삶에서 마라톤코스의 급수대와 같은 질실한 것 찾기. 나는 지금 그 길을 달리고 있는 건가. 지금까지 내게 일어난 일들을 떠올려보았다. 불임, 시숙의 아이 사고, 동생의 사고, 어머니의 사고, 주기적으로 일어난 사고들. 그건 삶이 내게 알리는 경보가 아니었을까. 긴급을 알리는 그 경보들을 모른 체하고 살아온 것일까. 남편의 그 일을 알고서야 귓등으로 흘리던 경보를 제대로 듣게 된 것일까. 그런 생각들로 울적하고 억울해진다. 나는 겁을 내고 있는지도 모른다. 너는 여기까지야, 네 유효기간은 지났어, 남편에게 그런 식으로 폐기처분되는 상상에 휩싸이기도 한다. '다시 처음으로 회복할 수 있어.' 남편의 그 웅얼거림에 묶여서라고 믿고 싶지는 않다. 내가 아이를 낳았더라도, 아이를 낳을 수 있는 몸이었더라도 이렇게 미적거렸을까. '처음으로 회복할 수 있어.' 남편의 목소리가 다시 들려오는 것만 같다.

오후 내내 정리했지만 겨우 안방 옷장과 건넌방 서랍장밖에 정리하지 못했다. 서랍장 다섯 칸이 말끔해졌다. 말끔함의 유효기간은 어머니가 앓아누운 동안일 것이다. 어머니가 일어나 움직이면 다시 그전으로 돌아가겠지.

어머니가 당신의 습관에 불편이 없었으리라는 건 메모 묶음에서도 드러났다. 부엌 장식장 서랍에서 종이에 돌돌 말아 비닐에 싸둔 묶음이 나왔다. 비닐을 풀어보니 어머니의 필체가 드러났다. '칠월 열아흐레 날 상치씨 드러 잇씀' 상추씨를 받아 보관하면서 어머니는 무엇이 들어 있는지 분명하게 적어 고무줄로 묶어둔 것이었다. 그건 살림을 아무렇게나 하는 사람의 모습이 아니었다. 어머니로서는 빈틈없이 살림을 갈무리하고 있다는 자신감의 표시일 것이다. 어머니는 넘어지던 그날도 당신이 그렇게 꼼꼼하게 정리해둔 무엇인가를 찾고 있었던 게 아닐까. 그것이 무슨 귀중한 것이었든 상추씨처럼 하찮은 무엇이었든.

어머니가 어디에 두었는지 모르는 물건이 더 나오지 않을까, 구석구석에 끼어 있는 물건들을 찾아보며 걸레질을 한다. 싱크대 꼭대기 칸 구석에 종이백이 있다. 또 다른 상추씨? 꽃신이다. 어머니가 꺼내려고 했던 게 이것이었나. 어머니를 넘어뜨린 게 이 꽃신이었구나. 가슴이 탁 막히며 무릎이 꺾인다. 그대로 주저앉아 꽃신을 바라보았다. 할 말이 없다. 이렇게 훔쳐서 감추기라도 해야 할 만큼 잃은 시숙의 아이로 어머니는 아팠던가. 종이백을 가만히 제자리에 놓아두었다.

　집으로 가 베란다의 화분들을 카트에 싣고 그 할머니 집으로 간다. 꽃신 대신 꽃이라는 뜻은 아니다. 그냥 그 할머니에게 내가 가진 꽃들을 다 주고 싶다.

　집으로 와 한참 동안 벽을 바라보았다. 어머니를 생각하다가 아이의 발을 그려넣고 나왔다.

28. 당연한 순환

다시 주말이다. 남편이 올라왔다. 어머니가 입원해 있는 동안에도 남편의 생활은 그다지 변하지 않았다. 집에서 자던 잠을 병원으로 옮겨 자는 정도였다. 마라톤 풀코스에 참가하려고 토요일에 근무지로 내려간 것 빼고는 항상 일정했다. 어머니가 입원해 있던 동안 주말에 올라온 남편은 어머니 옆에서 병원 잠을 잤다. 어머니 앞에서 우리 사이를 어색하지 않게 얼버무릴 수 있는 기회였다.

남편은 회색 양복에 짙은 청색 넥타이 차림이다. 넥타이는 처음 보는 것 같기도 하고 전부터 매던 것 같기도 하다. 남편이 골라 맨 넥타이가 나를 비웃는 것 같다. 처음 보는 것인지 전부터 매던 것인지 알 수 없는 넥타이 앞에서 나는 초라하다. 양복과 넥타이를 고르는 남편의 기준은 무엇일까. 자신이 무얼 입고 신는지 관심이 없던 남편은 이제 없다. 내가 골라놓은 대로 기계적으로 몸에 옷을 걸치는 방식은 버려졌다. 남편 자신은 그걸 알고 있을까.

남편이 어머니 옆으로 다가앉으며 어머니에게 지난 한 주 동안 무슨 일이 있었는지 소상히 묻는다. 누가 다녀갔으며 누가 전화했는지 등의 내용이다. 다정한 모자의 전형적인 모습이다. 잠시 떨어져 있다가 만난 피붙이끼리의 정겨움이 묻어난다. 그 장면에 나는 섞이지 못한다. 남편은 나한테 시시콜콜하게 뭘 물어온 적이 없다. 나는 그 사실을 어머니가 앓아누우며 깨닫게 되었다. 분명치 않은 감정으로 미음이 뒤숭숭해진다. 가만히 어머니 집을 나와 산책로로 향한다. 달리기 시작한다. 약한 바람에 옅은 황사가 느껴진다.

처음에 남편은 나와 무슨 말인가를 나눌 기회를 찾는 듯했다. 나는 남편 앞에서는 입을 다물었다. 입만 열면 그 문장이 터져 나올 것 같았다. '아이를 낳고 싶었느냐.' 돌이켜보면 그전부터도 이상했다. 아내가 불임이라는데 남편이 그럴 수 있을까 싶을 정도로 침착했다. 다행이라고 여기면서도 못내 서운했었다. 뭐라고 법석을 떨어줬으면 덜 허전할 것도 같았지만 남편은 아니었다. 표정을 한 번 일그러뜨린 것 말고는 평소와 다름없이 담담히 아무 감정도 드러내지 않았다. 불임을 내 문제로 밀쳐두는 듯한 고약한 기분 때문에 서운함에 이어 착잡한 기분에 휩싸였다. 그가 불임이 아니었으므로 그건 온전히 내 결점이지만 언제부터 내가 불임을 안고 있었는지 기억나지 않는다. 응급실로 실려 갈 때까지도 나는 까마득히 모르고 있었다.

남편은 아이 아버지보다는 그냥 젊은 남자가 더 잘 어울리는 사람이라고 생각했다. 그는 아이가 있고 없음을 떠나 그런 모습을 지녔다. 남편에게서 아이를 놀이공원에 데려가 놀아준다거나 아이가 흘린 걸 주워 먹는 아버지의 모습은 상상할 수 없었다. 누구나 그렇게 아버지가 되고 윤기를 잃으며 할아버지가 되어갈 것이다. 그러나 나는 남편이 그런 당연한 순환에서 벗어나 있다고 생각했다. 그런데 그 생각이 시숙의 아이와 지내고부터 달라졌다. 주말이면 남편은 아이를 데리고 마트로 장 보러 가는 걸 즐겼으며 그러고 나서 어머니와 함께 식사를 했다. 시숙의 아이와 있을 때 드러나는 수다스럽고 유치하기까지 한 남편의 모습은 내 불임을 받아들일 때와는 너무도 달랐다. 그런 남편이 당혹스러웠다.

나는 남편도 아이가 흘린 부스러기를 주워 먹으며 할아버지로 늙어가기를 바란다는 걸 인정하고 싶지 않았던 것 같다. 나는 불임이 되어버린 나 자신을 그런 식으로 위로하고 싶었는지도 모른다. 남편은 당연한 순환을 따르고 있었다. 그걸 생각하니 몸이 마비되는 느낌이다. 신뢰란 발뒤꿈치의 굳은살 같은 것인지도 모른다. 가만히 놔두면 괜찮다가도 건드리기 시작하면 걷잡을 수 없이 속살까지 갈라지는.

산책로로 간다. 오늘은 보통 때보다 10분 더 달리기로 했다. 서랍장 정리를 마친 기념으로, 꽃신을 발견한 기념으로. 수첩을 꺼내 억울하다, 울적하다, 라고 적었다. 이건 달리기 전 마음을 가다듬는 의식이기도 하다. 그 단어들을 적고 보니 조금 비현실적인 기분이 들었다.

수첩에 쓴 그 단어들을 바라보았다. 내 속을 어지럽히던 그 감정들이 언어로 형태를 이루어 빠져나가는 듯했다.

매일 같은 장소에서 달리자니 지루하다. 지루하지 않도록 연습장소를 바꿔줄 필요가 있다는 건 알지만 장소를 물색하는 것도 쉬운 일은 아니다. 학교 운동장이나 천변 산책로, 아니면 대학 운동장. 만만하기로는 동네 학교 운동장이 제일이지만 답답하다는 것이 문제다. 대학 운동장은 시야가 트여 달리는 즐거움이 고조되나 접근성이 떨어지고 천변 산책로는 아기자기한 반면 장애물이 많다. 즐거우면 능률이 오르지만 지루함을 견디는 깃도 훈련의 과정이리라.

능률을 올리는 방법으로 복장도 무시할 수 없다. 이왕이면 스타일이 살아 있는 운동복을 입기로 했다. 치음엔 그냥 입고 있던 차림으로 달렸다. 저 여자가 무슨 일이 있어도 단단히 있군, 딱 보면 알아챌 모습이었다. 그다음에도 그냥 아무 특징 없는 바지에 티셔츠 차림이었고 묵묵히 달리기만 했다. 마라톤은 원래 그래야 한다는 듯이.

묵묵히 달리기만 하는 전형적인 마라토너의 모습은 누구나 쉽게 떠올릴 수 있는 장면이다. 한 영화가 주인공이 묵묵히 달리기만 하는 내용을 다루었다면 그 영화의 속편은 어떤 장면으로 시작될까. 오버트레이닝으로 침대에 누워 있는 모습이 아닐까.

지루했다.

무뚝뚝한 달리기.

무덤덤한 어머니.

무미건조한 간병과 음식 섭취.

나의 달리기를 즐겁게 만들자. 풀코스를 완주하기 위해서라도 신선한 변화가 필요하다. 안 그러면 나도 모르게 다시 그날 일을 추적하고 있을 테니까. 그날로 돌아가 시간대 별로 남편과 나의 행적을 캐내고 대조하는 짓. 시꺼먼 하수에 처박히는 느낌. 잠시만 방심해도 내 두뇌 속 기억회로는 벌써 그걸 반복하기 시작한다. 절대로 반복하지 말아야 할 것으로 입력해둔 그 일.

티셔츠 색이라도 자주 바꾸고 마라톤용 타이츠도 입자. 까짓것 조금 퉁퉁하면 어떠랴. 스포츠 브라처럼 달리는 데 탄력을 주는 것이라면 사양하지 않겠다. 매일 지루함에서 벗어날 방법을 모색한다, 지루하지 않게 달릴 수 있는 방법 찾기. 이야기 짜기도 좋은 방법이다. 항상 머릿속에 이야기를 담고 있어야 한다. 그러면 훨씬 견딜 만하다.

준비운동의 순서도 자주 바꾼다. 스트레칭으로 온몸의 근육을 달리기에 적응하도록 건드려주면 몸의 근육들이 출발신호를 기다리며 긴장한다. 그때가 가장 즐겁다. 나는 그런 근육의 조바심을 지그시 누르며 조금 더 스트레칭하며 뜸을 들인다. 몸속 저 깊은 곳에서부터 에너지가 꿈틀거리며 올라오는 게 느껴진다. 바로 이것이다. 무슨 일이 있어도 나를 달리게 하는 그 무엇. 그 에너지가 실핏줄을 돌며 미약하게 퍼지기 시작하고 나는 곧 그 미약한 에너지의 줄기들이 폭발적인 힘으로 분출되리라는 것을 안다.

마침내 달린다. 온몸의 근육이 일제히 함성을 지르는 것 같다. 1Km

에 5분 정도의 페이스로 달리기 시작했다. 지금 내 감정의 상태와 어울리는 페이스라고 여겼다. 산책로를 세 번 정도 왕복하면 몸의 모든 기능이 달리는 데 호응하는 게 느껴진다. 달리기 시작하자 온몸에 퍼져 있던 우울세포들이 분출되는 에너지에 빨려 나간다. 달리다 보면 어느 순간부턴가 달리는 행위 자체의 리듬에 몰입되는 때가 있다. 고대하던 순간이다. 순수한 희열 속에 감싸이는 기분이랄까. 사람들 모두가 그런 기분을 얻는지는 알 수 없지만, 또 그것 때문에 달리는지 아닌지도 알 수 없다. 달리는 동안 오로지 달리기에만 몰입하기. 그런 순수한 희열에 빠져들기.

눈앞에 한 아이의 모습이 나타난다. 아이는 가느다란 팔을 흔들며 달리고 있다. 나는 아이와 함께 달린다. 아이의 모습이 환영이든 아니든 상관없다. 아이가 달리고 있는 모습으로 나는 행복해진다. 성큼성큼 달리는 아이의 보폭에 마음이 설렌다. 꽃신이 하늘 가득 떠다니는 광경이 떠오른다.

산책로를 세 번 반 왕복했다. 세 번을 왕복하고도 아이의 모습이 떠나지 않았다. 그 환영이 나를 더 달리게 했다. 8.4Km를 추가한다. 누적거리 185Km를 넘었다. 숫자가 자꾸 높아간다. 이제 200Km까지 얼마 남지 않았다. 아이의 발이 튼튼해 보이도록 진하게 그렸다.

29. 반품 인간

　어머니의 일회용 기저귀가 떨어져가고 생수도 달랑달랑하다. 어머니가 입원한 뒤로 직접 나가 쇼핑하는 것보다 인터넷으로 쇼핑하는 일이 훨씬 많아졌다. 그전에도 인터넷쇼핑을 하긴 했지만 이렇게까지 의존한 적은 없다. 쇼핑 다닐 시간이 부족한 데다 많은 양을 한꺼번에 주문해야 하기 때문이다. 덕분에 생활이 퍽 단순해졌다. 그동안 인터넷으로 사들인 물건이 막대하다. 생수나 기저귀 같은 소품 말고도 병실용 침대까지 샀으니 말이다. 그 탓에 광고메일이 메일함에 쌓이게 되었다.

　마침 생수를 할인한다는 광고메일이 들어와 있어 바로 주문을 했다. 500㎖ 40개들이 박스. 할인마트보다 싼 데다 무거운 걸 옮기느라 힘들일 필요도 없다. 적은 용량의 개별포장이라 어머니에게도 알맞고 위생적이다. 기저귀도 대량 주문했다. 누워 있는 어머니에게 필요한 일상용품은 기저귀와 물티슈, 생수로 바뀌었다. 어머니의 삶이 인터넷으로 움직이게 되었다. 아주 간편한 삶이다.

광고메일들의 제목을 훑는 것으로 하루를 시작한다. 인성교육이 있는 요일엔 시간이 없어 메일 제목만 보고 삭제한다. 이런저런 일로 속이 상해 어머니 얼굴을 바로 보고 싶지 않을 때는 되는 대로 사이트를 클릭한다. 요즘의 내 생활이란 광고메일을 확인하고 제품을 검색해 주문하고 물건 기다리는 쇼핑의 연속이라고 해도 틀리지 않다. 삶은 이렇게 간편해질 수 있다. 마라톤도 마찬가지란 생각이 든다. 대회일정을 찾고 날짜와 장소, 코스와 참가비 등을 살펴보고 내게 맞는 대회를 선택하고 대회 날이 다가오기를 기다리며 긴장하는 과정의 되풀이.

이런 식이라면 사는 게 별것 아니라는 생각도 든다. 한낱 시시한 거래와 다를 게 없다. 이런 식으로 얼마든지 고리를 지어 연장할 수 있지 않을까. 사랑도 마찬가지다. 조금 흥분하다가 금세 시들해지고 다시 기대하고 그 과정을 되풀이하는. 그러니 얼마든지 계속할 수 있는 것이다.

사람도 반품할 수 있다면 어떨까. 부부나 연인의 경우 함께 지내다 보니 하자가 발견되는 것이다. 그런데 사람의 경우는 물건과 달라 받아보고 바로 알기가 어렵다. 사람이란 여간 까다로운 제품이 아니기 때문이다. 제대로 알기까지 많은 시간이 걸린다. 사람은 시간이 많이 경과한 뒤에야 반품 여부를 결정 내릴 수 있는 제품이므로 반품 유효 기간을 일반제품보다 길게 정해야 할 것이다. 그럼 한 번 반품된 사람은 반드시 새로운 사람에게만 팔려나가는 걸까. 그렇지는 않을 것 같다. 원래 상대였던 사람이 다시 사 가는 경우도 있을 것이다. 사람이라는 제품엔 다른 물건과 다른 속성이 있기 때문이다. 감정. 추억. 지금 반품하지만 그 속성 때문에 나중에 다시 주문할 수도 있을 테니까. 반품한 쪽이나 반품 당한 쪽 모두 그동안에 변화할 시간을 버는 셈이다.

이런 과정을 거쳐 반품된 사람들은 원래 있던 곳으로 집결시킨다. 그곳에서 흠집제품이나 진열제품의 품목으로 다른 누군가에게 다시 팔려나갈 수 있다. 반품된 물건들이니만큼 원래보다는 헐값에 팔리게 된다. 반품된 사람들도 반품되기 이전의 상태로 돌아가거나 반품을 계기로 완전히 다른 존재로 탈바꿈되기도 할 것이다. 물론 말했다시피 사람이란 제품은 그냥 물건과는 다르다. 그 사이에는 서로에게 축적된 역사가 있다. 자유자재로 반품하기 곤란한 문제이다. 남편을 떠올려본다.

스팸메일을 삭제하려다가 문득 멈췄다. 어느 날 내가 알고 있던 사람들이 다 사라진다면?

나를 기억해줄 사람이 한 사람도 없는 세상을 상상해보았다. 그동안 그런 상상을 해본 적이 단 한 번도 없었다. 그런데 한 번 그런 상상을 하고 보니 어떻게 그동안 그런 상상을 한 번도 해보지 않았는지 오히려 이상했다. 아무도 나를 기억할 사람이 없을 때 나는 어떻게 세상과 소통할 수 있을까. 소름 끼치는 일이다. 그렇다면 내게 어떤 일이 일어나더라도 변치 않고 나를 찾아오는 건 이 스팸메일뿐이지 않을까. 내가 아무리 함부로 취급해도 변함없이 나를 찾아와 의식주에 부족함은 없는지, 급전이 필요하지는 않은지, 아픈 데는 없는지 묻는 건 스팸메일들일 것이다. 그렇게 나에게 관심을 보일 존재가 어디 있겠는가. 스팸메일이 나의 외로움을 달래는 대안이 되다니. 아이러니이다. 이젠 스팸메일을 마구 삭제하지 않기로.

생수 주문이 제대로 됐는지 확인하고 창밖으로 눈길을 돌렸다. 창밖으로 눈길이 가게 된 건 무엇인시 환한 느낌 때문이었나. 정말로 흰 무더기가 눈앞을 환하게 밝히고 있었다. 벚꽃이었다. 아파트 입구에 인제부터 저런 벚나무들이 있었지. 눈이 부셨다. 인터넷검색을 하며 생뚱맞은 상상에 빠져 있는 나를 한심하게 만드는 흰 꽃무더기였다. 눈부신 흰 꽃무더기.

저런 흰 꽃무더기들이 빗속에 푹신 젖어 있던 곳에 남편과 서 있던 일이 생각났다. 시커먼 개울이 흐르는 양편으로 흐드러지게 꽃을 피운 벚나무들이 주저앉듯이 늘어선 곳이었다. 둥치는 굵직하고 키가 낮은 벚나무들이 개울 쪽으로 가지를 늘어뜨리고 있었다. 해가 질 무렵이었고 비는 줄기차게 내렸다. 개울물이 시커멓게 불어나 흰 꽃무더기를 적시고 있었다. 주위는 점점 어두워지고 개울물은 자꾸 불어났다. 바로 옆길은 백화점과 상가가 북적이는 대로였다. 불과 몇 걸음 안의 이면도로에 그런 곳이 존재하다니. 나는 반세기쯤 거슬러 올라간 듯한 퇴폐적이고 몽환적인 풍경을 넋을 잃고 바라보았다.

그때 우리의 미래가 이렇게 불투명하게 진행되리라는 기미를 느꼈던가. 그때 남편은 무슨 생각을 하고 있었을까.

벽에 흰색으로 아이의 발을 그렸다. 그려놓고 보니 물에 빠진 발 같았다.

피트니스클럽으로 가 트레드밀부터 달렸다. 40분을 달리자 8Km에 이르렀다. 지금까지 193Km를 달려왔다. 200Km가 멀지 않다. 물을 마신 뒤 스트레칭으로 몸을 풀어주려고 스포츠댄스실 문을 열었다. 남자가 굉음을 울리고 있었다. 문을 닫고 근력강화운동을 시작했다. 내일은 하프코스에 처음 참가하는 날이다. 바로 전날인데 조금 지나치게 달린 듯싶다.

30. 하프코스 참가기

주최 측에서 보내준 안내책자를 차근차근 읽어보았디. 기념품은 다행히 면도기 같은 홍보용 신제품이 아니었다. 수수하게도 기능성 티셔츠였다. 줄발순서는 오전 9시에 풀코스부터 시작해 하프코스, 10Km 단축코스 순으로 진행한다니 거리로 보나 참가자들의 긴장도로 보나 합리적이다. 지난번 대회는 가장 거리가 짧은 5Km부터 출발시켜 어이가 없었다. 상식이나 보편타당한 개념이 있는 건지 이해할 수 없는 진행이었다. 덕분에 주최 측에서 마련했다는 푸짐한 먹을거리는 최단거리 5Km 참가자들이 싹쓸이한 통에 구경도 못했다. 장거리를 달려온 참가자들에 대한 배려가 없는 아둔한 대회였다.

영양보충식은 풀코스의 15Km, 30Km 지점과 하프코스의 15Km 지점에서 초코파이와 바나나를 제공하기로 되어 있다. 보충식으로 그래놀라를 준비했지만 가지고 갈 필요는 없겠다. 주최 측에서 제공하는 것으로 만족하자. 엠피스리 외에는 아무것도 지니지 말자.

기록을 측정하기 위해 참가자들은 기록칩을 반드시 부착해야 한다. 만약 칩을 부착하지 않거나 출발, 도착 및 반환점에 설치된 기록측정용 매트를 밟지 않을 경우에는 기록이 측정되지 않는다. 매트를 지날 때마다 참가자들의 기록이 시끄러운 소음을 울리며 측정된다. 한여름 매미 소리보다도 더 정신 사납게 맴맴거린다.

기록칩은 피니시라인에 도착하자마자 반납해야 한다. 그래야 신청서에 기입한 휴대폰으로 신속하게 기록을 받아볼 수 있다. 기록은 휴대폰 문자메시지로 몇 시간 안에 날아온다. 기록칩은 일회용이 아니기 때문에 여러 대회에서 이용하기 위해 수거한다. 사정상 대회에 불참한 경우에는 등기우편으로 칩을 반송해야 한다. 단서도 붙어 있다. '칩을 반납하지 않거나 분실할 경우 22,000원을 배상해야 함.' 칩 가격이 생각보다 비싸 놀랐다.

실격처리 부분도 살펴본다. 원활한 대회준비를 위해 참가자격 양도 및 대리참가를 인정하지 않는다. 누가 양도를 했는지 대리참가를 했는지 어떻게 알아내는지 궁금하다. 생체인식시스템이라도 가동하고 있다는 걸까. 그럼 참가자들이나 나의 생체정보가 어딘가에 입력 저장되어 마라톤대회마다 돌고 있다는 이야기인데, 소름이 끼친다.

타인의 기록칩을 달고 달리는 등 정확한 대회기록을 방해하는 일체의 부정행위를 금하며 그런 참가자의 기록을 인정하지 않는다. 그렇지 않으면 대회가 원활하게 돌아가지 않을 테니까 단호히 그래야 한다. 마라톤대회 한 번 여는 데도 별의별 일이 다 생긴다. 번호표를 부착하지 않거나 임의로 변경하여 부착할 경우 실격 처리된다. 칩을 복수로 착용하고 참가할 경우도 대회운영요원에 의해 참가가 제지되며 실격 처리된다. 어떻게 한 개 이상의 칩을 가질 수가 있는지 알 수 없다.

출발대열의 뒤편에서 처처히 출발했다. 출발을 앞두고 무척 부담이 되었다. 10Km 코스의 두 배를 넘는 거리라 그에 대한 부담이 컸다. 만일 하프코스에서 목표기록을 내지 못하거나 완주하지 못한다면 다가올 풀코스에 치명적인 영향을 미칠 것이기 때문이었다. 그 부담 때문에 다리에 마비가 오거나 현기증을 일으킬지도 몰라 긴장되었다.

출발지점에서 5Km를 지나자 긴장이 풀리며 몸이 자유로워졌다. 처음 하프코스를 달릴 때 남편은 어떤 모습이었을까. 무슨 생각을 하며 1시간 39분을 이겨냈을까. 그날 그의 다리는 어떤 모습이었을까. 고개를 젓고 마음을 다잡았다. 남편 생각을 누르고 마라톤이론을 기억하는 데 집중하자. 오버페이스를 경계하자. 오버페이스만 하지 않으면 완주할 수 있다. 경기 도중, 구급차에 오를 여유란 없다. 구급차에 실려가는 것도 여유로 여겨질 만큼 내게는 완주가 절실하다. 경주로를 딛는 내 한 걸음 한 걸음이 남편의 마라톤에 다가가는 유일한 길이다.

변화를 주기 위해 주변 참가자들을 경쟁자로 삼고 그들 사이에서 달리기도 했다. 그러나 절대 치고 나가지는 않았다. 그렇게 힘을 분배하는 데 신경을 썼다. 10Km 코스를 달릴 때 중반에 속력을 올렸다면 하프코스에서는 후반부에 힘을 집중하기로 했다. 10Km 반환점까지의 기록은 목표시간보다 빠른 편이었다. 그러나 시간이 갈수록 근육의 탄력이 떨어지는 느낌이 들었다. 15Km가 가까워질 때쯤 구급차 사이렌 소리가 들렸다. 동생이 떠올라 가슴이 철렁하며 억센 손아귀가 정수리를 잡아채는 느낌이 들었다. 하프코스를 달리던 동생이 쓰러진 지점이었다. 다리가 휘청해 하마터면 주저앉을 뻔했다.

페이스감각을 잃지 않으려고 상상을 했다. 음표 무늬가 있는 흰 천이 상상 속으로 펄럭, 하고 날아 들어왔다. 아이의 옷을 만들기로 했다. 상상 속으로 재봉틀 한 대를 옮겨왔다. 배냇저고리. 우주복. 원피스. 음표 무늬 천을 펴 마름질하기 시작했다. 노루발 뒤로 음표 무늬 천이 뭉게뭉게 밀려가 쌓였다. 마치 음표들이 구름을 타고 둥실둥실 움직이는 것 같았다. 음표들에 음을 입히고 리듬을 실어보았다. 그러자 음표 무늬 옷을 입은 아이들이 나타났다. 음과 리듬에 실려 온 아이들이 나를 에워싸자 합창하는 기분이었다. 음표 무늬 옷을 입은 상상의 힘으로 17Km, 18Km 안내판을 지났다. 19Km를 지나는데 가슴이 두근거렸다. 여기서부터는 전력질주해야 한다. 다시 온몸의 근육과 힘줄이 팽창하는 게 느껴졌다. 피니시라인이 눈앞에 솟아올랐다. 마지막 변속할 지점이었다. 400미터, 딱 트랙 한 바퀴였다. 그곳에서 나의 아이를 만날 것이었다. 나는 나의 아이를 향해, 피니시라인을 향해 사력을 다해 달렸다. 드디어 피니시라인, 전광판의 숫자가 번쩍였다. 2:13:07

울컥 눈물이 솟아나왔다. 눈물을 훔치며 칩을 반납했다. 나는 하프코스, 21.0975Km를 완주했다. 기온 14°, 습도 64%에 풍속 초당 3m의 날씨였다. 나는 첫 하프코스 완주메달을 목에 걸고 세상을 향해 말을 걸었다. 와라. 어떤 일이든.

풀코스에 성큼 나서선 기분이다. 이 기록으로 가늠해본다면 풀코스도 목표시간 안에 완주할 수 있을 것이다. 도중에 불상사만 생기지 않는다면.

31. 미연, 제니퍼 그리고 나

메달을 목에 걸고 집에 돌아오는 길에 미연의 전화를 받았다.

"죽지 않고 살았네? 목소리 들으니 아주 닭목이라도 비틀겠는데."

"어유, 농담하고는. 웬일이니?"

"너 궁금해서지. 하프코스 무사히 완주한 거니?"

"그럼. 물론이지!"

"정말 몸 괜찮아?"

"괜찮고말고."

"그럼 우리가 너한테 갈게."

"우리라니?"

"제니퍼하고. 그동안 못 봐서 제니퍼도 궁금했대. 너 풀코스도 응원할 겸 말야. 그 전에 오늘밤에 시간이 없잖아."

"정말? 오, 눈물겨운 우정. 지금 집에 가는 중이니까 이따가 보자."

미연과 제니퍼는 월계관을 흉내 낸 꽃리스와 샴페인을 들고 나타났다. 나는 들어오는 길에 슈퍼에서 닭을 한 마리 사 와 로즈마리치킨을 준비하고 그들을 맞았다. 현관에 들어선 미연과 제니퍼가 월계관이라며 내 머리에 리스를 씌워주었다. 로즈마리치킨의 향기가 예전 모임을 떠올리게 한다며 떠들썩하게 인사들을 나눴다. 살이 왜 이렇게 많이 빠졌느냐, 몰라보겠다며 제니퍼가 나를 못 알아보는 시늉을 했고 마라톤 덕이라며 미연이 제니퍼에게 눈을 찡긋했다.

"조카는 별일 없나요?"

"아, 내 조카는 출입국관리소 직원에게 붙잡혀서 필리핀으로 돌아갔어요."

"안됐군요. 큰 문제 생기지 않아 다행이네요."

"그렇습니다. 하지만 홀가분합니다."

집을 둘러보던 미연이 벽의 아이의 발 그림을 바라보며 놀란 채 서 있다.

"이게 뭐야, 이게 뭐야……."

미연이 거듭 중얼거렸다.

"내 아픔, 바람, 뭐 그런 거……."

나도 중얼거렸다.

미연이 두 손으로 얼굴을 감싸고 있다가 이렇게 말했다.

"나도 여기에 아이 발 두 개만 그리게 해줘."

미연이 아이의 발을 그리는 동안 제니퍼와 나는 그 옆에 조용히 서 있었다. 제니퍼가 내 손을 잡았다.

"그 교수님도 보스턴마라톤을 달렸습니다."

식탁에 돌아와 앉자 제니퍼가 한국어 문장을 쏟아놓았다.

"게이 마라토너군요."

"네. 교수는 남자친구와 보스턴마라톤을 달렸습니다."

"오, 제니퍼. 그사이 한국말이 이렇게 늘었어요? 우리 모임도 없었는데."

"하하하. 조금 늘었지만 여기까지입니다. 지금부터는 영어로 말하겠습니다."

"에이, 수업도 아닌데."

"그런데 그 교수는 당신을 전혀 사랑하지 않았나요?"

"그는 나를 제자로서 아낄 뿐이었습니다. 마음이 아팠지만 어쩔 수 없었습니다. 그가 세상을 떠났고 나는 거기 더 있고 싶지 않았습니다. 그래서 한국으로 왔습니다."

샴페인을 따라놓고 제니퍼는 눈가가 붉어졌다.

"그동안 고시원 주인과 이야기 많이 나눴습니다. 주인은 말을 잘 하지 않는 사람입니다."

"말이 없는 사람하고 어떻게 이야기를 나누게 되었지요?"

"고시원 주인도 마라톤을 하기 때문입니다. 내가 말을 걸었습니다. 주인은 매일 달립니다. 풀코스를 여러 번 완주했고 보스턴마라톤도 완주했습니다. 얼마 전에 두 번째로 보스턴마라톤을 달렸습니다."

"아……."

나는 입을 다물었다.

"혹시 그 고시원 주인이 고시생이었다는 말도 하던가요?"

미연이 제니퍼의 말에 끼어들었다.

"그렇습니다. 주인은 계속 고시에 실패하는 바람에 고시촌을 벗어나지 못했다고 했습니다."

'그렇습니다'. 제니퍼의 저 한국 말투, 그 남자의 말투다.

"주인은 아내가 자신을 견디지 못하고 떠났다고 했습니다. 이혼한 뒤 부모님이 고시원을 물려줬다고 했습니다. 주인은 자기에게 남은 건 마라톤뿐이라고 말했습니다."

미연이 훌쩍거렸다.

"제니퍼. 고시에 계속 실패했던 남편이 있었어요. 남편은 고시촌을 벗어나지 못했고 그의 아내는 두 번이나 사산하고 아이를 가질 수 없게 되었죠. 그런데 그가 지금은 고시원을 운영하고 마라톤을 하고 제니퍼와 이야기를 나누는군요."

미연이 제니퍼를 똑바로 바라보았다. 제니퍼와 나는 서로 마주 바라보기만 했다. 미연은 웃다가 훌쩍이다가 택시를 불러 타고 집으로 돌아갔다. 제니퍼를 배웅하며 나는 남자의 곤두박질을 떠올렸다.

제니퍼와 미연이 다녀간 뒤 마음이 뒤죽박죽이 되었다. 하프코스를 완주한 뒤여서 몸도 피곤했다. 누운 채 벽을 올려다보았다. 미연이 그려넣은 아이의 발 두 개가 수많은 발 중에서도 눈에 띄었다. 잠 속에서 나는 무엇을 찾아 머리 위에 출렁거리는 아이의 발 사이를 헤치고 돌아다녔다. 아이의 발들이 머리를 퉁퉁 차는 느낌이었다.

잠에서 깨자 한결 기분이 개운했다. 미연에게 전화를 해볼까 하다가 그만두었다. 나는 벽으로 가서 곤두박질하는 기분으로 아이의 발을 잔뜩 그렸다.

누적거리는 오늘 하프코스를 달린 것까지 214Km가 되었다. 드디어 200Km를 훌쩍 넘어섰다.

32. 페이스분배표

대회 날 손목에 두를 페이스분배표를 만든다. 구간기록을 체크하며 오버페이스하지 않고 목표페이스를 유지하기 위해서이다. 체감페이스에만 의지해 달리다가 완주하지 못하는 일이 생길 수도 있다. 하프 코스 완주기록을 바탕으로 풀코스기록을 산출해보았다. 예상 완주시간은 4시간 37분 17초다.

내 페이스분배표는 이렇다.

1Km에서 00:06:40

5Km에서 00:32:52

10Km에서 01:05:45

15Km에서 01:38:38

20Km에서 02:11:33

하프지점에서 02:18:38

25Km에서 02:44:27

30Km에서 03:17:22

35Km에서 03:50:17

40Km에서 04:23:06

42.195Km에서 04:37:17, 마침내 피니시라인 통과.

이 도표의 수치는 어디까지나 가정이다. 나는 이 가정에 최대한 가까워지려고 노력할 뿐이다. 이 분배표의 수치를 구간마다 체크해 오버페이스하지 않도록 주의할 것이다. 최고의 컨디션과 최악의 기록은 오버페이스라는 동전의 양면이다. 퍽 멋을 부린 듯한 이 말이야말로 실은 마라톤의 정곡을 찌른 표현이다. 내 페이스가 주위 참가자들보다 앞서 있으면 공연히 우쭐해 속력을 높이려는 욕심이 발동한다. 이 목표치는 그렇게 분위기에 휩쓸리지 않도록 견제하는 역할을 해줄 것이다.

분배표의 수치는 Km당 7분 11초의 페이스를 보여준다. 내 하프코스의 기록은 6분 34초의 속도로 달렸다는 계산이 나온다. 그러나 하프코스와 풀코스는 규모가 다르다. 평면적인 산술계산만으로 이루어질 일이 아니다. 그 점이 페이스분배표의 과학적인 수치에 반영되어 있다. 하프코스 거리를 달리고도 다시 그만큼의 거리를 더 달려야 한다는 중압감에 눌려 일어서지 못할 수도 있을 것이다. 한 발 한 발 마지막 힘을 끌어내며 걸음을 옮기는 내 모습을 상상해본다.

이제 풀코스는 1주일 남았다. 지금부터는 음식조절이 가장 중요한 훈련이다. 풀코스를 완주하는 데 연료가 되는 탄수화물 축적이 무엇보다 중요하다. 밥보다는 찰밥이나 호밀빵, 파스타 종류가 더 흡수가 잘된다. 남편이 대회참가를 앞두고 찰떡을 준비해달라는 말을 한 것 외에 음식에 신경을 썼던 기억은 없다. 대회 날 아침의 찰떡 몇 쪽이 남편의 유일한 마라톤용 식단이었다.

카보로딩. 탄수화물을 집중적으로 축적하는 방법이다. 프로선수들은 대회 전 1주일 동안 집중적으로 탄수화물을 섭취한다. 그 이전의 1주일 동안에는 탄수화물 섭취를 완전히 끊고 철저히 육류만 섭취한다. 이때가 선수들에게는 가장 고통스러운 기간이다. 그 기간을 겪은 뒤 대회를 1주일 남겨둔 때부터 탄수화물을 집중공급하는 방법을 쓴다. 물론 탄수화물의 흡수를 최대화하기 위해서다. 저장된 탄수화물은 운동에너지로 고스란히 전환되어 완주할 때까지 연료로 쓰일 것이다. 지금부터는 억지로라도 탄수화물 양을 늘려야 한다.

앞으로 1주일, 지금까지 훈련강도를 올리는 데 집중했다면 이제부터는 훈련강도를 줄이는 방식으로 옮겨가야 한다. 전설적인 마라토너 에밀 자토페크가 대회를 앞두고 부상으로 입원했을 때 훈련한 방법이다. 10,000m를 200m나 400m씩 나눠 각 구간을 전력질주하고 구간 사이마다 서서히 달리는 '인터벌 트레이닝'이다. 힘은 늘리고 근육의 피로를 줄일 수 있는 방식으로 지금까지도 장거리 육상선수들이 널리

이용하는 훈련법이다. 자토페크는 이 훈련법을 고안함으로써 '육체는 혹독한 훈련에 적응하며 더욱 강해진다' 는 교훈을 남겼다.

　대회 1주일 전이라는 사실을 잊지 말자. 달리고 싶은 기분을 억제하는 일이 힘들다. 지금까지 훈련해온 힘든 과정을 얼른 시험해보고 싶은 욕심 탓이다. 욕심을 참기가 풀코스 달리기에 대한 두려움을 물리치기만큼이나 쉽지 않다더니 정말 그렇다. 연습량은 그동안 계속해온 주간 훈련량의 40%를 넘기지 않아야 한다. 평균 잡아 지금까지 나의 주간 합산거리는 50Km 정도다. 그렇다면 이번주는 20Km를 넘으면 안 된다는 이론이다. 이 마지막 1주일은 훈련강도를 줄여가는 시기이기 때문이다. 대회 당일을 제외하고는 매일 3Km 이상은 달리지 않는 게 유익하다는 얘기다. 그래도 될까. 왠지 불안하다. 나는 시작부터 이미 마라톤 이론의 정석에서 뒤져 있었다. 이론을 새기기는 하지만 그대로 따를 수만도 없다.

　지금부터는 대회 당일의 출발시간과 맞춰 달려보기도 하고 몇 번쯤 100m 달리기를 해서 스피드감각도 익힐 것이다. 대회 당일의 페이스보다 빠르게 달려 몸의 탄력을 높여볼 계획이다. 다시 마음을 가다듬기 위해 목표기록을 크게 써서 붙인다.

'4시간 37분'

　지금 내 몸상태에서 바라볼 수 있는 최선의 기록이다. 만일 그 목표를 이루지 못할 경우를 대비해 두 번째 목표도 정한다. 4시간 47분이다. 마음의 안정을 위해서다. 목표기록에 못 미친다는 걸 알게 되면

페이스에 곧바로 영향을 미칠 것이다. 완주하지 못하는 불상사로 이어질 수도 있다. 느긋하게 완주하는 자체에 의미를 둘 필요가 있다.

그동안 달리기로 훈련량을 채우는 것 외에도 기본 근력을 키우는 운동도 해왔다. 달리는 동안 효율적인 자세를 유지하기 위해 복근운동도 빼놓지 않았다. 마라톤은 이렇게 다면입체방식을 총동원해 훈련하는 힘든 운동이다. 에너지가 바닥나 주저앉으려는 내 몸을 훈련으로 단련된 근력이 일으켜 세워줄 것이다. 근력에게 부탁하고 싶다. 무너지지 않게 지탱해줄 것. 근력이 약속해주리라 믿는다 마라톤 풀코스를 달리기 위한 훈련이 달리기 하나만으로 이루어지는 게 아님을 실감한다. 정신무장과 음식섭취 등 생활 전체가 모두 조화를 이루어야 한다. 인간행위의 규범을 연구하는 분야가 윤리학이라면 마라톤은 그것에서 한발 더 나아간다. 달리는 행위로 그것을 실천하는 점에서 한빌 더 나아간다는 것이다.

물을 충분히 마실 것. 마라톤에서 수분을 충분히 섭취해야 한다는 건 더 강조할 필요도 없다. 갈증이 느껴진다면 이미 탈수증이 시작되었다는 신호다. 머지않아 심장에 무리가 오고 근육의 글리코겐이 고갈되어 다리가 마비되리라는 걸 알려주는 경고이다. 이런 증상들과 절대로 마주치고 싶지 않다. 마비된 다리를 부여잡고 주저앉아 앞서 달려나가는 주자들을 안타깝게 바라보고 싶지는 않다. 출발하기 2시간 전에 240ml의 물을 마시고 코스에 마련된 모든 급수대를 그냥 지나치지 말자. 열심히 물을 마셔 혈액의 이동을 순조롭게 하고 심장발작과 근육의 경련을 예방하자. 급수대에서 몇 분 지체하는 것을 아깝게 생각하는 바보는 되지 않을 것이다. 풀코스에서는 급수대에서 몇 분 지체한 것이 마지막에 몇십 분을 벌 수 있게도 해준다지 않는가.

음식은 대회 출발 전에 300칼로리 정도를 섭취한다. 달리는 도중에도 보충식으로 에너지를 채워줘야 한다. 곡물바 종류나 초콜릿 등이 도움이 된다. 달리는 중에 공급하는 에너지는 글리코겐 고갈과 현기증을 예방한다. 보충식은 매 시간마다 물과 함께 섭취하는 게 좋다. 그래서 대회 주최 측은 하프코스와 풀코스 경주로에 바나나와 초코파이를 준비한다.

마라톤 풀코스 완주, 그것은 무엇일까. 다른 차원의 세계나 징후와 대면하는 일? 도대체 무엇일까. 수많은 마라토너들이 풀코스를 완주한 뒤 자신의 감회를 쏟아냈다. 스스로 감동한 나머지 터져 나온 잠언들일 것이다. 멀고 험한 길을 달려와 피니시라인을 통과한 뒤 뱉어낸 감동의 문장들을 기억해본다. 기억하는 것만으로도 가슴이 두근거린다. 나는 그날 풀코스를 완주한 뒤 어떤 말을 토하게 될까.

'마라톤이란 30Km를 멍하니 달려간 다음 나머지 12.195Km를 제대로 달리는 운동이다.' 마라톤을 친근하고 재미있게 여기게 해주는 표현이다.

'나는 내 영웅을 만났다. 그는 바로 나다.' 마라톤 이론가의 비장미가 흐르는 표현이다. 할리우드 영화의 결말부분 같기도 하다.

'16Km에서 상태가 안 좋다면 문제가 생긴 것이다. 32Km에서 상태가 안 좋다면 정상이다. 42Km에서도 컨디션이 좋다면 환각상태에 있는 것이다.' 뉴욕시티마라톤 참가자의 통찰이다. 참으로 분석적이며 위트가 배어 있는 문장이다. 그날 나는 어떤 상태일지 이 표현을 기억하며 달릴 것이다.

'5시간이 넘게 먼 길을 달린 오늘의 기억은 내 모든 근육과 세포 구석구석에 새겨질 것이다. 그래서 언젠가 내 의지와 이성이 약해질 때 그때는 몸이 기억하고 있는 오늘의 힘과 용기가 나를 이끌어갈 것이다. 자신을 넘어서는 경험이 중요한 것은 이런 의미 때문이라고 나는 생각한다.' 춘천마라톤 완주자의 소감이다. 성실한 모범답안이다.

'두 번 다시는 마라톤을 하지 않을 것이다.' 어느 춥고 비 오는 날 풀코스를 완주한 오프라 윈프리는 그렇게 말했다. 그녀의 기록은 4시간 30분이었다. 그녀는 마라톤으로 체중감량에 성공하며 그녀의 인생을 통째로 바꿨다. 나도 그녀처럼 내 인생을 통째로 바꿀 수 있을까.

인간기관차로 불리는 자토페크는 경기 출발선에서 이렇게 말했다. '여러분, 우리는 오늘 약간의 죽음을 경험할 것이다.' 그 대회에서 그는 우승했다. 우승한 뒤 그는 또 이렇게 말했다. '우리는 근본적으로 다른 사람들과 다르다. 우승을 원한다면 100m를 달려라. 그러나 인생을 경험하고 싶다면 마라톤을 하라' 라고. 10,000m 경기에서 자토페크는 처음부터 끝까지 선두를 유지했다. 다른 선수들은 그의 뒤를 줄지어 달렸다. 그 모습이 마치 열차 같다고 해서 그를 '인간기관차'

로 부르게 되었다고 한다.

멀고 험한 길을 달려와 피니시라인을 통과한 뒤 뱉어낸 감동의 한 마디는 그밖에도 수없이 많다. 그때까지 오직 완주를 향해 전력투구 해온 시간과 감동의 주머니가 결국 차고 넘쳐버린 것이다. 참가자들 개개인이 겪은 독특한 경험은 각각의 감동적인 이야기로 완성될 것이다.

남편도 출발선에 섰을 때 약간의 죽음을 경험할지도 모른다며 죽음의 각오를 다졌을 것이다. 완주하고 난 뒤엔 '인생을 경험하고 싶다면 마라톤을 하라'는 감격을 토했을 것이다. 그리고는 그 감격을 그녀의 몸속에 밀어넣었을 것이다. 그 몸속 깊이 한 아이를 심어놓고 싶었던 것일까.

33. 금연은 쉽다

하프코스의 여파로 온몸이 뻐근하다. 오늘은 학생들에게 금연지도를 하는 날이다. 중학생들은 금연지도가 절실한 대상으로 금연에 도움이 되는 운동을 함께 지도한다. 금연한 경험이 있는 나로서 인성교육 중 가장 중점을 두는 부분이기도 하다.

학교에 내 자리는 따로 마련되어 있지 않다. 나는 바로 특별활동수업이 있는 교실로 간다. 내가 지금도 담배를 피우고 있다면 어떻게 되었을까.

다음 항목 중 대회를 앞둔 마라토너에게 가장 해로운 건 무엇일까.

비만, 흡연, 음주, 섹스.

마라토너에게 가장 독이 되는 항목을 꼽으라면 나는 주저 없이 흡연을 택할 것이다. 흡연의 가장 저급한 속성은 집중을 방해한다는 점이다. 마라톤은 집중이 무엇인지 보여주려고 태어난 종목이다. 서로 상극관계다. 그야말로 마라톤에는 치명적일 수밖에 없다. 흡연은 항상 흡연할 생각에만 매이게 해 어떤 일에도 장시간 집중할 수 없게 만든다.

가령 담배를 피우는 사람이 마라톤을 한다고 치자. 흡연 참가자는 우선 출발하기 전 마음을 가다듬는 의미로 담배에 불을 붙일 것이다. 바로 앞에 다가온 머나먼 레이스를 생각하며 아주 깊이깊이 담배를 빨아들일 것이다. 자신의 흡연습관과 위안 덩어리인 담배에게 감사의 시선을 보내며. 비흡연 참가자라면 머나먼 레이스를 위해 준비운동에 공을 들이고 있을 때이다.

이윽고 흡연 참가자는 심호흡을 하며 마음의 안정을 찾았다고 여기고 출발하려 한다. 10Km도 하프코스도 아니고 장장 42.195Km에 이르는 거리이다. 생각해보니 의지할 무엇인가가 있어야겠다는 생각이 간절해진다. 흡연 참가자는 위안 삼아 슬그머니 담배를 주머니에 꿍쳐넣고 출발한다. 흡연 참가자는 경주로 중간에 나타나는 임시 화장실들을 그냥 지나칠 수 없다. 한 개비씩인데 뭘, 하며. 그때마다 흡연 참가자에게서 나머지 거리를 지탱해줄 집중력과 에너지가 빠져나간다. 결국 얼마 가지 못해 흡연 참가자는 집중력과 에너지 고갈로 레이스를 포기하게 되고 말 것이다.

나는 흡연한 지 10년 만에 담배를 끊었다. 10년 동안 하루도 담배에서 자유로운 날이 없었다. 언제 피우면 냄새가 덜 날지, 언제가 맛을 가장 효과적으로 느낄 수 있을지, 잠시도 마음이 편치 않았다. 나는 담배 한 개비를 두 번에 나눠 피웠다. 담배는 필터에 가까워질수록 맛이 깊어졌다. 그런 기호에 과학적인 근거가 있는지, 아니면 담배의 속성이 그런지는 몰랐다. 흡연하는 동안 그렇게 믿었고 그렇게 피웠다. 그러느라 나는 점점 고립되어갔다.

금연에 있어 서서히 금연하는 방법이란 하나의 마케팅에 불과하다. 금연방법 마케팅. 그것도 먹히는 세상이니까. 곧 금연할 수 있다는 안노삼을 주는 세 포인트다. 그러나 금연하는 일에 다른 방법은 없다. 단번에 끊는 것 외에는. 아이들의 표정이 비호의적으로 변한다. 한 걸음씩, 조금씩, 한 개비씩 줄여도 된다는 말을 듣고 싶었으리라. 나는 열 개비도 넘게 남아 있던 남뱃갑을 써내놓고 금연의식을 기행했디. 통째로 꺾어 멀리 던져버리기. 그 뒤로 나는 담배를 피우지 못해 달달거리지 않았다. 지금 생각해도 그때의 내가 정말 나였는지 믿기 어렵다. 그때 만일 서서히, 한 개비씩 줄여가며……, 하는 식이었다면 지금 이 경주로에 발을 내디딜 수 없었을 것이다.

금연지도시간에 내 경험을 얘기하면 아이들은 '에이, 거짓말' 그런다. 저희들에게 설득력을 얻기 위해 지어낸 이야기가 아닌가 해서 믿지 않으려고 한다. 그런 아이들에게 나는 언젠가 너희들도 믿는 날이 올 거야, 라고 응대해준다. 너희들도 언젠가 막다른 곳에 다다를 수 있을 테니……. 아무튼 나는 내 경험과 교재에 나온 지침을 엮어 아이들에게 금연지도를 계속한다.

오늘은 퇴근이 조금 늦었다. 수업은 제 시간에 마쳤으나 담당교사와 금연지도 문제로 의논할 일이 있었다. 담당교사는 학교 측에서 금연교육을 조금 더 연장해주기를 바란다고 했다. 담당교사는 할 이야기를 다 하고서도 곧바로 말문을 닫지 않았다. 게다가 말투는 늘어질 대로 늘어지고 있었다. 기다리고 계실 어머니 생각으로 초조했다.

34. 택시를 탈 수 있는 자격

담낭교사와 헤어져 달려 나왔다. 학교 앞을 지나던 택시를 잡아타고 숨을 돌렸다.

기사는 사거리에서 내가 다니는 길이 아닌 다른 길로 우회전을 했다.

"아, 이 길로 가나요? 안 다녀본 길인데."

"뭐요?"

기사가 상스럽게 반응했다.

"빨리 가는 길로 가려는데 뭐, 다른 길 있으면 가자는 대로 가주지 뭐. 어느 길로 가란 말이요?"

뭐라고 해야 하는 걸까. 어이가 없어 얼굴이 달아올랐다. 내가 무슨 잘못이라도 했다는 건가. 그 짧은 순간 오만 가지 불길한 생각이 머릿속을 교차했다. 기사는 그런 여성 승객의 심정이야 알 바 없다는 식이었다.

"아니요, 늘 다니던 길과 다른 방향이라서 한 번 말해본 거예요."

"잘 모르면 가만히 있어요, 응? 다 데려다준다고요. 매일 택시 모는 내가 길 모를까봐 그래요?"

누가 길을 모른다고 했단 말인가. 나는 단지 혼자 누워 나를 기다릴 어머니에게 조금이라도 빨리 가야겠기에 택시를 탔을 뿐이다. 말을 섞지 말아야지. 입을 다물었다.

그러나 기사는 한 번 입을 열어 승객을 제압하자 말발에 탄력이 붙은 것 같았다. 마구 택시를 몰며 자기 눈에 띄는 것이나 관심거리에 대해 장광설을 폈다. 나는 쉴 새 없이 지껄이는 기사의 말을 할 수 있는 한 흘려들었다. 한편으로는 기사가 혹시 내 반응을 살피는지 룸미러로 틈틈이 기사를 훔쳐보았다. 만일 성의 없는 반응을 보인 걸 알아차리고 그에 대한 보복이라도 할까봐 가끔씩은 네에, 그래요, 그렇군요, 하면서 최소한의 반응을 보였다. 기사가 저렇게 흥분하다가 내가 내릴 곳을 그냥 지나치지 않을까 하는 걱정이 들었다. 나는 만일 기사가 자신의 웅변에 도취한 나머지 내릴 곳을 지나쳤을 경우를 가정해보기 시작했다. 기사의 기세로 보아 나에게 사과는커녕 지나친 거리만큼의 요금까지 물라고 할 게 뻔하다. 그럴 경우 그냥 네에 당연히 제가 물어야죠, 하지 않고 당신의 실수니 당신이 물라는 등의 깐깐한 태도를 취한다면 어떤 사태가 벌어질까. 그랬다가는 여지없이 저 달변에 휘둘려 망신만 당하고 택시를 집어탄 보람도 없이 어머니에게 도착할 시간이 한없이 늦어질 것이다. 기사의 짖어대는 웅변을 막을 도리는 없었다. 제풀에 지쳐 그만둘 때까지 참아주는 수밖에. 그러니 나 스스로 정신을 바짝 차리고 있기로 했다. 내릴 곳에서 스톱을 외치기 위해.

길은 역시 막혔다. 빨리 간다는 길도 별수 없구만. 속으로 기사를 비웃었다. 기사는 그 점에 대해서는 한 마디 말도 없었다. 변명이라도 좀 해보시지. 속으로 야유했다. 그래도 다행인 건 노래는 켜놓지 않았다는 것이있다. 지난번에 어떤 기사는 내내 클래식음악을 켜놓고 짜증을 부렸다. 나는 택시 안에서 클래식음악을 감상하는 희귀한 기회를 가진 대가로 기사의 짜증을 참아내야 했다. 왜 항상 택시기사로부터 이런 대우를 받아야 하는지 알 수 없있다.

택시기사의 기호와 취향을 이해하고 그것에 맞춰줄 것. 그렇지 못하면 택시를 타지 말 것. 한국에서 택시 승객이 되려면 그 정도의 자격이 필수일 듯했다. 택시 안은 거의 대부분 기사의 왕국이나 다름없다. 택시는 제왕적 기사에게 순종하는 공간과 시간을 경험하는 기이한 시스템이다. 택시기사들의 기호는 다양하다. 기사들은 자신의 기호대로 왕국을 운영한다. 승객은 각 기사의 기호를 알 길이 없다. 이렇게 제멋대로인 통치를 경험할 수 있는 곳이 어디에 또 있을 것 같지 않다.

내릴 곳을 지나치지 않으려고 계속 정신을 바짝 차리고 있었다. 기사는 여전히 왈왈 짖어대고 있다.

"스톱! 저기요."

아니나 다를까. 그냥 지나칠 뻔했다. 큰 소리로 내릴 곳을 알려줬다. 떠들어대던 기사의 목소리가 뚝 끊겼다. 말을 다 마치지 못해 아쉬워하는 기색이 역력했다. 요금은 6,900원이 나왔다. 기사에게 7,000원을 건넸다. 기사가 거스름돈을 주려고 동전통에 손을 댔다.

"됐어요. 가지세요!"

기사가 비굴하게 웃으며 좋아했다. 나는 거스름돈 100원을 선심 쓰는 것으로 기사의 횡포에 복수했다. 택시에서 지상으로 발을 내딛는 순간 갇혀 있던 자유가 뭉클뭉클 피어올랐다. 앞으로 절대 택시 탈 일이 없기를 바라며 어머니를 향해 달렸다.

달려와 현관문을 열자 어머니는 왜 이렇게 늦었느냐고 너 기다리다가 굶어 죽겠다고 화를 냈다. 어머니에게 이르기까지의 우여곡절을 어머니가 알 리 없었다. 그렇게 배고파 죽을 지경이면 어머니 스스로 찾아 드시면 되잖아요. 내가 어떤 수모를 당하며 여기까지 달려온 줄 알기나 하세요. 어머니만 아니면 그깟 택시 탈 일도 없다구요. 속으로 부르짖었다. 정 다급하면 뭔들 못하겠느냐는 말이다. 실은 어머니도 그 정도는 움직일 수 있으니까, 침대에서 다리를 내려 바닥을 디디기만 하면 당신의 본능적인 욕구는 해결할 수 있지 않은가. 다급한 허기나 배설 정도는 말이다.

"아무도 지키는 사람이 없을 때를 대비해서라도 어머니 스스로 움직이려는 노력을 해야 돼요. 혼자 할 수 있는 일을 조금씩 시도해보시라고요."

　당장에 어머니를 자리에서 일으켰다. 허리보호대를 채우고 어머니 혼자 침대에서 내려오게 했다. 어머니는 울상이 되어 찡찡거리며 시키는 대로 따랐다. 방바닥에 내려선 어머니는 두 팔을 앞으로 뻗어 걷기 시작했다. 어머니는 두 팔로 평형을 유지한 채 몇 걸음 걷다가 문지방 앞에서 주춤했다. 문지방을 넘은 어머니는 냉장고 앞까지 가서 손잡이를 잡았다. 어머니가 당신의 허기를 해결하려고 직접 냉장고 문을 연 것은 수술 후 처음이다. 어머니는 냉장고에서 요구르트를 꺼냈다. 칭찬의 의미로 어머니에게 숟가락을 쥐여주었다

　"거봐요. 어머니 혼자 잘하시잖아요."

　마음이 풀어져 어머니를 칭찬했더니 어머니두 만족스런 표정이다. 침대에 오르기 쉽게 부축하고 바른 자세로 앉힌 다음 식판을 어머니 잎으로 당겼다. 식판을 향해 어깨를 웅크리고 음식에 입을 바짝 대는 어머니는 초라하고 서글픈 모습이다. 어떨 때는 인간의 행위 중 먹는 행위가 가장 초라하고 서글프게 여겨진다. 어머니가 요구르트 한 개를 다 드셨다. 어머니 얼굴에 땀이 맺혀 있다. 물휴지로 어머니 얼굴의 땀을 닦아낸다. 물병에 빨대를 꽂아 어머니 입에 대준다.

　산책로에 나갔다. 며칠 만에 남자를 본다. 달리기를 마친 남자가 내게 알은체를 한다. 남자의 모습에 미연의 윤곽이 입혀진다. 남자를 대하는 게 더욱 거북해졌다. 잘 아는 사람인 듯싶고 그러면서도 잘 모르는 사람처럼 대해야 하는 난처한 기분이다. 하지만 아무렇지 않은 척

나도 인사를 건넨다.

"잘 지내셨어요?"

"그렇습니다."

저 말투. 제니퍼가 떠오른다.

하프코스를 달린 다음 날이므로 두 번만 왕복했다. 누적거리는 219Km다.

35. 스물다섯 바퀴를 돈다

그날이 생각나서가 아니다. 대학 운동장 트랙을 달려보기로 했다. 스물다섯 바퀴를 돌기로 한다. 물과 바나나를 운동장 잔디에 놓아두고 하늘을 올려다본다.

바나나껍질을 스물다섯 조각으로 잘랐다. 트랙 수를 세다가 헷갈릴 수 있어 한 바퀴 돌 때마다 출발지점에 던져놓기로 했다.

42.195Km를 트랙으로 달리자면 도대체 몇 바퀴를 돌아야 하나. 소라, 고동, 달팽이와 나선형의 건물 내부계단을 조감한 장면과 히치콕의 영상기법 등이 저 아래 한 점으로부터 열을 지어 나선형으로 떠오른다. 마치 무슨 대회의 참가자들이 자기소개를 마치고 재빨리 회오리 속으로 사라지는 것 같다. 풀코스 거리를 이 트랙으로 달린다고 생각해본다. 그렇게 돌다가 평형기관이 교란을 일으키는 건 아닐까. 귓

속을 돌던 돌알갱이들이 이어지는 회전에 방향을 잃고 아무 데로나 들어가버리면 어떤 일이 벌어질까. 눈앞의 축구골대가 갑자기 곤두박질하며 회전하겠지. 타원주머니가 텅 비어 기능이 멎어버리면 어떻게 되는 거지. 트랙을 돌다가 갑자기 쓰러지는 건가. 스물다섯 바퀴를 돌며 그런 상상을 펼쳤다.

아이의 발이 나선형으로 그려진다. 여러 개를 그려본다. 다른 발들도 나선형으로 보인다. 합산거리는 229Km가 되었다. 229Km라는 어마어마한 거리가 나선형으로 이어지는 상상을 해본다.

36. 오직 고통을 견딜 뿐이다

　오늘은 대회코스보다 험한 환경을 경험해보려고 경사진 보도를 달린다. 늘 달리는 산책로에서 벗어나 아파트단지를 끼고 도는 오르막길이다. 훈련시간도 대회 진행시간과 같은 시간대를 택해보았다. 지나가는 사람들 틈을 비집기도 하고 앞으로 바싹 다가가며 달리기도 했다. 돌발상황에 대한 나름의 훈련방법이다. 사람들은 다가오는 나를 발견하고 주춤하며 옆으로 비켜 걷기도 하고 흘겨보기도 한다. 나도 그들의 행동에 맞춰 멈칫하다가 곧장 본래의 페이스를 찾는다. 사람들을 지나칠 때의 열기나 사물이 마주칠 때 발산되는 바람 같은 느낌이 생동감을 준다. 매일 달리는 길을 반복하는 것보다 힘은 들어도 지루하지 않다. 횡단보도 지점을 반환점 삼아 되돌아 달리기 시작했다.

　남편이 풀코스를 완주했던 그 일요일은 평소와 확연히 구분이 되는

날이었다. 그가 처음으로 풀코스를 완주한 날이었고 내 생일이기도
했다. 나는 어머니를 간병하며 전화로 그의 완주 소식을 들었다. 믿을
수 없이 기쁜 소식이었다. 전화를 끊고 나서 남편이 생일선물 대신 건
넨 돈으로 무엇을 살까 생각하며 나머지 하루를 보냈다. 남편이 풀코
스를 완주한 것만큼이나 나에게도 기록적인 기쁨이 될 선물이 뭘까
생각했지만 끝내 생각해내지 못했다.

어머니는 늘 그랬듯이 그날도 내 생일임을 기억하지 못했다. 그러
다가 남편과 통화하는 내용을 듣고서야 알아차렸다. 어머니는 내게
서랍 속의 지갑을 달라고 하더니 돈을 꺼내주며 뭐 갖고 싶은 거라도
사라고 했다. 여태 어머니가 내 생일을 기억한 건 두 번뿐이었다. 결
혼하던 해와 불임선고를 받던 해.

남편이 풀코스를 완주한 다음 날인 월요일은 늘 하던 대로 교육을
맡은 학교로 출근했다. 오전에 수업준비를 하고 점심을 먹은 뒤 집을
나섰다. 내 일과에는 아무 변화도 없었다. 남편의 일과 역시 변화가
없어 보였다. 나는 그렇게 믿었다. 그는 매일 저녁마다 내게 전화해
어떻게 하루를 보냈는지 이야기했다. 전화내용으로 미루어 아침이면
출근하고 저녁이면 퇴근해 식사한 뒤 달리는 일과의 반복이었다. 금
요일 밤이면 올라와 주말을 보내고 월요일 아침 일찍 내려가는 변함
없는 생활. 우리 둘 다 그런 변화 없는 나날을 보내고 있었다. 아니,
나는 우리 둘 다 그런 변화 없는 나날을 보낸다고 믿고 있었다. 대부
분의 사람들도 무슨 변화인가를 꿈꾸지만 결국 그저 그런 나날을 보

내지 않을까.

산길은 오르막으로 접어들었다. 새삼스럽게 산을 바라보았다. 산의 한 부분은 침엽수가 솟아 있었다. 침엽수들을 바라보자 뭔가에 가슴을 맞은 듯 통증이 느껴졌다. 저 침엽수림처럼 빈틈없이 곧게 예정된 길을 갈 수는 없을까. 맨 처음 그와 함께 운동장을 달리던 날 트랙의 레인이 떠올랐다. 매끄럽게 이어지다가 타원으로 굽었던 레인.

길은 내리막으로 곧게 이어지다가 완만하게 아파트 입구로 돌아가고 있었다. 달린 거리는 7Km에 걸린 시간은 1시간이었다. 기능성 셔츠를 입어서 땀을 흘려도 금방 날아가 셔츠가 몸에 달라붙지 않았다. 달리며 무거운 생각들도 땀과 함께 증발되길 바랐다.

나의 첫 번째 풀코스 목표, 4시간 37분. 목표시간 안에 완주할지 근접하게 성취할 수 있을지 알 수 없다. 목표한 시간에 확실하게 완주할 수 있다는 보증서가 있다면 구하고 싶다. 나는 지금 뭔가가 절실하다. 그게 무엇인지 확실하지 않다. 이렇게 계속 달리다 보면 분명해질까.

무라카미 하루키에게도 달리기는 소설만큼이나 절실한 일이었다. 하루키는 소설을 쓰는 일이 마라톤 풀코스를 달리는 것과 비슷하다고 했다. 그는 보스턴에서, 하와이에서, 도쿄에서 달렸다. 그는 매일 규칙적으로 달렸고 1주일에 6일을 매일 10Km씩 달리기도 했다. 그에게 달리기는 소설과 마찬가지로 자신이 설정한 기준에 도달하도록 집중하는 것이었다. 끝까지 달리고 나서 자신에게 자부심을 가질 수 있는가, 없는가 하는 것이 중요한 기준이었다. 달리는 일은 어제의 약점을 조금이라도 극복해가는 것이며, 마라톤에 있어 극복해야 할 대상이 있다면 그것은 바로 과거의 자기 자신이라고 했다.

단지 안으로 터덜터덜 걸어 내려오며 생각한다. 나는 왜 달리는가. 내가 설정한 기준은 무엇인가. 결국 나는 무엇에 도달하기 위해 달리는 것일까. 남편을 똑바로 보겠다는 것. 그것일까. 실은 나의 달리기도 결국은 어제의 약점을 조금이라도 극복해가는 것, 과거의 나를 극복하기 위한 것이 아닐까. 부디 이렇게 달리는 것으로 어제의 약점을 조금이 아닌 완전히 극복하기를 바란다. 그래서 처음처럼 회복할 수 있다고 한 남편의 말처럼 그 처음으로 회복하기를. 부디. 하고 보니 어쩐지 비아냥거리는 투가 느껴진다. 가능하다면 내가 아닌 완전히 다른 인격체로 탈바꿈하길 바란다. 남편을 제대로 알아야겠다고 생각했던 건 나 자신을 그렇게 알아야겠다는 것과 마찬가지일 것이다. 나는 남편을 잘 몰랐다. 남편을 잘 알지 못한다는 사실조차 느끼지 못하고 있었다. 마찬가지로 나 자신을 잘 알지 못한다는 사실 역시 못 느끼고 있었다.

항상 달리는데도 왜 달릴 때마다 힘이 드는 걸까. 하프코스를 완주한 뒤로 훈련을 대하는 기분이 가벼워졌다. 그러나 그건 기분뿐이었다. 실제로 달리는 건 달라진 점이 없었다. 익숙해지면 쉬워질 줄 알았다. 참고 달리면 쉬워지는 날이 올 줄 알았다. 그러나 그 믿음에 익숙해질 뿐 그 일이 쉬워지는 건 아니었다. 쉽게 달려지는 날은 오지도 않을 것이고 애당초 그런 건 있지도 않을 것이었다. 실망스러웠다. 삶에 보기 좋게 속은 기분이었다. 결국 알게 된 건 결코 쉬워지는 일은 없으며 익숙해질 뿐이라는 것, 그걸 알고도 계속 달릴 수밖에 없는 게 삶이라는 것뿐. 맙소사. 그것이었다.

이제 풀코스 참가는 3일밖에 남지 않았다. 그럼에도 지금 나는 고백하지 않을 수 없다. 달리기 시작했지만 달리는 동안 나는 오직 고통을 견딜 뿐이다. 매번 체력이 바닥났다는 걸 깨달으며 간신히 달린다. 나 자신에게 묻는다. 달리기가 한 번이라도 쉬운 적이 있었던가. 지쳐 쓰러지려는 자신을 발견할 뿐이었다. 이 고통을 끝낼 수만 있다면 그 어떤 것도 받아들이고 싶은 마음이다. 나는 고작 이것밖에 안 되는가. 땀으로 젖은 얼굴에 눈물이 섞인다.

누적거리는 236Km다. 온몸의 힘이 다 풀린다.

역대 마라톤 최단기록은 2008년 베를린마라톤대회에서 에티오피아의 하일레 게브르셀라시에가 세웠다. 2시간 3분 59초라는 믿기 힘든 기록이었다. 2007년 같은 대회에서 2시간 4분 26초의 기록을 냈던 그는 1년 만에 자신의 기록을 갈아치웠다. 대회에 참가하기 전부터 '2시간 3분대도 가능하다'고 했던 그는 자신의 예언을 실제로 이루며 2시간 3분대의 시대를 열었다.

그는 도대체 무엇을 생각하며 달렸을까. 그도 하루키처럼 단지 자기가 설정한 기준에 도달하기 위해 달렸던 것일까. 나도 게브르셀라시에처럼 예언을 하면 이루어질까. 4시간 40분대에 완주할 수 있다, 고. 하지만 그건 예언이 아니라 주문이다.

37. 미연의 결정

어머니의 방문을 열자 티브이 뉴스가 터져 나온다. 놀랍게도 어머니가 침대에 앉아 있다. 놀라는 내게 어머니는 내가 오기를 기다리며 찬송가를 여러 곡 불렀다고 목록을 보인다. 뉴스에서 싱글맘, 싱글대디 가정이란 용어가 들린다. 어느 사이에 그 말들이 내 귓속에서 희석되고 있다는 생각이 들었다. 전혀 이물감이 느껴지지 않는다. 입양이란 말도 그렇다. 그럼 대리모는? 스스로에게 물음을 던져보았다. 어딘지 거북한 구석이 있다.

저녁을 준비한다. 잇몸이 거의 나아 어머니는 죽 대신 진밥으로 발전했다. 반찬은 두부된장찌개와 달걀찜이다. 내 것은 변화 없이 퍽퍽한 닭가슴살 덩어리이다. 풀코스 참가가 끝나면 닭가슴살 저미는 일도 끝이 날까. 마라톤을, 풀코스를 계속 달리지 않는다면 아마 그렇게 되겠지. 풀코스를 완주한 뒤 어떤 결정을 하게 될지는 나도 알 수 없다. 닭비린내를 더 이상 맡지 않게 될까. 아니면 계속 닭가슴살을 저미게 될까. 그 생각에 이르면 착잡해진다.

"동남아의 한 고위관료는 우리나라의 결혼이민을 인신매매와 동의어로 여긴다고 합니다…… 한국 남성들에게 외국인 여성들과의 결혼을 알선하는 중개업소……."

항상 드라마채널을 보는 어머니인데 오늘은 뉴스채널이다. 보호사가 청소하다가 건드렸나 보다. 리모컨이 티브이 옆에 놓여 있다.

"한국 남성과 결혼하려는 외국 여성들을 현지에서 모집하는 알선업자들도 인신매매의 위험성에 노출되어……."

모자이크 처리된 화면이 약을 올리듯 계속된다. 저런 화면을 볼 때면 짜증이 치민다.

"그럴 거면 화면을 내보내질 말든지!"

나도 모르게 큰 소리를 냈다. 어머니가 놀라 나를 바라보았다. 채널을 드라마로 돌려놓았다.

식사를 끝낸 뒤 어머니는 바로 틀니를 빼고 입을 헹궜다. 어머니가 틀니를 빼주면 나는 그것을 컵에 받아 헹구고 전용컵에 담가둔다. 밤에 부엌에 나왔다가 틀니가 든 컵이 눈에 들어오면 가슴이 철렁한다. 틀니는 물속에서 벌겋게 부푼 채 으르렁거리는 듯하다. 밤에 보는 그 모양은 섬뜩하기까지 하다. 신체의 일부는 인공의 것일지라도 왜 이렇게 섬뜩한 걸까.

설거지를 마치고 집으로 가는데 휴대폰이 울린다. 미연이다. 꼭 완주하길 바란다는 말에 이어 입양을 결정했다는 소식을 전한다. 결국 이 말을 듣게 되는구나, 올 것이 왔다 싶었다. 한편으로는 오히려 잘 됐다는 생각도 들었다.

"늦었지만 지난번엔 잘 들어갔어? 기분은 괜찮은 거니?"

"기분? 조금 찝찝해. 그런 시부모인 줄 진작 알았어야 했는데. 나 내쫓은 다음 그 사람에게 고시원을 물려주다니. 아무래도 상관없기야 하지만."

"네 기분 알 만해. 너 줄곧 혼자 살려고?"

"재혼 생각도 없지만 그거랑 관계없이."

"네가 항상 생각해왔던 문제니까 잘 결정한 거겠지."

"최선을 다해볼 거야. 그리고 너도 이 문제 생각 좀 하고 있지?"

"응. 점점. 계속."

"그런데 혹시 제니퍼한테 연락해봤어?"

"아니, 너한테도 통 못했는걸. 왜?"

"그냥 조카 문제 뒤끝 없이 잘 처리됐나 조금 궁금하기도 하고."

"혹시 너 그 사람하고 제니퍼, 뭐 그렇게 엮어서 신경 쓰이는 거니?"

"아니, 꼭 그렇다기보다 그냥. 에이, 무슨 상관이야. 어쨌든 너 무리하지 말고 완주하기다. 오케이?"

"물론이지!"

미연의 응원이 그런대로 힘이 된다. 이래서 사람들은 빤한 말도 주고받는 건가 보다. 그렇고 그런 종류의 말을 그간 너무 생략하고 살았다는 생각이 들었다. 너를 믿는다, 잘 해낼 거다, 힘내라, 사랑한다……. 무거운 내용은 천천히 생각하자. 마음이 끌리는 일부터 하면 된다. 지금 가장 마음이 끌리는 일은, 달리기이다.

벽에 아이의 발을 그리며 잘 해낼 거다, 라고 반복해 말했다.

풀코스를 달릴 날이 코앞으로 다가왔다. 풀코스에 참가하기 전 피트니스클럽에서 마지막으로 몸상태를 체크했다. 여전히 내 신체균형도는 상하균형을 이루고 있지만 신체강도는 처음과 약간 다른 내용을 보여주었다. 하체가 허약에서 보통으로 바뀐 것이다. 신체균형도를 조금 자세히 들여다보니 역시 오른 다리와 오른팔이 왼편에 비해 약하다고 나왔다. 의아하다기보다 내 몸의 균형이 본래 그렇다고 여기게 된다. 양다리의 균형의 차이는 극히 미세한 0.06 정도로 별 차이가 없었다. 체중은 정말 많이 줄었다.

내 신체를 구성하고 있는 요소들이 그동안 내가 얼마나 열심히 훈련했는지를 여실히 증명해준다. 체수분량 36.4*l*, 단백질량 10.7Kg, 무기질량 3.96Kg, 그리고 체지방률은 21.4%를 나타내고 있다. 체중과 근육량이 눈에 띄게 변했다. 이렇게 변화한 신체구성으로 나는 풀코스를 달릴 것이다. 그날 내 바람대로 매일 이어져온 그 이야기들이 하나의 거대한 이야기로 완성될 수 있을까. 지금 나는 조금 불안하다.

조심스럽게 스포츠댄스실 문을 열었다. 남자는 보이지 않았다. 꽝음이 사라진 실내가 오히려 낯설었다. 조용한 실내에서 혼자 스트레칭을 하고 있자니 어쩐지 기도하는 기분이 들었다. 차분히 정리하는 마음으로 스트레칭을 마친 다음 트레드밀에 올라섰다. 네 가지 패턴으로 트레드밀을 달리던 여자도 보이지 않았다.

오늘 달린 거리는 5Km. 총 기리는 241Km로 늘어 훈련목표였던 240Km를 넘어섰다. 금지된 영역을 넘어섰다 할까, 풀코스를 달려도 좋다는 허가증이라도 받은 기분이다.

38. 카메라지

주말, 남편은 역시 어머니 집으로 왔다. 모처럼 술을 마신 모습이었다. 어머니를 향해 웃음을 날리던 그가 내게도 술기운으로 어색한 웃음을 보냈다. 내 서슬에 질려서인지 그동안 그는 항상 굳은 표정이었다. 남편의 그런 모습을 본 건 정말 오랜만이다. 그는 자못 유쾌해 보이기까지 했다. 무엇이 그를 유쾌하게 하는 걸까. 그를 향해 경계심을 세웠다. 그리고 내 마음에 명령했다. 그의 그런 태도에 반응하지 말것.

새 물병에 빨대를 꽂아 어머니의 머리맡에 놓고 집으로 가기 전 어머니에게 기저귀도 채웠다.

"왜 그렇게 우악스럽게 해. 허리에 무리가 될 텐데 좀 살살하지."

남편을 보자 나도 모르게 행동이 거칠어졌다. 그렇더라도 겨우 말문을 뗀다는 게 어머니 걱정인가. 우리가 나누는 화제는 어머니뿐이었고 우리에게 남아 있는 것도 어머니가 다일 것이다. 그러니 어머니가 없다면 우리에겐 아무것도 남는 게 없다. 그와 지내온 삶을 통틀어 대화라는 걸 나눈 적이 있었는지 사뭇 의심스러웠다.

"그럼 직접 하는 게 어때?"

내가 기분이 상한 건 나 자신 때문이었다. 어머니를 빌미로 그에게 내 감정을 드러내려 한다는 것. 그런 자신이 딱해 나는 그의 말투에 거칠게 굴었나.

마라톤을 완주할 때까지는 그를 남편으로 여기지 않을 것이었다. 남편도 나를 아내가 아닌 모르는 사람으로 여겨야 했다. 그때까지 한 가지도 그와 얽히는 일이 없도록 지내자는 게 내 생각이있다. 그게 나의 진정한 바람일까. 그럼에도 오히려 나는 조금도 달라진 것 없는 그와 나의 모습을 답답하게 여기고 있지 않은가. 그는 뭔가 내게 말을 더 건넬 듯한 기색이었다. 그래서 나는 잠깐 그가 다음 말을 건네기를 기다렸다. 그러나 그는 그냥 어머니에게 다가앉았다. 여전히 비겁하다. 나는 바로 어머니 집을 나왔다.

한심하게도 나는 그가 찾아와 무슨 말을 건네리라는 기대를 했다. 그의 마음속을 짚어보기는커녕 내 혼자만의 별별 생각에만 빠져들었다.

아침에 어머니에게 갔을 때 그는 카메라를 만지고 있었다. 그는 그 상태로 어머니의 모습을 몇 컷 찍었다. 그는 일부러 그러는지 나를 본

척도 않고 카메라만 들여다보고 있었다. 그런데 왜 저렇게 카메라에 집착하는 거지. 남편이 지방에서 혼자 지내는 동안 내가 모르는 취미로 시간을 보낼 수 있다는 생각은 해보지 않았다. 그는 혼자 몰두할 수 있는 무엇을 추구하는 사람이었나 보다.

"뭐하려고 찍는 거지?"

새삼스럽지만 고집스럽게 물었다. 말을 건네는 나를 그가 깜짝 놀란 표정으로 바라보았다.

"그냥."

역시 그냥이라고 말을 흘린다. 아프고 늙어가는 어머니의 모습을 특별한 카메라에 담아 간직하는 일. 그라면 그럴 만도 했다. 그러나 그 이미지들의 배경에 자신과 나의 유예된 관계가 새겨지리라는 것도 알고 있을까. 나중에 이 사진들에서 어머니의 모습 뒤에 담긴 우리의 시간을 보게 되리라는 것을. 나는 사진의 이면에 묻혀 있는 나의 마라톤을 기억하게 될 것이다. 그는 무엇을 생각하게 될까. 그런데 정말 저 카메라에 어머니의 모습만 담았을까.

내가 이런저런 일을 하며 돌아다니는 동안 그는 여전히 카메라만 만지고 있었다. 그는 어젯밤 내게 말을 건넸던 걸 후회라도 한다는 듯한 마디 말도 하지 않았다. 사람은 말을 한다는 점에서 짐승과 다르다. 그 문장이 또렷하게 머릿속에 맴돌았다.

"이봐. 우리는 짐승이 아니지?"

"뭐?"

그가 영문을 모르겠다는 표정으로 건너다보았다.

"아무 말이나 좀 하라구! 말을 해!"

내 말이 끝나기 무섭게 그가 벌떡 일어나 의자를 팽개친다.

아, 이건 아니다. 이건 절대로 모르는 사람끼리의 모습이 아니다. 평소 우리의 모습 그대로다. 그는 착각하고 있다. 내가 자신을 남편으로 대하고 있는 것으로. 나는 그가 팽개친 의자를 한 번 걷어차고 제자리를 뱅뱅 돌다가 집으로 온다. 조금도 나아지지 않는다. 잠시 휴지기로 늘어날 뿐이다. 그는 그대로 나는 나대로. 우리가 변화를 만들어주지 않으면 시간은 아무 의미 없이 지나갈 것이다. 시간의 본질은 지나가는 거니까. 사람이 주무르고 장악하지 않으면 시간은 그냥 지나간다. 그와 나의 시간도 그냥 지나가버릴 거다. 초조해진다.

그가 있으니 어머니 집에 굳이 갈 필요도 없다. 그러나 무엇 때문인지 나는 다시 어머니 집으로 향한다. 그와 이 대화의 끝을 보고 싶어서인가. 이건 일종의 지독한 두통 같은 증세이다. 내게서 끊임없이 도지는 기대라는 증세가 나는 지겹다. 두통을 다스렸듯이 이 증세도 다스릴 수 있을까. 그럴지도 모른다. 나는 그걸 유예하고 있을 뿐이다. 어처구니없지만 이것이 남편을 향한 사랑이라는 건가.

그는 건넌방에서 앨범을 보고 있다. 옆모습으로 보아 화가 난 것 같지는 않다.

"그 카메라에 뭘 더 찍었겠지. 내가 모르는."

그의 관심을 건드려본다. 그의 반응이 궁금하다. 그가 내 쪽으로 고개를 돌린다. 일그러진 표정이다.

"그 카메라를 내가 좀 봐야 되겠는데."

"그만하자. 다 무의미하다."

그가 지겹다는 듯 외면한다. 머릿속에 뭔가 잔뜩 낀 것 같아 머리를 흔들어본다.

"다 무의미해……."

"그래! 다 무의미해!"

통나무더미의 단면들이 쩍쩍 갈라터지는 소리가 귓속을 울린다. 귀가 터져버릴 것 같다.

"다 무의미하다고? 다 무의미하다고!"

외치는 동시에 내 손에서 남편의 카메라가 공중으로 날아갔다. 카메라는 벽에 부딪쳐 부서진 채 바닥에 떨어졌다.

"네가 뭘 알아! 뭘 아냐고!"

남편이 쿡, 하고 울음을 터뜨리며 현관문을 박차고 나가버렸다. 남편의 뜻밖의 반응이 얼떨떨하다. 부끄러워 견딜 수가 없다. 시간이 지날수록 그와 나는 각자의 울타리 속으로 한층 더 파고들었다. 이 유예는 서로가 공유해온 기억과 시간의 영역을 비우는 일인가. 그와 나는 이 텅 빈 영역을 마라톤으로 채우고 있는지도 모른다. 이 과정이 끝날 것 같지 않다는 생각도 든다. 나는 그가 집에 발을 들이는 것조차 거부하며 남편의 자리를 인정하지 않으려 했다. 그러면서도 남편의 그 문장을 마음속으로는 믿고 있었던 것 같다. '처음으로 회복할 수 있어'.

물의 결정체조차도 마음의 움직임에 따라 모양이 바뀐다고 했던가. 물마저도 사람의 마음에 반응한다는 게 그저 놀랍기만 한 일인가. 모든 게 무의미하다는 남편의 반응이 더 놀랍지 않은가. 그런 줄도 모르고 남편을 향해 지녀온 내 기대야말로 더 놀라운 게 아닐까. 마음은 에너지파동을 만들기도 하고 파동은 바로 상대방에게 영향을 주기도 한다. 그 광경을 실제로 촬영할 수 있다면 어떨까. 남편과 나 사이에 얽힌 파동은 어떤 파장으로 보일까.

내게 기생하는 기대라는 괴물. 이치구니없는 괴물. 집으로 돌아와 아이의 발을 닥치는 대로 그렸다. 아이의 발들이 겹쳐지기도 하고 꼬리를 물 듯 이어지기도 한다. 발을 그리고 나니 조금 진정되는 기분이다.

책장에 보관된 남편의 완주기념메달과 기록증을 꺼내 바라본다. 남편이 처음 하프코스에 참가하고 받은 다음부터 모아둔 것들이다. 기록증에 새겨진 남편의 첫 하프코스 완주기록은 1시간 39분이다. 내 첫 하프코스 완주기록인 2시간 13분보다 30분 이상 빠른 기록이다.

그가 처음 대회에 참가했던 날은 몹시 추웠다. 그는 민소매와 짧은 반바지 위에 두꺼운 파카를 입고 집을 나섰다. 대회장까지 함께 가겠다는 나를 굳이 말리며 혼자 갔다. 나는 아파트 입구에서 배웅하며 추운 날씨에 벌거벗은 차림으로 거리를 달릴 남편을 걱정했다. 왜 그가 달리기 시작했는지는 전혀 생각해보지 않았다. 다만 어느 날 버스를 타고 가다가 달리는 남편을 발견하고 놀랐던 일만 떠올랐다. 남편이

인도를 달리고 있었다. 나는 그를 향해 손을 흔들려다가 얼른 거둬들였다. 버스 차창으로 보이는 남편은 어쩐지 낯설었다. 그러면서도 저 사람이 내 남편이라구요, 라고 외치고 싶어 마음이 다급해졌다. 버스 안에 있는 사람들에게 그가 내 남편이라는 걸 알려주고 싶어 애가 닳았다. 그 감정을 무엇이라고 해야 할까.

그는 봄가을마다 대회에 참가해 완주했다. 두 번째 하프코스에 참가해 첫 기록을 깼다며 흥분하던 그가 기억난다. 내가 받아 온 메달과 기록증도 남편 것 옆에 나란히 놓았다. 고통을 이겨낸 이 증거물들이 앞으로도 이 책장에 함께 보관될는지는 알 수 없다. 남편의 메달과 내 메달을 따로 서랍에 넣었다.

아파트 빈터로 나와 하늘을 올려다본다. 해가 떨어지며 주위 풍경이 검푸르게 변해간다. 단지 안 주차장에서 고만고만한 아이들이 재잘거리며 놀고 있다. 아이들이 노는 모습을 한참 동안 서서 바라본다.

한 아이의 모습이 떠오른다. 가늘고 긴 다리로 달리고 있는 소녀의 모습이다. 아이는 풀었던 머리를 질끈 묶고 운동장을 달린다. 곧은 콧대에 볼록한 입술을 약간 벌린 채 달리고 있는 아이의 옆모습이 보인다. 나는 그런 아이의 옆모습에 마음이 끌린다. 아이의 옆모습은 죽은 동생을 닮았다. 나는 그 모습을 수없이 그려보았다. 10대인 아이의 길고 가는 다리는 바라보기만 해도 가슴이 뛴다. 아이가 달리고 있는 모습에 마음이 편안해지고 성큼성큼 달리는 아이의 보폭에 마음이 설렌다. 아이는 땀을 날리며 달리기를 계속한다. 그 아이는 책상 앞에서 시들어가는 아이가 아니라 언제든지 박차고 밖으로 달려 나갈 수 있는 싱싱한 아이이다. 그런 아이가 그립다.

나는 저 아이의 환영만으로 견딜 수 있을까. 입양을 결정했어, 하던 미연의 말이 떠올라 집요하게 달라붙는다. 산책로를 한 번 왕복하고 집으로 왔다.

243Km라고 적은 다음 아이의 발을 오래 그렸다.

39. 아직 태어나지 않은 나의 아이에게

모든 시간을 오로지 마라톤 풀코스를 향해 모아 가고 있는 내 모습이 마치 출산일을 앞둔 임산부 같다는 생각이 든다. 예정된 그날을 향해 집중해온 모든 시간이 출산의 진통으로 여겨진다. 진통의 고통은 한순간에 해소될 것이다. 내가 일그러진 표정으로 마지막 힘을 짜내고 마침내 아이를 낳는다. 커다랗게 입을 벌리고 우는 빨간 아이가 내 가슴에 안긴다. 차마 상상도 못했던 장면이다. 내가 출산하는 장면이다. 완주하는 순간, 피니시라인을 통과하는 순간, 나는 엄마의 산도를 찢고 탄생한 신생아의 울음을 터뜨리며 비로소 새로 태어나는 것일지도 모른다.

40. 마지막 훈련

이제 정말 풀코스가 내일로 다가왔다. 마지막으로 대회 홈페이지에 들어가 안내사항들을 꼼꼼히 살펴본다.

대회 집결지에는 오전 8시까지 도착해야 한다. 물품보관과 준비운동 시간을 벌자면 그렇다. 8시까지 도착하려면 일찍 일어나야 하니 11시까지는 잠자리에 들어야 한다. 규모가 큰 대회여서 집결장소가 협소하지는 않을 것이다. 간편한 겉옷 하나만 걸칠 생각이므로 탈의실까지 이용할 필요는 없을 것 같다. 보통 탈의실은 임시천막을 쳐서 이용하도록 하는데 내일도 그렇겠지. 규모가 큰 대회인 만큼 물품보관소 앞에 참가자들이 길게 줄을 설 것이다. 다른 때도 아니고 처음으로 풀코스에 참가하는 건데 그런 데서 시간을 낭비할 수는 없다. 조금이라도 일찍 도착해 먼저 물품을 보관하도록 하자. 만일 일찍 도착했는데도 더 일찍 도착한 참가자들 때문에 줄을 서야 한다면 지난번처럼 겉옷을 버리도록 하자.

충분히 몸을 풀고 출발하자. 두말하면 잔소리다. 기록증도 나오지 않는 5Km 코스도 출발 전 준비운동이 필요하다. 하물며 풀코스를 충분히 몸을 풀지 않고 어떻게 출발한단 말인가. 충분히 몸을 풀지 못했다면 방법은 간단하다. 스타트라인을 피니시라인으로 생각하면 된다. 어떤 사람처럼 하프코스에 참가해 달리다가 힘에 부치면 10Km 반환점에서 그냥 돌아올 수도 있는 것이다. 피니시라인을 지키던 진행요원이 미심쩍어 물을 것이다. 10Km입니까? 참가자가 태연히 아뇨, 하프입니다, 라고 한다 해도 괜찮다. 그러면 어떠랴. 자신의 상태가 최우선이다.

모두 훑어보고 나니 한결 마음이 정돈되는 기분이다. 갖출 걸 다 갖췄다는 생각도 든다. 예비소집 절차까지 다 마치고 수능을 기다리는 수험생의 기분이랄까. 드디어 내일이다.

산책로로 향한다. 풀코스 참가 전 마지막 훈련이다. 날씨는 바람이 없고 흐린 편이다. 스트레칭을 마치고 달리기 시작한다. 모든 근육에서 유연하면서도 적당한 긴장이 느껴진다. 그동안 달려온 시간이 헛되지 않았다는 데서 자신감이 생긴다. 오늘은 가볍게 몸을 풀어주는 정도로 한 번만 왕복할 생각이다.

저 앞에서 남자가 달리고 있다. 오래 달려온 시간이 남자의 뒷모습에 어려 있다. 고시촌을 벗어나 보지 못한 남자의 시간이 달리고 있다. 남자의 젊은 시절은 잃은 아이들의 기억과 더불어 고시촌에 고이 묻힐 것이다. 남자는 시선을 멀리 두고 있다. 허공에 시선을 둔 남자는 언제까지나 그대로 달려 나갈 것처럼 보인다. 남자의 뒤를 따라 달린다.

나는 달린다. 달라진 건 없다. 엠피스리 볼륨을 높였다. 「Viva la vida!」

마지막으로 합산한 총 누적거리는 245Km다. 이 거리가 내일 풀코스 경수로의 나를 지켜주리라 굳게 믿는다.

41. 풀코스마의 벽 지점에서

드디어 오늘이다. 나의 첫 마라톤 풀코스. 머릿속은 그동안 익혀온 주의사항들로 꽉 차 있다. 그 내용들을 간추려 기억하려고 애썼다. 마라톤이론들과 준수사항들과 피니시라인에서 토해낸 완주자들의 말들, 그리고 자토페크의 말이 떠올랐다. '진정 인생을 경험하고 싶다면 마라톤을 하라.'

대회장에 몰려든 참가자들만큼이나 많은 생각들이 머릿속을 돌았다. 마라톤. 마라토너들의 이름. 내 이름. 두통. 구토. 여성 마라토너의 입술. 또 다른 여성 참가자의 눈초리. 남자의 시선. 달리는 아이의 옆모습. 연어샌드위치가 담긴 피크닉바구니. 벚나무가 잠긴 검은 개천. 꽃신. 대학 운동장 언덕. 그 언덕에 불던 바람. 트랙의 레인들. 달리는 아이의 팔과 다리. 남편. 남편의 다리. 남편의 다리가 떠오르자 온몸의 근육이 긴장한다. 이 긴장이 투지인지는 모르겠다. 야무진 근육덩이처럼 생각이 하나로 결집하는 느낌이다.

모두 각자의 마라톤을 품은 채 달리고 있을 것이다. 희망보호사는 소멸하는 희망까지 붙잡아 다시 환자들에게 주입하고 어머니는 꽃신을 감추고도 모른 척하고 남자는 곤두박질하며 달린다. 꽃신 할머니는 내가 실어다준 화분들을 잘 돌볼까. 그 할머니 집 베란다 가득 꽃이 피어나는 광경을 상상했다. 입양을 결정한 미연을 닮고 싶다. 미연의 입상이를 맨 처음 어떻게 바라봐야 할까.

그늘 모두가 몰려나와 함께 달리는 느낌이 든다. 이 기분이 무엇인지 정확히 알 수 없지만 온몸의 근육이 긴장하는 것으로 보아 오늘 마라톤 레이스에 탄력이 붙으리라는 징조인 게 분명하다. 오직 나 혼자 외롭게 달리고 있다고 믿었다. 그런데 여기 풀코스 출발선에 서고 보니 그건 차라리 우월감이었는지도 모른다는 생각이 든다. 우월감에 그런 것도 속한다면 말이다. 이렇게 생각해야겠다. 내가 아끼던 무엇을 잃었다고 생각한다면 오히려 그것을 피니시라인에 세우고 마라톤을 계속하는 것. 혹시, 잃었던 걸 다시 찾을 수 있게 되거나 그것을 대신할 새로운 의미를 만나게도 되지 않을까. 어떻게든 마라톤은 완주해야 하니까 말이다.

나는 풀코스 출발대열의 중간쯤에 섰다. 절대 오버페이스하지 말 것, 고개를 숙이고 그 철칙을 낮게 발음해보았다. 손목에 찬 페이스분배표도 주의 깊게 바라보았다. 너를 믿노라고, 너만 따르겠노라고.

사회자는 인상적인 격려의 말을 전하려면 그렇게 해야 한다는 듯이 목청을 돋우고 있다. 시끄러워 정신을 한곳에 집중할 수 없다. 마침내 사회자가 이렇게 외친다.

"여러분, 무사히 잘 다녀오십시오!"

목소리에 비장한 기운을 깔기까지 하는 사회자는 지금 풀코스 참가자들을 배웅하는 심정인가 보다. 웃음이 나왔다. 인천이나 부산도 아니고 잘 다녀오라니 어디를 잘 다녀오라는 말인가. 과거를, 미래를, 태생지를, 자신의 한계점을, 사랑과 배신을 치러낸 곳을……, 그곳들을 다녀오란 말일까. 그게 아니면 저 아득한 42.195Km를 뭐라고 이름 지어야 한단 말인가. 기어코 완주로 가 닿아야 할 곳이라면 그리움이라고 하면 될까. 그리운 곳, 그곳, 42.195Km.

출발신호가 울렸고 참가자들이 한꺼번에 몰려나갔다. 우르르 몰려나가는 무리의 움직임으로 지축이 흔들린다. 그곳에 가 닿겠다는 한 가지 생각 때문일까. 왠지 감정이 복받쳤지만 안 그런 척 참았다. 그럼에도 목이 아팠다. 남편을 생각하지 말자. 아니 남편을 생각해야 한다. 남편의 마라톤을 생각해야만 한다. 남편이 왜 달리기 시작했는지 생각하며 달려야 한다. 달릴 때마다 남편을 떠올리지 않으려 온갖 상상을 동원했었지만 그건 오히려 남편의 생각을 놓지 않으려는 것에 불과하지 않았던가.

그동안 매일 아이의 발을 그렸다. 아직 태어나지 않은 내 아이의 발. 처음엔 손에 집히는 대로 연필로 그렸다. 색연필을 산 뒤로는 남편에게 전할 수 없는 감정과 말들이 색색의 아이의 발로 벽에 그려졌다. 남편을 죽여버리고 싶다, 그럼에도 너를 똑바로 보고 싶다, 나도 아이를 낳고 싶어, 그런 생각이 들 때마다 발을 그리고 있었다. 벽에 채워진 온갖 색의 아이의 발들은 얼핏 보면 뭉게구름 같기도 했다. 집에 들를 때마다 먼저 아이의 발들이 구름을 이루고 있는 벽을 바라보았다.

5Km까지의 구간은 달려 나가고 싶은 욕구를 억제하며 페이스를 지켰다. 처음 5Km 구간을 과속하지 않고 달리면 끝까지 좋은 흐름을 만들 수 있다. 하프코스에서도 그랬다. 이 구간의 달리기가 나머지 전 구간의 리듬을 좌우한다고 해도 지나치지 않다는 말을 기억해냈다. 누가 뭐라 해도 내 길을 간다는 식으로 페이스를 지키기로 했다. 항상 처음 1Km까지의 구간이 힘들다. 준비운동을 마치고 출발했음에도 내 몸은 코스에 적응하는 데 그만큼의 시간이 필요한가 보다. 그 뒤 구간부터는 달리는 리듬이 몸에 붙기 시작한다. 그리고 점점 생생해진다.

코스 초반이라 앞, 뒤, 옆, 할 것 없이 사람들로 와글거린다. 그래도 풀코스라 사람들 체취와 소음은 훨씬 덜하다. 어쩐지 풀코스 참가자들에게서 풍겨오는 체취는 10Km 코스나 하프코스 참가자들과 다른 것 같다. 훨씬 맵다.

10Km까지의 구간에서는 오버페이스하지 않도록 경계했다. 오버페이스를 컨디션이 좋은 것으로 잘못 판단할 수 있으므로 페이스를 살

피며 점검했다. 자꾸 뒤처진다는 느낌이 들었다. 이 페이스로 괜찮을까, 앞의 참가자를 따라잡을까 하는 생각에 마음이 흔들렸다. 이 구간은 벌써 세 번째가 아닌가. 내 손목의 페이스분배표만 따르면 되는 기다. 그런데 왜 그걸 믿지 못하지? 왜?

20Km까지의 구간은 에너지를 회복하려고 천천히 페이스를 낮췄다. 페이스분배표에 비해 조금 앞지르고 있었다. 오버페이스를 할까 봐 더럭 겁이 났다. 응급실에 실려 가던 순간이 떠올랐다. 골반이 저릿하게 오그라지는 느낌이 들어 아찔했다. 다리가 들려 경중대는 기분이었다. 별안간 동생의 모습도 눈앞을 가렸다. 동생이 앞서 가며 얼른 따라오라고 손짓으로 재촉했다. 동생이 누워 있던 병원은 떠올리고 싶지 않았으나 세상에 내 마음대로 되는 일은 많지 않은 듯했다. 목구멍이 뻐근하더니 눈물이 솟아나와 흘렀다. 입으로 흘러드는 눈물을 삼키며 달렸다.

하프코스 거리를 지난 구간부터는 지레 겁을 먹었다. 비상! 경험하지 못한 구간! 머릿속에서 즉각적인 신호가 떨어졌다. 지난번 2시간 반 정도 훈련할 때도 거리는 하프코스를 크게 벗어나지 않았었다. 하프코스 거리에 200m를 보탠 정도였다. 설정한 목표를 완주하면 성취감이 커져 달린 거리가 우주만 해 보인다. 20Km에서 25Km 구간을 어떻게 달리는가가 결과에 가장 큰 영향을 미친다고 했다. 내 경험을 넘어서는 구간이므로 경계했다. 그러나 엄밀히 따지고 보면 내가 마라톤을 시작하게 된 원인은 남편에게 있었다. 인정하기 싫을 뿐

이미 시작부터 남편을 따라하고 있던 셈이다.

새로 경험하는 구간이라서 잠깐이긴 하지만 신선한 기분을 맛볼 수는 있었다. 그러나 점점 페이스가 떨어지는 느낌이 들었다. 이제부터 풀코스의 본격적인 고통이 시작되려는 건가. 하지만 벌써? 거기서 힘을 끌어내 페이스를 유지하는 건 페이스를 올리는 것과 다르지 않아 그냥 페이스를 늦춘 채로 달린다. 구급차가 경주로 옆을 슬금슬금 굴러가고 있다. 그만 올라타지 않겠느냐고 떠보는 듯이. 아직 보폭은 징징인 것 같았다. 선수가 아닌 일반인의 보폭은 100Cm정도다. 참가자들의 보폭은 세각각이었다. 선수들처럼 성큼성큼 보폭을 떼는 사람, 발이 땅에 끌리듯이 잔걸음으로 달리는 사람, 수많은 다리들이 각각의 보폭으로 한 방향을 향해 나아가고 있었다. 경주로를 딛고 차는 그 다리들의 동작이 눈에 가득 차 흔들거렸다. 윤기 나는 살보다 질긴 힘줄과 근육으로 지탱된 다리들이 대부분이었다.

"젊은 분. 힘내요. 같이 달립시다."

'칠순 동호회' 라는 깃발을 등에 꽂은 참가자가 나타나더니 한동안 내 옆에서 달렸다. 검버섯이 핀 노인의 다리가 눈에 들어왔다.

25Km에서 30Km의 구간은 오버페이스 했다면 반드시 전조증상을 감지하게 된다고 한다. 전조증상은 보폭이 짧아지는 느낌, 달리기에 집중할 수 없는 느낌, 고른 페이스라고 여기지만 실제로 페이스가 떨어지는 증상이라고 외웠다. 눈치채지 못한 채 이 구간에 이르렀다면 마지막으로 수정할 수 있는 기회라고 했다. 역시 이론가의 분석을 새

겨둘 만하다. 보폭이 짧아진다는 느낌, 어쩐지 달리기에 집중할 수 없는 느낌이 들었다. 체력이 바닥났다는 느낌이 확실했고 페이스가 늘어졌다. 20Km대를 알리는 안내판이 얼른 사라지기를, 30이라는 수가 나타나기만을 바라며 달렸다. 그러나 30Km는 영원히 오지 않을 것 같았다. 기댈 곳은 상상력뿐이었다. 나는 상상 속에서 마구 아이의 발을 그리기 시작했다. 초록, 노랑, 빨강, 보라⋯⋯. 색연필을 통째로 쏟아놓고 벽이 그림으로 다 메워질 때까지 아이의 발을 그렸다. 그 발을 가진, 내가 낳을 내 아이를 떠올렸다. 아이의 발들이 모여 거대한 구름더미가 만들어졌다. 진통은 이미 시작됐다. 마지막 고비를 넘어야 했다. 시선의 움직임에 따라 구름더미가 둥싯거렸다. 구름더미가 곧 떠오를 것만 같았다.

35Km 구간에 이르렀다. 마의 벽 지점이라더니 정말로 갑자기 벽에 딱 막히는 느낌이 들었다. 구름더미가 푹 꺼지는 기분이다. 더 이상 달릴 수 없을 것만 같다. 목표기록은 포기해야겠다고 생각했다. 이젠 무사히 피니시라인을 통과하는 게 목표이다. 페이스분배표를 차고 달렸음에도 오버페이스한 건가. 참가자들이 곳곳에서 비현실적으로 경중거리거나 비틀거리고 있다.

내 정신이 또렷하지 않은 듯하다. 언제부터 이런 상태가 찾아온 건지 모르겠다. 의식이 가물거린다는 게 이런 건지 잘 모르겠으나 지금 이 순간이 그런 것만 같다. 이러다 여기서 멈춰버리는 건 아닐까. 구름더미에 다시 실려 오르고 싶다. 보폭을 좁게 해서 살짝 땅에 스치는 기분으로 달리라는 이론을 떠올린다. 하지만 몸은 이론을 따라주지 않는다.

이 경주로에 서기 위해 달려온 거리가 무려 245Km였다. 나는 결국 이렇게 쓰러지는 것일까. 귀먹은 듯 아무 소리도 들리지 않는다. 남편의 표정 하나가 뇌리를 때리듯 불현듯 나타난다. 그 표정이다. 내가 불임이란 걸 알았을 때, 이어 시숙의 아이를 교통사고로 잃었을 때 보였던 그 표정.

풀코스 달리다가 죽어도 좋아! 목청껏 소리를 지른다, 소리를 지르자 눈물이 쏟아진다. 귓속에서 위잉 하는 소음이 가늘게 들려온다. 눈물도 에너지를 만드나 보다. 나는 어느새 다시 달리고 있다. 한 걸음씩 앞으로 나아간다. 이건 시속 1Km나 될까. 걷는 게 더 빠르겠다. 그래도 한 걸음씩 앞으로 나아가고 있다는 게 대견하다. 이제 6Km 정도만 더 달리면 된다. 그동안 달려온 거리에 비하면 아무것도 아니지 않은가. 고작 6Km다. 나는 반드시 그곳에 가 닿아야만 한다.

노란 풍선을 어깨에 매단 페이스메이커가 휙 지나간다. 페이스메이커의 등에 4시간 30분이라는 글자가 선명하다. 4시간 30분 완주를 목표로 하는 페이스메이커다. 저 페이스메이커를 놓치지 않고 따라가면 그 시간에 완주할 수 있는 거다. 그럼 첫 번째 목표시간 4시간 37분을 이룰 수 있게 된다.

그러나 꼭 그러지 않아도 괜찮다. 이렇게 시속 1Km나 될까 말까 한 속도일지라도 한 걸음씩 앞으로 나아가다 보면 언젠가 피니시라인에

도달할 것이다. 아직 아무런 이름도 지어주지 못한 그곳, 42.195Km
를 잘 다녀오는 것이다. 그리고 나의 바람이었던 풀코스를 완주하는
것이다.

42. 그 아이가 나를 달리게 한다

내게 아이가 있었더라면, 하고 생각해본다. 내게 아이가 있다면, 하고 발음해본다. 나는 그 문장을 호흡하기 시작한다. 내게 아이가 있다면, 하고 호흡할수록 나는 점점 페이스를 회복해간다. 내가 그리던 아이의 모습이다. 가늘고 긴 다리로 달리고 있는 소녀의 모습이 선명하게 떠오른다. 그 모습에 피니시라인을 통과하던 영화 속 소년의 모습이 겹친다. 구름더미를 이룬 아이의 발이 거대하게 부풀어 오른다. 네가 뭘 알아! 남편의 목소리가 터져 나온다. 통나무 무더기가 경주로에 굴러온다. 심장을 후비는 듯한 자동차의 급브레이크와 사이렌 소리가 경주로를 가득 메운다. 급브레이크와 사이렌 소리에 통나무의 단면들이 쩍 하고 금이 간다. 갈라진 틈으로 핏물이 타고 흐른다. 갈라터지고 중심의 입자를 게우는 통나무들이 경주로를 덮친다. 아이는 구름더미를 피워올리며 달리기를 계속한다. 아이는 언제고 박차고 달려 나갈 기세다. 싱싱하다. 그 아이가 나를 향해 손짓하는 것 같다. 이제 그 아이가 나를 달리게 한다.

눈앞에 피니시라인이 어른거린다.

그대, 육체의 목소리
─달리는 여자에 부쳐

양경언

0

글을 쓰라, 아무도 그대를 만류하지 못하리라.
─엘렌 식수

(당신이 지금 막 소설의 마지막 장을 넘긴 후라면) 당신은 하나이면서 둘인 여자를 만나고 왔을 것이다. 한 명의 여자. 그녀는 달리는 여자다. 달리기를 위해 저 자신의 모든 기운을 걸었던 여자. 수축과 이완을 길항하는 절박한 심정이 침착한 호흡을 다듬어내고, 거기에 기대 생에 가장 긴 거리를 달릴 준비를 했던 여자. 우리는 여자를 달리는 모습으로 기억한다.

그리고 또 한 명의 여자. 그녀는 달리는 저 자신의 모습을 스스로 관찰하는 여자다. 여자와 관계하는 여자 바깥의 세계, 여자 내부에 울려 퍼지는 소리들, 이 모두는 관찰자인 여자의 시선에 따라 한 편의 이야기로 전개된다. 그 같은 시선을 얻기 위해서 여자는 얼마나 많은 단련을 했을 것인가. 자신의 삶에 대한 관찰자로 설 때까지 여자가 감당해야만 했던 감정들도 밀려오는 것 같다.

여자의 특징은 자신이 처한 상황을 변주하려 들지 않고 그 상황에 대처하는 자신의 방식을 다르게 만들어냈다는 데에 있다. 그래서 우리가 만난 여자는 하나이면서도 둘이다. 간혹 자신 없어 하는 포즈를 취하기도 하지만, 여자는 끝까지 서술자의 지위를 포기하지 않는다. 저 자신이 주인공인 이야기 속에서 여자는 달리고 있고, 그 이야기를 관찰하고 말하는 가운데 여자는 자신이 달릴 수밖에 없는 당위를 찾는다. 자신의 이야기는 자신이 아니면 제대로 할 수 없다는 사실을 여자는 잘 알고 있다. 오디세우스의 아내 페넬로페가 뜨개질을 멈추지 않았던 것처럼 계속해서 자신을 재료로 삼아 문장을 만드는 여자. 하지만 페넬로페처럼 가만히 앉아 있기를 거부하고, 최선을 다해 몸을 움직이는 여자. 아무도 관심을 두지 않아도, 하지만 아마도 더욱 그래서, 아무도 만류하지 못할 여자의 달리기와 말하기. 여자를 추동하는 여자 내부의 울림—달려라, 그리고 말하라. 아무도 그대를 만류하지 못하리라.

당신은 지금 막, 그녀의 목소리에 응할 방법이 궁금해지기 시작했다.

1

마라톤에 대한 관심은 결승선을 통과한 이후에나 해당되는 것이었다. 우승자가 만들어내는 영광스러운 감동 스토리에만 사람들이 집중하려 했기 때문이다. 그럼에도 불구하고 결승이 아닌 완주만을 목표로 달리는 자들이 지금 이 시간에도 분명히 있을 것이다. 달리기를 결코 멈추지 않는 그들을 떠올려본다. 그들 중에 이채원의 첫 장편 『나의 아름다운 마라톤』에서 만난 여자 또한 있다. 여자는 규정된 트랙 밖에서도 달리는 말들이 있음을 저 자신의 이야기로 들려주려 한다. 애초에 소설은 세계의 소외된 일부를 다룸으로써 '지금-여기'라는 현실의 폐부를 찌를 수 있어야 하는 것이지 않은가. 마라톤의 결승선 이후가 아닌 마라톤의 출발선 이전으로 시선을 돌릴 때, 우리는 비로소 이야기를 성립시키는 삶의 조건이란 과연 무엇을 이르는지에 대한 고민을 할 수 있게 된다. 마라톤 우승자에게 으레 기대하게 되는, 습관적인 감동이 여기엔 없다. 대신 출발선에 서기 전, 운동화 끈을 꽉 매기 전, 풀코스 마라톤 대회장으로 오기 전, 그리고 마라톤을 시작하기 전으로 시선을 자꾸 옮겨갈 때마다 마라톤에 임하게 된 한 여자의 삶이 뚜렷한 윤곽으로 다가온다는 것을 느낄 수 있을 것이다. 소설은 사람들의 관심 밖으로 밀려났을지언정, 끊임없이 자신의 불가능성과 가능성 사이를 점치며 근육을 키워나가는 한 인간에 대한 주시를 놓치지 않는다. 이야기는 이처럼 자신만의 호흡법으로도 세계를 긴장시키며 오는 것이다. 그 여자 역시 비슷한 방식으로 우리에게 왔다. 때문에 당신의 시선을 의식했든, 그렇지 않았든 간에 마라톤 풀코스 완주를 목표로 하는 그 여자에게 있어서 마라톤은 "하나의 거대한 이야기"다.

2

한 가지 짚어야 할 점이 있다. 마라톤을 하나의 이야기로 꾸려나갈때, 여자가 보이는 미묘한 태도에 대해서다. 여자는 마라톤을 통해 자신의 이야기에 "스스로 공감하고 싶다"고 고백한다. 그마저도 "공감하고 싶은 건지도 모른다"는 추측형의 문장을 수줍게 건넨다. 누구보다 스스로를 "감동시킬 무엇"을 간절히 바라고 있다고 말하는 그녀의 태도에서 자신의 삶을 쉽게 긍정하지 못하는 사람의 망설임과 외로움이 보인다. 자신의 이야기를 막 하기 시작했지만 그 서술에 대한 확신을 하지 못하는 화자의 불안 탓에, 독자는 이 이야기의 완성을 쉽게 예측할 수 없는 상황에 놓인 것이다. 때문에 우리가 예의 주시하게 되는 물음은 두 가지다. 여자가 완주하기 위해서는 어떠한 과정이 필요한가? 또한 여자의 달리기를 추동하는 요인은 무엇인가? 여자의 마라톤을 보는 우리의 관전 포인트는, 저 자신을 스스로 받아들이지 못하는 사람에게도 마라톤이라는 장시간의 준비기간과 자신과의 싸움이 필요한 운동이 가능한가 하는 미심쩍음으로부터 형성된다.

여자는 왜 자신을 잘 받아들이지 못하는가? 스스로 '심각한 결함'이 있다고 여기기 때문이다. '결함'이라니! 아이를 낳지 못하는 그 자신의 난소 불량을 두고 여자가 직접 표현한 말이다. 하지만 그를 '심각한 결함'으로 느끼게 만들어버리는 그녀가 놓인 상황이 더 문제적일 수 있다(인생의 '결함'은 대개 다른 이들과의 관계 속에서 만들어진다. 당신이 가지고 있는 것이 내게 없을 때, 나는 그것을 응당 있어야 하는 것으로 오해하고, 나의 상태를 '결함'이라 표현한다. 당신들이 있어야 한다고 지정한 무엇이 어느 누군가에게 없을 때, 그 다름은 금세 '비정상'으로 여겨진다). 우연히 알게 된 남편의 외도가 그러하며, 남편에 대한 배신감에 휩싸여 있으면서도 그와 차마 헤어지지도 못하는 여자의 상황이 그러하다. 더군다나 지방근무를 간 남편을 대신하여 시어머니의 간호를 해야 하는, 옴짝달싹하지 못하는 여자의 사정 역시도 마찬가지다. 여자의 '결함'은 어느새 참기 어려운 상황이 지속될 수밖에 없는 모든 근원으로 자리한다. 그리고 이 같은 상황을 "급수대 없는 마라톤을 달리는 것과 같다"라고 느끼며 삶을 요령껏 대하지 못한 스스로를 탓하는 여자의 연약함에는, 어느 날 갑자기 자신의 곁을 떠난 남동생에 대한 상실감과 죽은 시조카로 인해 자꾸만 상기되는 여자의 아이를 갖고 싶은 욕망 역시도 겹쳐진다.

여자의 망설임과 외로움은 너무나 많은 것을 잃어버린 사람으로부터 볼 수 있는 반응이다. 여자가 말하는 '결함'의 정체는 사실 잃어버린 것들의 다른 표현인 것이다. 남편과의 친밀했던 관계, 가족을 끈끈하게 해줄 아이의 존재, 다정했던 남동생, 시어머니의 건강. 이 모두를 잃어버린 속에서 그녀는 정작 그녀 자신의 감정을 표현하는 방식과 자신을 돌보는 방식을 잃어버렸다. 많은 것을 상실해본 사람은 안다. 그 상실에 대처하기 위해 어떤 자세를 당장 취하지 않는다면, 상실 이후에 밀려오는 슬픔의 감정에 정작 그 자신이 침몰하게 됨을. 떠나간 대상에게 쏟았던 애정을 다른 대상에게 전하지 못한다면 그 감정이 스스로를 옭아매어 결국 자기 자신을 잃어버릴 수 있음을. 때문에 여자가 스스로를 약자로 정체화하면서도 기필코 마라톤을 완주하고야 말겠다고 다짐을 반복하는 모습은, 여러 잃어버린 것들 중 무엇보다 그녀 자신을 인정하고, 긍정하는 방식을 찾겠다는 의미다. 여자의 전략은 우회가 아닌 정공법이다. 여자는 정공법으로 달려들어, 그녀가 잃어버렸다고 느끼는 것들과 직면하고 싶어한다.

　　지금까지 내가 배워왔던 약자의 전략은 강자와 맞서지 말라는 것이었다. 약자는 스스로의 결점을 면밀히 분석해 틈새공략이나 차별화, 우회전략을 구사해야 한다. 그것들은 강자가 쓰지 않는 방법이니까. 그러나 그런 방식은 마라톤 풀코스 완주의 전략이 될 수 없다. 오직 전력투구해 달리지 않고 무엇으로 틈새를 공략하며 차별화한단 말인가.

　　이제부터는 보다 강도 높게 훈련에 집중할 것이다. (……) '이건 무모해' 나는 내 체력과 싸우는 게 아니라 그 문장과 싸우는 것만 같다. (16쪽)

스스로의 삶에 공감하고 '싶다'는 여자의 바람은 그 누구보다도 절실한 것이다. 이 같은 절실함은 저 자신의 삶에 대한 긍정을 추동하는 요인으로 작동한다. 모든 것을 잃어버린 자가 스스로를 감동시킬 그 무엇으로 채택한 것은, '그럼에도 불구하고' 무언가를 바라고, 공감하고, 받아들일 수 있는 능동성을 발휘할 저 자신이다. 아이를 낳는 기능이 없다고 해도 자궁은 여자의 일부로 존재할 수 있는 것 아닌가. 남편의 기분을 맞춰주지 않는다 해도 남편의 아내로서 배신당한 마음을 들여다볼 수 있는 것 아닌가. 남편이 끝이 끼어들지 않는다 해도 시어머니와 여자 대 여자로 관계를 맺을 수 있는 것 아닌가. 이처럼 여자는 마라톤을 준비하면서 자신만의 삶을 긍정하는 방식을 만들어 가고자 한다. 많은 것을 잃어버렸나고 여긴 바로 그 자리에 삶을 향한 절실함을 스미게 하는 것이다. 산다는 것은 호흡을 하는 모든 것을 바라는 일이기 때문이다.

달리기를 준비하면서 시작하는 호흡은 스스로에 대한 긍정을 만들어가는 호흡이다. '살아 있는 삶'을 향한 애착은 긍정의 호흡이 세질수록 커진다. 여자가 마라톤을 준비하면서 싸우는 건 체력이 아니라 '무모함'과 대결하는 것이라 느끼는 건 어쩌면 당연한 일일 것이다. 맞다, "이건 무모"하다. 실상 이 무모한 대결은 여러 과정을 거치면서 여자를 단련시키고 있는 것이다. 가령 자신의 표정과 감정을 탈각시켰던 과거의 기억을 다시 매만지면서, 하여 상실과 대면하면서, 혹은 그 모든 과정을 겪고서도 자신은 괜찮다고 스스로를 돌볼 수 있는 힘

을 기르면서. 이들은 여자가 마라톤을 완주하기 위해 거쳐야 할 필수
적인 과정이다.

3

마라톤은 그녀에게 "어느날 갑자기 온 것"이다. 남편과의 관계에서
깨닫지 못했던 균열이 그의 외도로 드러나게 된 날, 여자는 그 상황에
서 탈출이나 하려는 듯 문득 달리게 되었고, 그 경험을 자신의 마라톤
인생의 첫 출발지점으로 삼아왔다. 하지만 의문이 남는다. 평소에 운
동과 담을 쌓고 지냈다던 그녀가 어떻게 제일 먼저 취한 행동이 달리
기였을까. 어떻게 몸이 자동적으로 움직이기 시작했을까. 그건 아마
도 여자 몸 안에 깊이 각인되어 있었던 기억 때문이지 싶다. 10Km 코
스의 마라톤 대회에 참가했을 때, 그녀는 마라톤을 뛰다가 목숨을 잃
은 동생에 대한 기억을 생생하게 되살린 바 있다.

> 동생의 모습이 내내 나를 따랐다. 함께 달리는 기분이었다. 달리는 데 힘이 되
> 는 생각을 애써 떠올리지 않아도 되었다. 이미 동생의 생각으로 꽉 차 있었다.
> (……) 고개를 들어도 동생의 모습은 사라지지 않았다. 복받쳐 오르는 감정을 억
> 눌렀으나 다리가 후들거리며 눈물이 나왔다. (56쪽)

동생이 죽기 전, 그의 심장 박동이 가장 빨랐던 순간을 여자는 마라톤에 임하며 온몸으로 기억해낸다. 여자의 보폭이 빨라질수록, 동생이 생전에 느꼈을 고독이 더해진다. 남편과의 일이 있은 후에 의도적으로 얼굴에서 표정을 지우고자 애썼던 여자였지만, 이 순간엔 격앙된 감정을 주체하지 못하고 표현을 하기 시작한다. 동생의 얼굴이 겹칠 때 여자는 소중한 사람과의 추억을 소유한 자만이 만들어낼 수 있는 자기 위로로 눈물을 빚어낸다. 비로소 애도를 표할 수 있게 되는 것이나.

　상상력은 때때로 고통에 대한 변역력을 길러준다. 달리는 중에 여자의 상상으로 만들어낸 동생의 형상은 여자가 마라톤을 하면서 느꼈을 법한 신체적 고동을 감소시켜주고 있을 뿐만 아니라 동생의 죽음에 대한 애도를 허락한다. 또한 그 동생의 형상은 멀리 망각의 더미로 밀어두었던 과거를 끄집어 오는 역할을 하면서, 여자로 하여금 기억을 매만지는 일에 표정과 감정을 갖고 직면하게 한다. 기억을 매만지면서야 여자는 자신의 몸에도 긴 시간이 축적되어 있음을 깨닫고, 자신의 존재를 함부로 대하지 말아야 함을 체감한다. 동생에 대한 기억을 필두로 여자가 남편과의 추억을 이야기하는 등 자신의 과거에 대해서 말하기 시작하는 대목은 그래서 의미심장하다. 이는 여자가 스스로 말들을 찾아가는 과정이기 때문이다. 몸 안에 쌓여 있던 동생에 대한 북받치는 감정, 남편과 운동장을 달렸었던 젊은 시절에 대한 그리움 등 잊혔던 기억이 여자의 몸을 '어느 날 갑자기' 뛰게 만들었고, 달리는 몸의 상상력으로 기억이 촉발되면서 여자는 스스로 망각했던 말들을 꺼내놓는다. 이렇게 보면 상실감이 여자를 달리게 하고, 말하게 하는 것 같다. 허나 만약 여자의 상실감이 과거에도 없었고, 현재에도 여전히 부재하는 것으로부터 오는 것이라면?

마라톤을 준비하는 과정에서부터 여자의 시선은 통나무들의 균열진 단면과 같이 온통 어긋난 것들을 향해 있었다. 이는 여자가 '결함'이라고 칭한 바 있던 아이를 가질 수 없는 몸이, 처음부터 없었던 존재를 욕망하는 대가로 얻은 시선일 수 있다. 우리가 주지할 것은 표현 방식이다. '존재하지도 않았던' 아이에 대한 욕망으로부터 기인한 상실감은 마라톤이라는 하나의 이야기가 시작되면서부터 본격적으로 구현되기 시작한다.

벽에 아이의 발을 그린다. 타박타박 돌아다니는 아이의 발소리가 들리는 것 같다. 남편의 아파트에 쫓아 내려갔던 날 책상 위에 놓인 액자에서 아이의 발 사진을 발견했다. 그 사진을 가지고 올라온 뒤로 매일 벽에 아이의 발을 그린다. 내게서 태어나지 못한 아이의 발. (28쪽)

오늘까지 달린 거리는 약 102km, 이제 100km를 넘어섰다. 100km를 넘고 보니 풀코스의 고지가 바라보이는 기분이다. 아이 발도 덩달아 크게 그려진다. (38쪽, 밑줄은 인용자—인용문의 모든 밑줄은 인용자의 것임을 밝힌다.)

남편의 아파트에 쫓아 내려갔던 날과 여자가 마라톤을 시작하게 된 시기가 겹치므로, 여자는 마라톤을 하면서부터 줄곧 벽에 아이의 발을 그린다. 여자의 이 행위는 장면마다 반복적으로 제시되는데, 특이한 점은 여자의 기분에 따라 아이의 발 모양도 다양하게 표현된다는 것이다. "아이 발도 덩달아 크게 그려진다"는 구절로 미루어볼 때, 여자의 발과 더불어 여자가 욕망하는 아이의 발도 마라톤 준비 코스를 함께 달리고 있는 듯이 느껴진다. 그렇다면 여자가 그리는 발은 단순히 아이의 발이라고만은 할 수 없을 것 같다. 그보다는 여자의 욕망이 투영된 발이자, 아직 세상을 향해 마음껏 자신의 심정을 표현하지 못하고 웅크리고만 있었던, 여자 안의 작은 여자의 발, 마라톤을 하는 중에 내 자신을 돌볼 수 있는 상상력을 지탱해줄 가장 중요한 신체기관으로써의 발이다. 혹은 여자가 저 자신과 싸우는 나날들에서 느낄 외로움을 견디게 해주는 발이기도 하다. 때문에 반복적으로 발을 그리는 행위는 여자에게 있어선 삶 충동의 날숨과 같다. 자꾸만 표출되는, 살아 있는 것을 향한, 살기 위한 욕망과 그 표현.

삶 충동의 들숨과 같은 역할은 음식물을 섭취하는 행위가 담당한다. 여자가 정성스레 준비했던 삼겹살냉채를 음식의 찬 온도만큼이나 싸늘하게 거부했던 남편에게 보란 듯이, 여자는 열심히 제 몸에 영양을 공급한다. 가령 자신을 위해 만든 연어샌드위치나 친구들과 나누는 로즈마리치킨과 같은 음식이 그 예다. 음식들은 마라톤에 필요한 영양을 공급해주기도 하거니와 여자가 사람들과 어떤 관계를 맺는지를 보여주며 여자가 상실에 대응하는 과정에 일조하기도 한다. 여자의 샌드위치, 닭가슴살과 어머니의 죽이 이루는 어울리지 않는 밥상은 함께 식사는 하지만 다른 음식이 놓여 있다는 점에서 그 불일치만큼이나 둘 사이의 애증관계가 엿보이는 것으로 기능한다. 거동이 불편한 탓에 목욕을 시킬 때마다 슬며시 보이는 어머니의 거웃을—생명을 욕망하는 저 자신의 불모지가 자꾸 연상돼서인지—여자는 자꾸 추하다고 생각한다. 하지만 한편으로는 어머니가 훔쳐 온 꽃신을 모른 척한다든지, 무조건 병시중을 드는 것이 아니라 어머니가 스스로 움직일 수 있게끔 재활치료를 돕는다든지 하며 어머니와의 관계를 이어간다. 어머니의 살아 있는 것을 향한 욕망을 여자는 존중할 줄 아는 것이다. 영어교사 제니퍼, 오래된 친구 미연과 함께 로즈마리치킨을 먹으며 각자의 상실에 대한 아픔을 공유하는 대목에서는, 이들 세 여자가 공허한 자신의 속을 달래는 따끈한 음식의 효과가 배가 될 수 있도록 서로를 위하고 있다는 점이 느껴진다. 이들에게 먹는 행위란 "각자의 옛 시간을 탄식하는" 행위임과 동시에 각자 앞에 놓인 시간을 응원해주고 다독여주는 행위이기도 하다. 음식물을 섭취하면서, 또한 음식을 주변의 여자들과 함께 나누면서 여자는 자꾸만 내적으로, 살아 있는 것을 향한 또는 살기 위한 욕망과 그 표현을 영양분의 형태로 쌓아간다.

4

　마라톤을 시작하면서 여자가 자신의 욕망에 대한 표현을 다양하게 구사할 수 있게 된 기반에는 실질적으로 변화하고 있는 여자의 몸이 있었다. 여자는 변화하고 있는 몸을 스스로 관찰하면서, 저 자신의 몸이 담지하고 있는 많은 사연에 거리를 두고 그를 응시할 수 있게 된다. 다소 긴 인용일 수 있지만, 그녀의 몸과 마음이 바뀌어가는 과정을 보자.

　마라톤을 시작하자 내 몸은 금세 반응하기 시작했다. 체중은 물론 체지방 수치도 떨어졌다. 골격근량에 변화가 나타나고 기초대사량도 변화를 보였다. (……) 달리기를 계속할수록 내 신체는 점점 마라톤에 적합한 조건으로 변화할 것이다. (11쪽)

　달리는 건 고통스러울 뿐만 아니라 슬프기도 하다. 대부분 나는 눈물과 함께 달린다. 달리다 보면 어느 순간부터 나는 몹시 외롭고 가벼운 존재가 되고, 그러면 쉬지 않고 눈물이 흘러나온다. 끊임없이 달리고 있는 스스로에게 눈물이 난다. (44쪽)

　밤에 달리며 하늘을 올려다보았다. 까마득한 곳에 박힌 별들이 눈에 들어왔다. 우주에는 은하가 1000억 개 정도가 있다던가. 그 은하들마다 1000억 개의 별이 있다고. 내가 달리고 있는 이 지구는 우주 속의 한 점, 창백한 푸른 점이라고 불린다. 생각해보면 내 안의 아픔이란 얼마나 하찮은 것인가. (77-78쪽)

수첩을 꺼내 억울하다, 울적하다, 라고 적었다. 이건 달리기 전 마음을 가다듬는 의식이기도 하다. 그 단어들을 적고 보니 조금 비현실적인 기분이 들었다. 수첩에 쓴 그 단어들을 바라보았다. 내 속을 어지럽히던 그 감정들이 언어로 형태를 이루어 빠져나가는 듯했다. (198-199쪽)

달리기를 목적의식적으로 막 시작할 무렵, 여자의 몸은 화학적, 구조적으로 변화하기 시작한다. 마라톤을 하기에 적합한 몸으로 변화한다는 것은, 자신의 무모함과 견줄 수 있는 체력과 마음이 자라난다는 의미가 된다. 기억을 끄집어낼 상상력을 키우는 몸을, 또한 그 기억을 매만질 용기도 키우는 몸을 가진다는 의미도 될 것이다. 때문에 여자는 달리는 도중에 살아 움직이는 스스로에게 카타르시스를 느끼며 감정을 살려내고, 그 감정을 들여다보며 자신의 아픔이 아무것도 아님을 깨닫게 되는 과정을 맞이한다. 그리고 마라톤이 실은 자신의 말을 만들어내는 과정이며, 자신의 말로 이루어진 서사의 한가운데에 설 수 있는 과정임을 서서히, 체득한다. 이 소설이 1인칭 주인공의 시점임에도 불구하고 처음부터 독자에게 완벽한 신임을 얻지 못한 이유를 여기에서 찾을 수 있을 것 같다. 마라톤 풀코스를 준비하는 기나긴 과정을 통해 종래에는 여자가 자신의 말을 천천히 만들어나가

듯, 독자들 역시도 천천히 그에 몰입해가며 자연스럽게 여자와 공명하는 속도를 맞추어갈 수 있게끔 이 소설은 구조화되어 있기 때문이다. 소설 속 화자가 처음에 보였던 망설임과 수줍은 태도를 점점 변화시킬수록, 하여 저 자신의 이야기의 서술자로 굳건히 자리를 잡을수록, 독자는 여자의 독백에 마음이 움직일 수밖에 없다.

상실이 여자의 달리기를 추동했다고 쉬이 단정 짓기 전에 다시, 생각해보자. 달리기를 시작하고 나서 여자에게 찾아온 변화를 지켜보며 우리는 이 마라톤이 여자가 자신의 서사 한가운데에 스스로 서기 위한 것이었음을 알게 된다. 카메라를 들어 고정된 앵글로만 자신의 시선을 피력했던 남편과는 달리 여자는 움직이면서 자신의 표현방식을 구사했다. 여자에게 마라톤은 체력 단련을 위한 '운동exercise'의 차원이 아니라 스스로를 위한 '운동movement'이다. 중요한 것은 불가능에 도전하는 한 사람의 마라톤 체험기가 아니다. 마라톤에 임하고 있는 그녀의 삶 자체다. 그러고 보니 우리가 응원했던 것은 그녀의 완주가 아니라 완주를 기대하고, 준비해가는 과정에서 만들어진 그녀의 표정과 그녀의 근육이었지 않았나. 마냥 자신 없어 하던 여자로부터 어느새 우리는 구체적으로 변화한 물질적인 몸을 기대할 수 있게 되었다. 때문에 완주 이후 결승선을 통과했는지 통과하지 못했는지는 우리에게 그리 중요하지 않은 것 같다. 소설이 계속해서 "풀코스 마라톤"을 향해 치달을 때, 우리는 이미 완주에 대한 물음의 부질없음을 알고 있다. 완주를 하지 않아도 괜찮다. 산다는 것은 완주에 대한 대답을 들을 수 없는 불확실함 속에서도 영위할 수밖에 없는 것이고, 우리는 다만 여자가 달리고 있는 현재에 충실해야 하기 때문이다. 그 어떤 불행이 닥처와 우리의 삶을 찬탈해 간다 해도, 삶을 지속시키고자 하는 욕망은 계속될 것이므로. 그 욕망을 인정하고 그를 구현하려는 태도야말로 삶의 강한 결단이라 할 수 있으므로.

5

마라톤 풀코스 참가일 3주 전과 마라톤 풀코스를 참가하는 당일, 우리는 닮았으면서도 조금은 다른 서술을 마주한 바 있다.

내게 아이가 있었더라면, 하고 생각해본다. 내게 아이가 있다면, 하고 발음해본다. 그러자 어디서 날아와 빨려 들어간 듯 그 문장이 호흡기에 걸린다. 나는 그 문장을 호흡하기 시작한다. 한 아이의 모습이 떠오른다. 가늘고 긴 다리로 달리고 있는 소녀의 모습이다. (……) 아이가 달리고 있는 모습으로 나는 행복해진다. 성큼성큼 달리는 아이의 보폭에 마음이 설렌다. (10-11쪽)

내게 아이가 있었더라면, 하고 생각해본다. 내게 아이가 있다면, 하고 발음해본다. 나는 그 문장을 호흡하기 시작한다. 내게 아이가 있다면, 하고 호흡할수록 나는 점점 페이스를 회복해간다. 내가 그리던 아이의 모습이다. 가늘고 긴 다리로 달리고 있는 소녀의 모습이 선명하게 떠오른다. 그 모습에 피니시라인을 통과하던 영화 속 소년의 모습이 겹친다. 구름더미를 이룬 아이의 발이 거대하게 부풀어 오른다. 네가 뭘 알아! 남편의 목소리가 터져 나온다. 통나무 무더기가 경주로에 굴러 온다. 심장을 후비는 듯한 자동차의 급브레이크와 사이렌 소리가 경주로를 가득 메운다. (……) 아이는 구름더미를 피워올리며 달리기를 계속한다. 아이는 언제고 박차고 달려 나갈 기세다. 싱싱하다. 그 아이가 나를 향해 손짓하는 것 같다. 이제 그 아이가 나를 달리게 한다. (269-270쪽)

  한 명의 달리는 여자. 그 여자가 거듭 있었으면 했던 '그 아이'는 곧 '그 여자' 자신의 다른 이름이다. 여자가 천착하고 있었던 것은 잃어버린 얼굴의 '나'였다. 여자가 마라톤을 시작할 무렵, 가늘고 긴 다리로 달리던 아이는 여자가 마라톤 풀코스를 달릴 무렵에는 피니시라인을 당당히 통과하는 싱싱한 아이와 함께하고 있다. 달리고 있으므로 여자는 이 모든 아이를 품어낼 수 있다. 그리고 또 한 명의 여자. 그녀는 자신의 욕망을 표현한 문장을 호흡할 줄 아는 여자다. 문장을 호흡하는 여자는 달리는 과정이 곧 '말글'을 만들어가는 과정임을 안다. 자기 자신에 대한 서사를 만들어가는 과정의 한가운데에 선 이 여자의 미완성은 때문에 정당하다. 구름더미를 이루는 아이의 발, '네가 뭘 알아!'라던 남편의 절규, 쩍 하고 금이 간 통나무의 단면들, 사이렌 소리, 갈라진 틈으로 타고 흐르는 핏물들……. 이 모든 이미지들이 여자의 서사로 모여든다. 달리는 여자는 이들을 고여 있게 두지 않을 것

이다. 불완전할지언정, 이들을 재료 삼아 자신의 문장들을 만들어나
갈 것이다. 아무도 만류하지 못할 여자의 달리기와 말하기 속에서, 여
자는 자신이 상실했다고 여기는 것들을 위한 애도의 앞 글자 '애'가
슬픔哀만이 아닌 자기 자신에 대한 사랑愛으로부터 출발하고 있음을
이해할 것이다. 끝까지 자학하지 않고, 슬픔의 에너지를 자신에 대한
긍정으로 생성시키는 것. 건강하고자 하는 욕망이 있는 여자가 취할
수 있는 방식이다. 게다가 이 같은 방식은 아무도 영광스럽다고 여기
지 않는 트랙 밖에서 쏟아지고 있음을 우리는 다시 상기해야 한다. 당
신이 알지 못할지언정 이 세계에 어딘가에는 끊임없이 저 자신의 불
가능과 좌절 속에서도 기우뚱거리며 균형을 다잡으려는 자가 있는 법
이다. 모두가 외면한다 해도, 그 자신은 끝까지 스스로를 변호하기 위
해 움직일 것이다. 자신의 서사를 쓰기 위해 애쓸 것이다. 그래서 '아
름다운 마라톤'이다. 당신 역시도, 절망적인 상황에 놓이게 될 때 주
저하지 말고 무언가를 당장 시작할 수 있었으면 좋겠다. 당신의 서사
에서 끝까지, 서술자의 지위를 포기하지 않았으면 좋겠다.

다시, 새로운 0

달릴 때, 여자는 제 서사의 주인공일 수 있다.

자신의 달리기에 대해 말할 때, 여자는 제 서사의 관찰자일 수 있

다.

　우리는 방금, 하나이면서 다수인 여자를 만나고 왔다. 그리고 그들 중 하나가 여자를 만난 당신의 일부와 겹쳐진다는 걸, 당신은 안다. 우리, 육체의 목소리가, 여자로부터 당신에게 흐른다. 여자의 이야기로 인해, 당신의 이야기 충동 역시도 끌어올려질 것이다. 살아 있음을 욕망하는 삶은 계속될 것이다.

발톱이 빠졌다. 마라톤대회를 마친 한참 뒤였다. 대회 날 아침 기온은 영하 3도였고 바람이 불었다. 야외에서 달리기에 곱지 않은 날씨였다. 추위에서 빨리 벗어나고 싶어서였을까. 그날 그때까지 달린 기록 중 가장 좋은 기록을 얻었다. 그 뒤로 발톱이 검게 죽었고 차츰 들떠 덜렁거리기 시작했다. 그걸 떼어내지 못하고 싸매고 있다가 의사에게 보였다. 죽은 발톱 아래에 이미 새 발톱이 돋는 중이었다. 의사에게서 죽은 걸 바로 떼어냈어야 했고 이제부터 발톱이 정상으로 날 수 없다는 말을 들었다.

글이 막힐 때도 일이 잘 풀리지 않을 때도 달렸다. 길이 보이는 건 아니지만 달리다 보면 생각이 간추려졌다. 글이 잘 풀리는 느낌이 들 때도 달렸다. 그런 때는 행복해서 달렸는데 더 상쾌했다. 처음 이 장편소설을 떠올린 것도 마라톤 경주로에서였다. 이야기도 달리는 가운데 이루어졌다. 달리는 게 힘들어 달리기와 상관없는 생각을 해보려고 애썼고 그러다가 소설이 떠올랐다. 원고지 1000매를 채운 순간 내 삶이 정리되었다는 생각이 들며 키보드에서 두 손이 힘없이 떨어졌다. 이 소설 한 편을 쓰기 위해 이 순간까지 살아왔다는 생각도 들었다.

　달리는 동안 나는 달라지고 있었다. 이 책을 내는 동안에도 나는 달라졌을 것이다. 드디어 책이 나온다는 소식을 듣고 그 길로 나가 달렸다. 달리는데 눈물이 나왔다. 발톱 없는 발가락들이 아리고 우신거렸다. 그렇게 달리며 생각했다. 새로 나는 발톱처럼 내 소설이 자랄 것이라고.

　첫 장편소설을 세상에 나올 수 있게 도와준 『현대문학』 여러분에게 마음 깊이 감사한다. 그리고 이 소설을 이루게 한 나의 삶에도 고맙다는 말을 해야겠다. 이제야 그 말을 할 수 있게 되었다.

이채원

나의 아름다운 마라톤

지은이 | 이채원
펴낸이 | 양숙진

초판 1쇄 펴낸날 | 2012년 1월 12일
초판 5쇄 펴낸날 | 2012년 11월 22일

펴낸곳 | ㈜ 현대문학
등록번호 | 제1-452호
주소 | 137-905 서울시 서초구 잠원동 41-10
전화 | 2017-0280
팩스 | 516-5433
홈페이지 | www.hdmh.co.kr

ISBN 978-89-7275-589-0 03810

* 책 값은 뒤표지에 있습니다.